帕斯捷尔纳克
抒情诗全集（上）

Борис Пастернак
Полное собрание стихотворений

［俄］鲍里斯·帕斯捷尔纳克　著

刘文飞　译

北京联合出版公司
Beijing United Publishing Co.,Ltd.

雅众文化 出品

目 录

生活是我的姐妹（1917 年夏）

主题与变奏（1916—1922）

重生（1930—1931）

译者序

1890年1月29日（新历2月10日），帕斯捷尔纳克（Борис Леонидович Пастернак）出生在莫斯科，这一天恰为普希金忌日。他的父亲列昂尼德·帕斯捷尔纳克是著名画家，俄国美术科学院院士，莫斯科绘画、雕塑和建筑学院教授，曾为托尔斯泰的作品创作插图；他的母亲罗莎莉娅是钢琴家，曾师从著名钢琴家鲁宾斯坦。帕斯捷尔纳克家经常高朋满座，列维坦、斯克里亚宾等都是他们家的常客，托尔斯泰曾专程来听帕斯捷尔纳克母亲举办的家庭钢琴演奏会。未来的诗人就是在这样一种浓郁的家庭艺术氛围中成长起来的。

1901年，帕斯捷尔纳克进入莫斯科第五古典学校，插班上了二年级，七年后，他以获金质奖章的优异成绩毕业，被保送进莫斯科大学法律系。青少年时期的帕斯捷尔纳克曾面临多种人生选择：起先是绘画，然后是音乐。他在中学和大学低年级时曾研习音乐，其音乐习作受到他们家的朋友、俄国著名作曲家斯克里亚宾的肯定，但帕斯捷尔纳克后来以自己听觉不敏锐为借口放弃了音乐。

　　1909 年，帕斯捷尔纳克转入莫斯科大学文史系哲学专业，决定研究哲学，并于 1912 年前往新康德主义哲学的重镇马堡大学哲学系进修，师从德国著名哲学家柯亨教授。在前往马堡之前，帕斯捷尔纳克已经开始了诗歌创作，并接近过白银时代的象征派，而在马堡大学研习哲学期间他意识到，对于破解生活之谜而言，诗歌可能是比哲学更好的工具，于是他最终把诗歌当作终身事业。在马堡，帕斯捷尔纳克向前来探望他的女友伊达·维索茨娅求婚，但遭到拒绝，他当时的心境后来在《马堡》一诗中得到再现。之后不久，他离开德国，经意大利回国。在德国马堡帕斯捷尔纳克当年住处的墙壁上，如今悬挂着一块纪念铜牌，上面镌刻着帕斯捷尔纳克的自传《安全证书》中的一句话："别了，哲学！"这是帕斯捷尔纳克离开马堡返回俄国、离开哲学返回诗歌时的一句心声。

　　帕斯捷尔纳克的儿子叶夫根尼·帕斯捷尔纳克后来在谈起父亲年轻时的选择时曾这样说道："鲍里斯·帕斯捷尔纳克的青春是一连串成功的尝试，可他却意外地放弃了已获得的一切，其原因似乎连他自己也无法解释。"[1] 帕斯捷尔纳克的一位传记作者后

1　Пастернак Е. Борис Пастернак: Материалы для биографии. М.: Советский писатель. 1989. С. 64.

来也把这种"主动放弃"当成帕斯捷尔纳克的"人生主题":"列车尚在全速行驶,就纵身跳下,抛开正在取得极大成功的那项事业;我们日后将看到,譬如在诗歌方面,一经掌握他所开创的方法,他立即调转方向,去征服另一块领地;刚成为杰出的抒情诗人,就冲向史诗,刚成为公认的史诗作者,就转向散文;刚达到散文的巅峰,就开始向戏剧进发;刚认清当代,就深入历史;刚翻译莎士比亚,就预定了歌德……他对待哲学与音乐,也不例外:在青少年时代,这两种学习对他馈赠颇丰。"[1]

1913 年,帕斯捷尔纳克自莫斯科大学毕业,也就在这一年,他开始发表诗作,与鲍勃罗夫、阿谢耶夫等人组成未来派诗人小组"离心机",结识马雅可夫斯基,并相继出版两部诗集,即《云中双子星》(1913)和《超越街垒》(1916),从而成为白银时代的一位重要诗人。1915 年底,此前在莫斯科等地担任家庭教师的帕斯捷尔纳克应朋友之邀前往乌拉尔,在一家化工厂任职员,直到 1917 年初返回莫斯科。这一年多的乌拉尔生活给帕斯捷尔纳克留下深刻印象,当年的见闻和感受后被他当作情节写进多首诗歌和多部小说。

帕斯捷尔纳克认为自己真正的诗歌创作始于 1917 年夏,即他写作诗集《生活是我的姐妹》时,

---

1 德·贝科夫:《帕斯捷尔纳克传》,王嘎译,北京:人民文学出版社,2016 年,第 33 页。

3

这部诗集在 1922 年出版，奠定了帕斯捷尔纳克在俄国诗坛的地位。这一年，帕斯捷尔纳克与画家叶夫根尼娅·卢里耶在莫斯科结婚，他们曾前往德国探亲，因为帕斯捷尔纳克的父母和两个妹妹此时已移居德国。1923 年，帕斯捷尔纳克的诗集《主题与变奏》在柏林出版。二十世纪二十年代，帕斯捷尔纳克相继写出多部长诗，如《崇高的疾病》（1924—1928）、《斯佩克托尔斯基》（1923—1925）、《1905 年》（1925—1926）和《施密特中尉》（1926—1927）。

1929 年，帕斯捷尔纳克爱上钢琴家济娜伊达·涅高兹，济娜伊达是著名钢琴家亨利希·涅高兹的妻子。帕斯捷尔纳克爱上她后，两个家庭都经历了一番痛苦的动荡，帕斯捷尔纳克曾在涅高兹家服下一瓶碘酒，试图自杀，幸亏济娜伊达及时抢救，他才保住性命，两人在 1931 年终成眷属。之后两人旅行格鲁吉亚，新的爱情促成新的诗歌创作高潮，帕斯捷尔纳克写出诗集《重生》（1932）。

在 1934 年的第一次全苏作家代表大会之后，帕斯捷尔纳克成为新成立的苏联作家协会首批百名会员之一，拿到了由高尔基签署的会员证；1935 年，他作为苏联作家代表团成员，与爱伦堡、巴别尔等人一同前往巴黎出席国际作家保卫文化大会；1936 年，帕斯捷尔纳克在莫斯科郊外的作家村佩列捷尔金诺分到一幢别墅，这里成了他后来的主要住处。

就在帕斯捷尔纳克的"苏维埃诗人"身份即将

被塑造成形时，他却主动与官方文学和所处时代拉开了一定的距离，于是，关于他的诗"晦涩难懂"、关于他对现实"不够热情"之类的责难不时出现。1934年，在曼德尔施塔姆被捕后不久，斯大林曾亲自给帕斯捷尔纳克打电话，询问后者与曼德尔施塔姆是否为"朋友"，曼德尔施塔姆是否为"大师"，慌乱中的帕斯捷尔纳克给予了得体却含混的回答，他之后一直为此深感内疚。大清洗开始之后，帕斯捷尔纳克的态度变得硬朗起来，1937年，帕斯捷尔纳克拒绝在作家们支持枪毙苏联元帅图哈切夫斯基等人的公开信上署名，显示出"另类"身份，此后基本失去发表诗作的机会，于是他潜心于翻译，译出大量英、法、德语文学名著。由他翻译的莎士比亚的《哈姆雷特》和歌德的《浮士德》，至今仍被视为翻译杰作。

卫国战争期间，帕斯捷尔纳克留在莫斯科，其间曾去苏联作家的疏散地齐斯托波尔与家人团聚，也曾作为战地记者前往前线，写下一组战地报道和"战争诗作"。1943年底，在十余年的间歇之后，帕斯捷尔纳克的诗作终于再度面世，国家文学出版社出版了他的新诗集《早班列车上》，即便在战时，这部初版收有26首短诗的诗集也迅速售罄。1945年，帕斯捷尔纳克出版生前最后两部诗集《大地的辽阔》和《长短诗选》，之后便开始集中精力写作长篇小说《日瓦戈医生》（1945—1955）。

1946年，帕斯捷尔纳克在《新世界》杂志编辑部遇见该刊女编辑伊文斯卡娅，两人一见钟情，由此开始了帕斯捷尔纳克一生中的最后一段恋情。这是一段苦恋：受帕斯捷尔纳克牵连，伊文斯卡娅于1949年被捕，坐牢四年多，帕斯捷尔纳克一直关照着她与前夫所生的孩子；伊文斯卡娅于1953年获释后，两人走到一起，但帕斯捷尔纳克始终没有离开妻子，他一直在两个女人之间徘徊；在帕斯捷尔纳克因为《日瓦戈医生》的出版和诺贝尔奖事件而承受巨大压力时，伊文斯卡娅始终是他最珍贵的慰藉和依靠；帕斯捷尔纳克一去世，伊文斯卡娅又再度被捕，被关押八年，直到1988年才恢复名誉。

1955年，经过十年潜心创作，《日瓦戈医生》终于完稿。帕斯捷尔纳克把这部小说同时投给《新世界》和《旗》两家杂志，《新世界》拒绝发表，并给作者写了一封长达数十页的退稿信，在这封落款时间为1956年9月的信中，阿加波夫、拉夫列尼约夫、费定、西蒙诺夫和克里维茨基五位编委联名写道："不管这是多么令人痛心，我们在自己的信中不得不直言不讳。我们认为您这部长篇小说在表现革命、国内战争和革命后的年代上是极不公正的，历史上不客观，而且彻底违反民主精神，对人民的利益的种种认识也是背道而驰的。上述一切，总的说来，又都是由您的立场所决定的，您在自己的小说中企图证明十月社会主义革命在我国人民和人类历史上不仅没有任何正面意义，而且相反，除了罪恶与不幸之外，它没有带来任何东西。我们几个人，和您的立场完全相反，因此认为在《新世界》杂志上刊登您这部长篇小说根本不可能。"[1]无奈之下，帕斯捷尔纳克把小说手稿交给意大利米兰的出版商费尔特里内利，小说于1957年11月在意大利米兰出版，此后又迅速被译成欧美十几种主要语言。

在小说发表次年的10月23日，瑞典皇家学院宣布将当年的诺贝尔文学奖授予帕斯捷尔纳克，帕斯捷尔纳克闻讯十分高兴，立即给诺贝尔奖委员会拍去一份电文："无限感激，感动，自豪，吃惊，惭愧。"但是，帕斯捷尔纳克获诺贝尔奖的消息最终在苏联国内掀起一场针对帕斯捷尔纳克及其小说《日瓦戈医生》的全民声讨运动。报刊上连篇累牍地发表社论、批判文章和群众来信，帕斯捷尔纳克被斥为"叛徒""诽谤者""犹大""走狗"。1958年10月25日，苏联作协召开理事会，到会的45位作家一致对帕斯捷尔纳克的获奖表示愤怒，甚至提议将帕斯捷尔纳克驱逐出境；同日，《文学报》刊出编辑部文章《国际反动势力的挑衅行为》；10月26日，《真理报》发表批判文章《围绕一株文学杂草的反动宣传喧嚣》；10月29日，苏联共青团书记谢米恰斯内在纪念苏联

---

1 《1957年〈新世界〉杂志五名编委写给帕斯捷尔纳克的退稿信》，见鲍·帕斯捷尔纳克：《人与事》，乌兰汗译，北京：新星出版社，2012年，第202页。

共青团成立 40 周年大会上出口辱骂帕斯捷尔纳克，并暗示他若出境领奖，将再无回家之路；10 月 31 日，苏联作家协会召开专门会议，与会者一致同意把帕斯捷尔纳克开除出作协，并建议苏联最高苏维埃剥夺帕斯捷尔纳克的苏联国籍。

面对巨大的社会压力，帕斯捷尔纳克被迫作出妥协，10 月 29 日，帕斯捷尔纳克给瑞典皇家学院拍去这样一份电报："考虑到您们这个奖对我所属的社会所代表的意义，我必须拒绝这项授予我的不应得的奖。请不要因为我的自愿拒绝而不悦。"[1] 帕斯捷尔纳克还直接致信赫鲁晓夫，表示愿意拒绝诺贝尔奖，条件是让他留在苏联国内，此信后在《真理报》上刊出。帕斯捷尔纳克在这封信中写道："我生在俄罗斯，我的生活和工作与它休戚相关。我无法想象自己的命运与它分割开来。不管我有怎样的过错和迷误，我都未能料到自己竟然会被卷入西方围绕我的名字所掀起的政治风波。意识到这一点，我向瑞典科学院告知了自愿放弃诺贝尔奖的决定。到祖国之外的地方去，对于我无异于死亡。因此我请求不要对我采取这一极端措施。"[2]

11 月 5 日，帕斯捷尔纳克又在《真理报》上发表声明，他在这份声明的最后写道："在这疾风骤雨

---

1 鲍·帕斯捷尔纳克：《人与事》，乌兰汗译，北京：新星出版社，2012 年，第 204 页。

2 德·贝科夫：《帕斯捷尔纳克传》，王嘎译，北京：人民文学出版社，2016 年，第 884 页。

般的一周间，我并未受到迫害，我的生命、自由和所有的一切均未遭到威胁。我想再次强调，我的所有举动皆属自愿。我身边的好友均熟知，世上没有任何东西能强迫我扭曲灵魂或违背良心。这一次也不例外。多余地确认一下，即没有任何人强迫我做任何事，在写下这份声明时，我怀着一颗自由的心，怀着对公众的未来和我本人的未来的光明信念，怀着对我所处的时代和我周围的人而感到的自豪。我相信，我能在我的内心找到力量，以重建我善良的名声和受到损害的同志们的信赖。"

这份声明其实被修改过，伊文斯卡娅被迫与当时的苏共中央文化部长波利卡尔波夫一同修改了这份声明，她在回忆录中写道："当我带着这封改写过的信去见鲍里亚[1]，信里的词句几乎都是他的原话，可却与他当初的意思大相径庭——他只是摆了摆手。他累了。他想终结这种特殊处境。"[2] 但即便在这封"被修改过的"声明中，我们依然不难感觉到帕斯捷尔纳克对作家的权利和尊严的捍卫。

值得一提的是，无论在当年还是之后，人们都将《日瓦戈医生》在西方的出版和获诺贝尔奖这两件事紧紧捆绑在一起，殊不知在这之前，帕斯捷尔纳克作为少数几位健在的俄国白银时代大诗人，已

---

1 帕斯捷尔纳克的名字鲍里斯的爱称。

2 Ивинская О.В. Годы с Борисом Пастернаком. В плену времени. М.: Либрис. 1992. C. 326–327.

多次被提名为诺贝尔奖候选人。诺贝尔奖评委会决定在 1958 年授奖给帕斯捷尔纳克，其理由是："以表彰他在当代抒情诗歌领域取得的重大成就，以及他对伟大的俄国史诗小说传统的继承。"也就是说，"表彰"对象首先是帕斯捷尔纳克的抒情诗成就，之后才提及他对史诗小说传统的"继承"，而且并未特意点明《日瓦戈医生》。帕斯捷尔纳克原本可以像 20 世纪苏联和东欧一些"持不同政见作家"那样出国领奖，然后拿着诺贝尔奖的奖金或其他奖金、奖学金等在西方吃香喝辣，利用他"牺牲者"的身份坐收渔利，但是，他最终还是在故土和诺贝尔奖之间做出了选择。这轰动一时的"诺贝尔奖事件"让帕斯捷尔纳克耿耿于怀，心力交瘁，他写作的《诺贝尔奖》一诗体现了他当时的心境：

我是被围捕的野兽。
远处有人、自由和灯火，
我身后却是追捕声，
我没有逃走的路！

密林，池塘的边缘，
砍伐的云杉原木。
四周的路全被切断。
随它去吧，我不在乎。

我究竟做了什么坏事，
我是凶手还是恶棍？
我竟迫使整个世界
来哭泣我美丽的祖国。

但行将就木的我，
相信那样一个时辰：
善的精神必将战胜
强大的卑鄙和怨恨。

　　这首写于 1959 年 1 月的诗后流传出境，于 2 月
11 日在英国《每日邮报》上刊出，苏联总检察长鲁
坚科因此召见帕斯捷尔纳克，认为后者此举是叛国
行为，并宣布禁止后者再与外国人见面。帕斯捷尔
纳克幽居于佩列捷尔金诺，但是，在人生的打击过后，
在家人和伊文斯卡娅的关照下，在与大自然的相处
中，他很快恢复了创作力量，继续写诗，完成了他
自 1956 年开始写作的组诗《天放晴时》。

　　1960 年 5 月 30 日，帕斯捷尔纳克因为肺癌在佩
列捷尔金诺的家中去世，葬礼在 6 月 2 日举行，数
以千计的帕斯捷尔纳克的诗歌读者从城里赶来，长
长的送葬队伍跟在诗人的灵柩后面，蜿蜒在帕斯捷
尔纳克家的别墅和佩列捷尔金诺墓地之间那片开阔
的原野上。

帕斯捷尔纳克一生完成了一部长篇小说、若干中短篇小说、两部自传、五部长诗和十余部译作，但他创作的重心仍是抒情诗，先后出版九部诗集。这些抒情诗集像一条珠串，把帕斯捷尔纳克延续半个世纪之久的诗歌创作联结为一个整体；它们又像九个色块，共同组合出帕斯捷尔纳克诗歌的斑斓图画。

1913 年，帕斯捷尔纳克推出第一部诗集《云中双子星》。尽管帕斯捷尔纳克自己对这部处女作不太满意，评论家也认为这部诗集中的诗并非皆为成熟之作，但是，帕斯捷尔纳克后来多次修改其中的诗作，这表明了诗人对自己最早一批抒情诗作的眷念和重视。更为重要的是，帕斯捷尔纳克这第一批诗作其实奠定了他的诗歌风格，将这部诗集中的诗作与他后来的诗作相比，似乎也看不出过于醒目的差异。这部诗集中的第一首诗《二月》（1912）后来几乎成了帕斯捷尔纳克任何一部诗歌合集的开篇之作：

二月。笔蘸墨水就想哭！
号啕着书写二月，
当轰鸣的泥浆
点燃黑色的春天。

雇辆马车。六十戈比，

穿越钟声和车轮声，

奔向大雨如注处，

雨声盖过墨水和泪水。

像烧焦的鸭梨，

几千只乌鸦从树上

坠落水洼，眼底

被注入干枯的忧伤。

雪融化的地方发黑，

风被叫喊打磨，

诗句号啕着写成，

越是偶然，就越真实。

　　1917 年，帕斯捷尔纳克出版第二部诗集《超越街垒》，其中的许多诗作其实引自其第一部诗集，但这部诗集的名称却不胫而走，它不仅是关于当时时代的一种形象概括，同时也构成关于帕斯捷尔纳克人生态度的一种隐喻。在十年后写给茨维塔耶娃的信中，帕斯捷尔纳克曾这样归纳《超越街垒》的内容："开端是灰色、北方、城市、散文、革命来临前的预感……各种语体相互混杂。"[1]

　　当然，让帕斯捷尔纳克赢得广泛诗名的，还是

1　德·贝科夫：《帕斯捷尔纳克传》，王嘎译，北京：人民文学出版社，2016 年，第 143 页。

他的第三部诗集《生活是我的姐妹》（1922）。其中的诗写于俄国的历史动荡时期，可这些诗作却令人惊奇地充满宁静和欢欣，对叶莲娜·维诺格拉德的爱恋，与俄国大自然的亲近，使得诗人在残酷的年代唱出了一曲生活的赞歌。诗人在主题诗作《生活是我的姐妹》（1922）中写道："生活是我的姐妹，如今在汛期，/她像春雨在众人身上撞伤，/但戴首饰的人高傲地抱怨，/像燕麦地的蛇客气地蜇咬。"

关于"生活是我的姐妹"这句话的来历，研究者们有着不同的发现，比如圣方济各曾称自然万物为"姐妹"，他曾给他的"小鸟妹妹"布道；俄国象征派诗人亚历山大·杜勃罗留波夫一首未发表的诗作就以此为题；帕斯捷尔纳克喜爱的法国诗人魏尔伦也有过"你的生活是你的姐妹"的诗句。但是，帕斯捷尔纳克最终使"姐妹"成了一个关于生活的整体隐喻，人们能在这个隐喻中体会到诗人对于生活的亲切和关爱。雅各布森曾说，《生活是我的姐妹》这一题目是无法译成德语的，因为德语中的"生活"（das Leben）一词为中性而非阴性，因此无法被称为"姐妹"[1]。雅各布森的这个说法能帮助我们更好地意识到帕斯捷尔纳克这行名句所蕴藏的隐喻内涵。

1922 年 6 月，出国寻夫的茨维塔耶娃在逗留柏林期间收到帕斯捷尔纳克寄赠的诗集《生活是我的

1　Якобсон Р. Работы по поэтике. М.: Прогресс, 1987. С. 330.

姐妹》，她读后十分赞赏，写下一篇题为《光的骤雨》的书评，她以一位杰出诗人的敏锐洞察力对帕斯捷尔纳克诗歌的特征做出了形象的概括：

> 《生活是我的姐妹》！我经受住了整本书，从第一次击打到最后一次击打，我之后做出的第一个动作就是张开双臂，让每个关节都嘎嘎作响。我置身于这部诗集，就像置身于一场骤雨。一场骤雨：整个天空都对准脑袋，垂直地落下，真正的骤雨，倾斜的骤雨，穿透，穿堂风，光线和雨水的争论，你什么都别说了：既然已经置身雨中，你就成长吧！
>
> 光的骤雨。
>
> 帕斯捷尔纳克是一位大诗人。他现在大于所有人：多数人停留在过去，一些人属于当下，只有他一人属于未来。[1]

"光的骤雨"，这的确是关于帕斯捷尔纳克诗歌的一个美妙隐喻。

在诗集《主题与变奏》（1923）之后，帕斯捷尔纳克一度转向历史题材的长诗和散文写作，直到 1930 年代初才相继出版两部诗集，《历年诗抄》

1　Цветаева М.И. Собрание сочинений в семи томах. М.: Эллис Лак. 1994. Т. 5. С. 233.

（1931）是旧作选本，《重生》（1932）是一部新诗集。后一部诗集的题目曾被当时的诗歌评论家解读为诗人对其所处"巨变"时代的诗歌呼应，但是其写作动机实为帕斯捷尔纳克对济娜伊达·涅高兹的热恋，以及格鲁吉亚主题在诗人创作中的渗透。"重生"，当然也暗示着诗人在返回诗歌。1943年，帕斯捷尔纳克出版诗集《早班列车上》，这部在二战正酣时面世的诗集与《生活是我的姐妹》很相似，帕斯捷尔纳克诗歌世界的安详和宁静与外部世界的动荡和震撼构成了独特的对比，其中由12首短诗构成的组诗《佩列捷尔金诺》，是诗人为他生活其间的莫斯科郊区小镇留下的如画诗篇。

　　1945年之后，帕斯捷尔纳克将主要精力用于写作长篇小说《日瓦戈医生》。但《日瓦戈医生》毕竟是一部由诗人写作的诗性小说，帕斯捷尔纳克用假托为小说主人公日瓦戈所作的25首诗构成小说的最后一章，这组《尤里·日瓦戈的诗》也应该被视为帕斯捷尔纳克的一部独特诗集。

　　在《日瓦戈医生》完成后，帕斯捷尔纳克又回过头来写诗，《天放晴时》（1956—1959）是帕斯捷尔纳克的最后一部诗集，也是他最后一部完整的作品。晚年的帕斯捷尔纳克虽然深陷诺贝尔奖事件的旋涡，但在与伊文斯卡娅温暖的夕阳恋中，在与以佩列捷尔金诺为代表的俄国大自然的和谐共处中，他似乎获得了某种向死而生的欣悦和释然。组诗《天放晴时》作为帕斯捷尔纳克晚年这种复杂的情感体验和深刻的人生思考之结晶，为诗人的整个抒情诗创作、整个文学创作乃至整个人生画上了一个完美的句号。这是组诗中的主题诗作《天放晴时》：

硕大的湖像一只盘子，
云朵聚集在湖畔，
那巨大的白色堆积，
如同冷酷的冰川。

随着光照的更替，
森林变换着色调，
时而燃烧，时而披上
烟尘似的黑袍。

当绵延的雨季过去，
湛蓝在云间闪亮，
突围的天空多么喜庆，
草地充满欢畅！

吹拂远方的风静了，
阳光洒向大地。
树叶绿得透明，
像拼画的彩色玻璃。

在教堂窗边的壁画上，
神父，修士，沙皇，
戴着闪烁的失眠之冠，
就这样朝外把永恒张望。

这大地的辽阔，
如同教堂的内部；
窗旁，我时而能听到
合唱曲遥远的回响。

自然，世界，宇宙的密室，
我将久久地服务于你，
置身隐秘的颤抖，
噙着幸福的泪滴。

　　此诗写于1956年，此时的帕斯捷尔纳克66岁，已经历过一次差点让他送命的中风（1952年），他完成了《日瓦戈医生》的写作，也基本理顺"大别墅"（妻子和儿子的家）和"小别墅"（伊文斯卡娅的家）之间的关系，他在再次经受了茨维塔耶娃所言的"光的骤雨"之后，似乎迎来了"天放晴时"的时节。这首诗是一首山水诗，由七小节构成，诗行很短，用词简洁，韵脚干净利落，显示出帕斯捷尔纳克晚年诗作那种返璞归真的意蕴。诗的标题具有多重含义，既指大自然的雨过天晴，也可能暗示社会生活的变化，更是在隐喻抒情主人公的心境。这首诗充满多个大小比喻，如湖像盘子、白云像冰川、烟尘像黑袍、树叶像彩色玻璃等等，但所有这些比喻全都服务于一个总的比喻，即"这大地的辽阔，/ 如同教堂的内部"，辽阔的大地居然只是一座教堂的"内部"，那么，这座教堂应该就是整个大自然，整个世界，整个宇宙，于是便有了最后一小节第一行的总体比喻："自然，世界，宇宙的密室"。森林是教堂，自然是教堂，宇宙也是一座大教堂——这一隐喻让诗人"颤抖"，令他"落泪"，因为他体会到了与周围整个世界的精神关联，他感觉到了他可以与万物一起欢乐、一起受难的权利和使命。

*

作为 20 世纪最重要的俄语诗人之一，帕斯捷尔纳克诗歌创作的价值或曰意义也许体现在以下几个方面：

首先，帕斯捷尔纳克的诗歌中存在着一套别具一格的隐喻系统。帕斯捷尔纳克的诗素以"难懂"著称，在中国也曾被视为"朦胧诗"，这主要是因为，他的诗大多具有奇特的隐喻、多义的意象和复杂的语法。在帕斯捷尔纳克的诗中，复杂的句法和满载的意义与抒情主人公情绪的明澈和抒情诗主题的单纯往往构成强烈对比，而这两者间的串联者就是无处不在的隐喻。与大多数善用隐喻的诗人不同，帕斯捷尔纳克的隐喻不是单独的而是组合的，叠加的，贯穿的，不断推进的；与此相适应，帕斯捷尔纳克的隐喻往往不单单是一个词，或一句诗，而是一段诗，甚至整首诗。在俄语诗歌中，同样具有此种风格的还有茨维塔耶娃和曼德尔施塔姆，或许还有后来的布罗茨基。这些组合隐喻会演变成一个个意象，扩大成一个个母题，甚至丰富成一个个"时空体"，德米特里·贝科夫在他的《帕斯捷尔纳克传》中，就曾归纳出这样六个"时空体"，即"莫斯科""佩列捷尔金诺""南方""高加索""欧洲""乌拉尔"。[1]

其次，帕斯捷尔纳克的诗歌充满亲近自然、感悟人生的主题内涵。1965 年，帕斯捷尔纳克的诗被列入著名的"诗人丛书"出版，西尼亚夫斯基在为此书所作的长篇序言中写道："帕斯捷尔纳克抒情诗中的中心地位属于大自然。这些诗作的内容超出了寻常的风景描绘。帕斯捷尔纳克在叙述春天和冬天、雨水和黎明的同时，也在叙述另一种自然，即生活本身和世界的存在，也在诉说他对生活的信仰。我们觉得，生活在他的诗中居于首要位置，并构成其诗歌的精神基础。在他的阐释中，生活成为某种无条件的、永恒的、绝对的东西，是渗透一切的元素，是

1　德·贝科夫：《帕斯捷尔纳克传》，王嘎译，北京：人民文学出版社，2016 年，第 136—137 页。

最为崇高的奇迹。"[1]

对自然的拥抱，对生活的参悟，的确是帕斯捷尔纳克抒情诗中两个最突出的主题，而这两者的相互抱合，更是构成了帕斯捷尔纳克诗歌的意义内核。在帕斯捷尔纳克的诗中，作为抒情主人公的"我"往往是隐在的，而大自然却时常扮演主角，成为主体，具有面容和性格，具有行动和感受的能力，诗中的山水因而也成为了"思想着的画面"。置身于大自然，诗人思考现实的生活、人的使命和世界的本质，试图在具体和普遍、偶然和必然、瞬间和永恒、生活和存在之间发现关联，这又使他的抒情诗成了真正的"哲学诗歌"。

第三，帕斯捷尔纳克是白银时代诗歌经验的集大成者。帕斯捷尔纳克爱上诗歌并开始写作诗歌的年代，恰逢俄国文学史上的白银时代，那是一个辉煌灿烂的诗歌时代。他比以象征派诗人为主体的白银时代第一批诗人要年幼一些，却几乎是白银时代诗人中最后一位离世的；他最初接近的是以别雷为代表的后期象征派和马雅可夫斯基为首领的未来派，可他却和茨维塔耶娃一样，是白银时代极为罕见的独立于诗歌流派之外的大诗人。更为重要的是，帕斯捷尔纳克的诗歌创作呈现出对白银时代各种诗歌流派的开放性，他的诗中有象征派诗歌的音乐性，也有阿克梅派诗歌的造型感；有未来派诗歌的语言

1　Пастернак Б.Л. Стихотворения и поэмы. М.-Л.: Советский писатель. С. 14–15.

实验，也有新农民诗歌对自然的亲近。帕斯捷尔纳克的诗歌创作似乎就是俄国白银时代诗歌传统的化身，他是真正意义上的白银时代诗歌之子。

最后，帕斯捷尔纳克的创作是 20 世纪下半叶俄国文学和文化的旗帜。帕斯捷尔纳克的创作纵贯 20 世纪俄语诗歌半个多世纪的发展历史，到 20 世纪下半叶，他和阿赫马托娃[1]成为白银时代大诗人中仅有的两位依然留在苏联并坚持写诗的人，他们的存在本身就标志着一种强大的诗歌传统的延续，无论就创作时间之久、创作精力之强而言，还是就诗歌风格的独特和诗歌成就的卓著而言，帕斯捷尔纳克都是 20 世纪俄语诗人中的佼佼者。

帕斯捷尔纳克悲剧性的生活和创作经历，也折射出 20 世纪俄国知识分子乃至整个俄国文化的历史命运，他在《日瓦戈医生》中展示出的 20 世纪俄国知识分子之命运，几乎就是他本人的一幅历史自画像。帕斯捷尔纳克的诗歌自身也具有很高的文化品味和文化价值，在几十年的创作历史中，无论社会风气和美学趣味如何变化，帕斯捷尔纳克始终忠于自我的感觉，忠于诗歌的价值，而这在某种意义上又恰恰表现为对生活真理的忠诚。总体而言，他的诗歌创作，就像曼德尔施塔姆对阿克梅主义所下的定义那样，也是一种"对世界文化的眷念"。

1　阿赫马托娃（即阿赫玛托娃），该笔名取自其祖先的名字阿赫马特，译者保留此译法。——编辑注。

*

　　这本《帕斯捷尔纳克抒情诗全集》中的诗作译自俄文版《帕斯捷尔纳克诗全集》[1]，译者译出俄文版中的所有抒情诗，但未选其中的五部长诗，即《崇高的疾病》《1905 年》《施密特中尉》《斯佩克托尔斯基》《曙光》。为更清晰地体现帕斯捷尔纳克抒情诗创作的过程和全貌，译者并未完全遵循俄文版《帕斯捷尔纳克诗全集》的结构，而将帕斯捷尔纳克的九部诗集按出版时间的顺序排列，并将帕斯捷尔纳克未收入诗集的诗作全都列入最后一辑，即"未曾收入诗集的诗作"，此辑中的百余首诗均以写作年代为序排列。这里的四百余首抒情诗，应该就是帕斯捷尔纳克抒情诗创作的全部了。

　　帕斯捷尔纳克的诗素以难懂、难译著称，在此次翻译他全部抒情诗的过程中，译者对他的抒情诗的确有了一些新的理解和认识，也采用了一些与之前的帕斯捷尔纳克抒情诗汉译有所不同的译法，具体效果如何，还有待同行和读者的审阅和鉴定。由衷希望能得到指正！

刘文飞

2021 年 8 月 28 日于京西近山居

1　Пастернак Б.Л. Полное собрание стихотворений и поэм. СПб.: Академический проект. 2003.

早期诗作

(1912—1914)

二月[1]

二月。笔蘸墨水就想哭！

号啕着书写二月，

当轰鸣的泥浆

点燃黑色的春天。

雇辆马车。六十戈比，

穿越钟声和车轮声，

奔向大雨如注处，

雨声盖过墨水和泪水。

像烧焦的鸭梨，

几千只乌鸦从树上

坠落水洼，眼底

被注入干枯的忧伤。

雪融化的地方发黑，

风被喊声打磨，

1　此诗是帕斯捷尔纳克的成名作，被收入诗人的第一部诗集《云中双子星》。

诗句号啕着写成，

越是偶然，就越真实。

1912 年

"像火盆古铜色的灰"[1]

像火盆古铜色的灰，
惺忪的花园布满甲虫。
盛开的世界高悬，
与我和我的蜡烛持平。

我走进这个夜晚，
像走进未知的信仰，
枯萎暗淡的白杨，
遮挡天上的月亮。

池塘像破解的秘密，
苹果树窃窃私语，
花园像悬空的建筑，
把天空在眼前举起。

1912 年

---

1 带引号的题目表明原诗无题，以第一行诗为题。全书同。

"今天我们扮演他的忧伤"

今天我们扮演他的忧伤，

相遇时或许把我提起，

店铺的昏暗如此。带有

杜鹃花慌乱幻想的窗口如此。

门洞如此。朋友们如此。

凶宅的门牌号如此，

当忧伤和我在楼下相遇，

同行者们也如此。

组成奇特的先锋队。

后方的生活。院落泥泞。

人们责怪春天解冻。晚祷，

蔓延的三月扭歪教堂的台阶。

行业一个比一个赚钱，

一片屋顶高耸。房屋增多，

我们把踏板放在面前。

1911 年，1928 年 [1]

"当诗人们凝视" [1]

当诗人们凝视
竖琴的迷宫，
尼罗河向左流，
幼发拉底河偏右。

在两条河中间，
带着恐怖的单纯，
传说中的伊甸园，
扬起树干的队形。

它会高过外人，
大喊：我的儿！
我像历史人物，
进入树木的家庭。

我是光。我有名，
因为我能留下阴影。

1　在帕斯捷尔纳克的第一部诗集《云中双子星》中，此诗题为
《伊甸园》。

我是大地的生命，

生命的始初和峰顶。

1913 年，1928 年

梦[1]

我梦见窗外微光中的秋天，
朋友们与你在嬉闹，
像嗜血的鹰自天而降，
一颗心落在你手上。

但时间在流逝，在变老变聋，
窗框闪耀锦缎般的银光，
霞光自花园沾湿窗玻璃，
用九月血红的泪水。

但时间在流逝，在变老。
软绸椅套像裂开的冰在融解。
高声的你突然不语，
梦也沉默，像教堂的钟声。

我醒来。黎明暗淡像秋天，
风吹拂远方，带走

1　此诗对莱蒙托夫《梦》一诗的意境有所借鉴。

那串在天空奔跑的白桦树，
像金黄的雨跟随大车奔跑。

1913 年，1928 年

"我长成"

我长成。我像伽倪墨得斯[1]，
被阴雨天带走，被梦带走。
仿佛翅膀，孕育苦难，
永远与大地分手。

我长成。晚祷的纱巾
把我严实地包裹。
我们告别，用杯中的酒，
用悲伤酒杯的碰触。

我长成，但鹰的拥抱
在冷却双臂的热度。
岁月远去，爱情啊，
你像预兆在我头顶飘过。

难道我们不在同一片天空？
高度的魅力在于，

1　伽倪墨得斯，古希腊神话中的美少年，特洛伊国王特罗斯之
子，后被宙斯劫去做酒童。

35

像为自己唱挽歌的天鹅[1]，

你能与雄鹰比翼。

1913 年，1928 年

---

1 传说天鹅一生只在临死时歌唱一次，即所谓"天鹅之歌"。

"今天所有人会穿大衣"

今天所有人会穿大衣，
会碰上雨滴的密林，
可是他们无人发觉，
我又在把阴雨天畅饮。

树莓的叶子后仰，
泛出背面的银光，
今天的太阳忧郁，像你，
太阳此刻像你，是北方女郎。

今天所有人会穿大衣，
可是我们也生活如意。
我们拥有雾的琼浆，
没有什么能把它代替。

1913 年，1928 年

"昨日孩子般入睡的人"

昨日孩子般入睡的人，
今天会在黎明起床。
人们伸直僵硬的大腿，
像剑在新的召唤中出鞘。

街道上的鞑靼商贩
刚喊出他们的叫卖声，
他们回过头去打量
熟悉道路上旧的行程。

他们能认出孤儿般的雨，
北方浅灰色的小雨，
能认出矿区的天际线，
剧院和塔楼，屠宰场和邮局，

那里的每一个标记
都是前行脚步的印迹。
他们能听出这是起点。
榜样已做出，轮到你。

他俩如今的任务

是走完全部的行程，

像用木锉，像抹蓝漆，

一起走过浅滩和大道。

1913 年，1928 年

车站

车站，是烧不毁的箱子，
藏有我的离别和相聚，
是老练的朋友和导师，
开始吧，别计算功绩。

往往，我的生活裹着头巾，
旅客列车刚打开车门，
机车的烟囱在吐气，
蒸汽蒙住我们的眼睛。

往往，我刚落座就到站。
贴近一下，就要离开。
别了，我的欢乐！
列车员，我这就跳下去。

往往，西方闪开身体，
用雨天和枕木做工具，
它像雪片贴近地面，
为了躲过减震器。

重复的汽笛声隐去，

远方又响起一声汽笛，

列车清扫一座座月台，

像沉闷的翻滚的风雪。

瞧，黄昏已经难耐，

瞧，旷野和风

在追踪那道烟雾，

哦，但愿我也身在其中！

1913 年，1928 年

威尼斯[1]

我清早被惊醒，
窗玻璃咔嚓一响。
像泡涨的石头面包圈，
威尼斯漂在水上。

万籁俱寂，可是，
我在梦中听到喊声，
像中断的信号，
喊声仍在惊扰天穹。

海面是歇息的曼陀铃，
喊声高悬像天蝎座，
在这受辱女人的头顶，
喊声像是来自远处。

此刻喊声已平息，
像黑色刀叉伫立于黑暗。

1　帕斯捷尔纳克于 1912 年 8 月造访威尼斯后写成此诗。

宽大的运河像逃犯，
面带讥笑回头顾盼。

饥饿的波浪在反抗，
在忧郁地闲逛，
贡多拉[1]切割缆绳，
蹭着码头像在磨刀。

在泊船港湾的对岸，
现实诞生于残存的梦。
威尼斯像个威尼斯女子，
从岸边跃入水中游泳。

1913 年，1928 年

---

1 我在此破例使用此词的意大利发音，即重音在第一音节。——
帕斯捷尔纳克原注。译者按：俄语中的"贡多拉"（гондола）一
词重音在第二音节。

冬天

我像一只蜗牛，

脸贴翻滚冬季的漏斗。

"各就各位，不玩的靠边！"

絮语在喧嚣，忙乱似雷声。

"就是加入'大海汹涌'游戏[1]？

加入情节蔓生的故事，

人们不做准备就加入？

就是加入生活，就是

加入结局意外的故事？

内容是忙乱、可笑和滑稽？

就是大海真的汹涌，

再安静，不问海底？"

这是贝壳的轰鸣？

---

1 一种抢座位游戏，主持人讲一个与大海相关的故事，等他突
然喊出"大海汹涌"，众人就开始抢座位，没抢到座位的人担任
下一轮游戏的主持人。

是宁静房间的絮语？
是火焰在敲打炉门，
与自己的阴影争执？

火炉的气孔在叹息，
环顾四周，在哭泣。
车夫在白云间飞驰，
饱尝大车黑色的鼾声。

没有清除的积雪，
爬上窗前的墙壁。
盛矾的小玻璃杯外面，[1]
过去和现在都空空如也。

1913 年，1928 年

---

1 在俄国，人们在冬季常将盛有矾的小玻璃杯放在两层窗玻璃之间，以防窗玻璃起雾。

宴会

我饮下月下香和秋季天空的苦酒，
饮下你的背叛引起的热泪。
我饮下傍晚、深夜和人群的苦酒，
饮下号啕诗句的潮湿苦味。

我们是作坊的产儿，无法忍受清醒。
早已与可靠的饭碗为敌。
酒友们的祝酒词是夜间不安的风，
或许永远无法兑现的说辞。

继承和死亡，是我们宴会的祝酒人。
树冠闪亮像静静的霞光，
格律像耗子在面包盘里翻寻，
灰姑娘匆忙换上她的新装。

地板已清扫，桌布上干干净净，
诗句静静呼吸，像孩子的吻，
灰姑娘在路上奔跑，春风得意，
花光最后一分钱，只好步行。

1913 年，1928 年

"自黎明前的广场"

自黎明前的广场
那喧嚣的菱形起身，
无法摆脱的雨水，
铅封了我的歌声。

晴朗的天空下，你们
别在枯燥的同事间找我。
我浑身被灵感浸透，
北方是我自幼的故土。

北方置身于黑暗，
像负重诗句的双唇，
它皱着眉头，像黑夜，
在门口张望辩词的当铺。

我恐惧这个主体，
但只有它清楚，
我并非它的养子，
却为何被它租用。

1913 年，1928 年

冬夜[1]

灯的努力无法矫正白昼。
幽灵无法揭起受洗节的罩布。
冬天降临大地，烟火
却无力押直倒伏的房屋。

路灯的白面包，屋顶的油饼，
雪中的黑影是豪宅的门柱：
这是老爷的家，我做过家教。
我独自一人，送学生入梦。

没有约会。但窗帘紧闭。
人行道积雪，台阶被埋。
记忆啊，你别急！与我共生吧！
请向我保证，我俩一体。

你又想起她？我却很平静。
谁给她宽限，谁苦苦追寻？

---

1 帕斯捷尔纳克曾经的恋人伊达·维索茨卡娅于 1913 年到莫斯科一位富商家做家庭教师，帕斯捷尔纳克因而写下此诗。

那次打击是源头，托她的福，
如今一切与我已无关系。

人行道积雪。雪堆之间，
赤裸的黑冰像冻僵的玻璃瓶。
路灯的白面包，烟囱涌出孤烟，
像裹着黑羽的猫头鹰。

1913 年，1928 年

云中双子星

(1913) [1]

---

1 《云中双子星》是帕斯捷尔纳克的第一部诗集,出版于 1913 年 12 月,其中 11 首诗作后被帕斯捷尔纳克选出,改写后收入他的诗歌合集,这里译出的是余下的十首。

林中

我是无名嘴巴的谈吐，
像被城市捕捉的传闻；
清晨用光线直射我，
像直射磨损的字母。

我小心踩着苔藓，
猜测酒杯的秘密：
我是无声国度的声音，
我是森林词语的赠礼。

你让轰鸣的乌云落泪，
哦，勇敢年少的树身！
你在流浪，向永恒求情，
我就是你的声音。

哦，黑森林，你是巨人，
你是田野的独孤武士！
哦，草地歌唱的湿润，
默不作声的奴役！

被剥夺话语的密林，

时而合唱，时而孤独……

我是无名嘴巴的谈吐，

我是沉睡方言的立柱。

1913 年

"我的忧伤像塞尔维亚女俘"¹

我的忧伤像塞尔维亚女俘，

她说着她的母语。

歌唱的词语多么苦涩，

她的嘴巴吻过你的绸衣。

我的眼睛像被逐的风向标，

被出击的大地追捕。

你的笔迹像鳗鱼，

眼球随笔迹沉没。

我的叹息，风琴的风箱，

压出我大胆的假身；

你很早走出教堂，

你没唱完纯洁的歌声！

我孤独的生活，

不会写进圣徒行传，

1　在 1912—1913 年巴尔干战争期间，俄国报刊经常刊登有关塞尔维亚与土耳其作战的消息。

"我的忧伤像塞尔维亚女俘"[1]

我像草原上无谓的牛蒡，

我像吊桶旁的吊杆。

1913 年

双子星[1]

两颗心，两伴侣，我们冻僵，
我们是单身囚室的双子星。
谁人的镰刀像闪亮的宝瓶座，
我在高空静止像卧榻上的星。

四周是其他恋人的忠诚混乱，
熟睡的女人是谁在屏息守护？
星座的幻象未撕碎你的被褥，
你的被褥是揉皱的丝绸。

你长眠的土地不是残余，
不源自梦境之上矗立的圆柱，
冻僵的卡斯托尔在守护，
这双星之一毗邻你的痛苦。

---

1 此诗以一则古希腊神话传说为基础，卡斯托尔和波吕克斯为
孪生兄弟，前者生命有限，后者不朽，卡斯托尔死后，波吕克斯
求其父宙斯让卡斯托尔复活，宙斯遂让两兄弟分享不朽和死亡，
轮流在人间和冥间生活。两兄弟曾参与寻找金羊毛的海上探险，
在遭遇风暴时，这对孪生兄弟头上各有一颗星星亮起，赋予他们
平定风暴的神力，两兄弟从此被奉为航海守护神。罗马现存卡斯
托尔和波吕克斯神庙。

我环顾。他的孪生兄弟
把他月光的身躯探出窗外。
是兄弟波吕克斯的那个夜晚，
是守护军团的那个夜晚？

他的下方有光。胫甲闪亮，
他在飘浮，不踏破睡梦。
你在高空压迫、弯曲和呻吟，
你压迫和驱赶的身躯现在哪里？

1913 年

船尾的双子星

致康斯坦丁·洛克斯[1]

如同水草覆盖泥沼，

低垂的眼睑覆盖幻想……

有朝一日我将离去，

像指路星中的一位同乡。

我们让陡坡弯曲，

陡坡像健在的古代侍卫，

用我的话语，用唇上的灰，

让捡来的弃儿入睡。

郊外已在身后。冷……

我和同行的星一起颤抖。

一些人在环抱里伸展，

一些人像广场般长大。

姘妇们遮挡乳房，

1　康斯坦丁·洛克斯（1890—1955），帕斯捷尔纳克的大学同学，曾与帕斯捷尔纳克等人一同组成"抒情诗"小组，后在戏剧学院教书。

午夜弯曲着侧影，

朦胧的身躯、开关和屋顶，

颤抖着僵硬的水银。

于是在不祥的昏暗，

透过阴间的瘴气，

我看见船尾的双子星，

在过早的气喘病中僵硬。

1913 年

抒情的原野[1]

致谢尔盖·勃布罗夫[2]

清晨，装好护栏，

揭开防雨的帆布，

热气球的阁楼和十字架，

升向微微发白的天幕。

用无指的信号为它送行，

信号向瞭望塔预报火灾，

在你燃尽的蜡烛，

远方在与蛋白告别。

升高的绳索越来越细，

怨诉的琴声像立柱；

不是百倍墓穴的盖板，

柏油路像鼓胀的帆布。

1　此诗内容与帕斯捷尔纳克家的一个家庭传说相关，帕斯捷尔纳克的姑父米哈伊尔·弗莱登伯格（1858—1920）是一位出版人和发明家，曾于 1881 年 7 月乘热气球飞行。

2　谢尔盖·勃布罗夫（1889—1971），帕斯捷尔纳克的诗友，参与创建诗人小组"抒情诗"和"离心机"。

这琴声是天上的甲板，
绳索因为铁锚唱歌，
清晨多弦的林地，
像朦胧摇摆的船坞。

当你浪游的天使，
感觉到系缆的紧绷，
调整吊杆，三角形
因琴弦的担忧而静音。

被驯化的金雕无法忍受，
不愿理睬检疫的堡垒。
无翼的众人在远处下沉，
唯有你在欢快地腾飞。

1913 年

"夜……一串成熟的焊枪"

夜……一串成熟的焊枪，
夜……一袋旅途的月亮，
白天你因正午的强碱咽气，
白天你面对焦炭的白灰。

白天并不总是蒙尘，
一撮惺忪的火，炭的剧痛？
黑夜并非燃烧金锭的火，
椅子的毒刺，蜂房的话语？

哦你们醒来吧，像乞丐，
滚烫的额头紧贴地砖！
你们在酒后的鞠躬中听见忏悔？
"我在夜间的睡梦中饱餐。"

夜，你松弛的腰带垂落，
害羞的愚民让开路……
白天它藏身醉鬼的亲吻，
嘴唇紧贴水池边沿。

1913 年

62

"在稀疏花园的背后"

在稀疏花园的背后，
在荒芜住处的外墙，
一块空地面对天空，
就像开阔的广场。

无声的宽度抵达，
响彻世界的喧嚣静息，
地平线退向深处，
像断头台延期的一日。

我们是白昼的儿女，
不习惯这西天的死期[1]，
我们在坩埚久久浇铸，
铸就轻盈日常的东方。

当天空开始飘浮，
我们的胸腔吸满空气，

---

1 "西天的死期"指傍晚，下文"轻盈日常的东方"指早晨。

对于你起头的排演，

你会发出怎样的叹息？

1913 年

合唱

致尤·阿尼西莫夫[1]

> 我在等，孩子很快离开森林，
>
> 在雪的合唱中坠落，
>
> 像山峰用头颅画线，
>
> 跌入清唱剧的深渊。
>
> ——变奏的主题

合唱逐级登高，

踩着烛台的脊骨：

起先是山谷，然后是原野，

最后是盲目的十月。

起初是篱笆，上方是森林，

最后是刺耳的阻拦。

声音在黎明列队，

走向天花板。

1　尤·阿尼西莫夫（1888—1940），帕斯捷尔纳克的诗友，"抒情诗"小组成员。

起初是微光，起初是涟漪，
起初是喜鹊的网。
然后东方步入晨雾，
像浮船驶入深渊。

起初你尽情点燃烛台，
然后它白白燃烧；
最后，十月的狂欢
走向数百堆干草。

但歌手们会沉默，
当孩子开始呼唤。
合成的大军坠落，
用头颅画线。

哦，我不也一样，
显然在孤身行走？
众多城市的合唱，
不也就像脚下的歌手？

当我回首张望，
宫殿交还我诗句，

我迈开魔琴[1]的脚步，

去把诗句寻觅？

1913 年

1 "魔琴"（самогуды）是俄国民间传说中的乐器，能自动演奏
和舞蹈。

夜的画面

当黄昏遮蔽橱窗，
用双凹面的幻想，
我电话的塑料话筒，
把我带入你的匿名。

是的，应该如此，
让走廊的传说聚向蜡烛；
是的，应该如此，
让夜的恶习与我们痛苦。

是的，让法厄同[1]的心，
带着年轻人的勇敢狂奔，
让他的心步出我的午夜，
像税款交给你的河湾。

让市中心的灯火，
呼应公路的寂静，

1　法厄同是太阳神之子，他擅自驾驶父亲的太阳马车，使大地
着火，他父亲只得忍痛用闪电将他击落。

让绅士们像舰队打盹，

在水池般窗口的后面。

让偶像们模糊地出征，

被排成两列的夜所佐证，

让广场像地平线冲出，

出海追寻阿尔戈英雄[1]。

让金羊毛的梳理，

因为白发而搁浅，

让心儿像星辰[2]呻吟，

俯瞰大海的耕地。

当巨人们的篝火燃尽，

梦境在锚地摇晃，

郊外会塌入哪些港湾，

时时处处都有歌唱？

1913 年

1　阿尔戈英雄指古希腊神话中同伊阿宋一道乘"阿尔戈"号快船去取金羊毛的 50 位英雄。

2　这里的"星辰"指天卫一，即天王星的第一颗卫星，于 1851 年被人们发现，以莎士比亚《暴风雨》一剧中"缥缈的精灵"的名字"阿里尔"（Ariel）命名。

心和旅伴

致叶·亚·维诺格拉德[1]

只有你，我的城市，

带着天文台的失眠，

带着遗失物的郊区，

只有你，我的城市，

用一扇扇门将商场

浸入相互争执的霞光。

那边，在黄昏灰蓝的淬火，

空气的白发在闪亮，

废弃的入口在变凉。

这边，人们在正午聚集，

请求面对过去的出口

敞向尚未燃尽的远方。

像透过透明的望远镜，

瞪着月光下的双目，

占星师认出双子星，

1　帕斯捷尔纳克当年的恋人。

70

门与门相互指责，
金色和蓝色的云迷路，
它们四散着消隐。

阳台向涟漪俯身，
老式家具向天空举手，
像是神的器物，
在拼命划桨的时候，
心儿失去防护，
旅伴的力量显露。

只是为你，古怪的人，
沿长廊走向远日点，
让霞光与风雪相伴，
歌中有我俩的声音：
"我们两人，心和旅伴，
我们分成两半。"

1913 年

超越街垒 [1]

(1914—1916)

1　诗集《超越街垒》出版于 1916 年底，帕斯捷尔纳克后在 1928—1929 年间对这部诗集中的诗作进行增删和修改，自原诗集中选出 31 首，又在 1915—1917 年间的诗作中选定三首置入此集。诗集名称取自其中的《彼得堡》一诗，帕斯捷尔纳克后在 1948 年对友人说："随着时间的推移，诗集的名称变成了创作时期和手法的名称。"译者同时译出诗集《超越街垒》中未被帕斯捷尔纳克在 1928—1929 年间挑中的其余诗作，置于这一辑的后半部分。

院落

被霜花细密勾勒的院落！
你像是被判流放，
注定忍饥挨饿，睡眠不足，
忍受后脑勺的疼痛。

院落覆盖干枯的落叶，
盐霜从低矮的冷却塔落下！
你看，滑轨的焊缝发黑，
马路的冻疮被戳破。

院落啊，你是否发觉？
它昨日肿胀，今天开裂，
阵风挣脱十月的魔爪，
翻滚着隐入马鬃。

院落！这风像严寒中的车夫，
向前，道路的噪音染红眉际，
像与山羊合体，风与喧闹的
郊外和工厂的陡坡合体。

双臂敞开，衣扣在后，
上衣鼓胀像云朵，
喊声和口哨，小心，勒住马，
院落！这寒风就像车夫。

院落！这风令我亲切，
因为它在四周飞奔，
像一张票证贴在墙上：
"人们，那里的人爱工作！

人们，那里的狂怒胜过我！
在那里我甚至要下跪。
人们，就像北极人的海，
他们的灵感像冰块翘立。

他们给黑暗缴纳烈焰的税赋！
给严寒奉上猎狼的贡品！
他们书中的严寒比我的更冷。
日蚀比他们的发现更暗。

冬天像鞑靼税官一样收税，
窗户和火炉，他们书中的严寒，

可汗安排冬季征税，

他的命令被刻上蜡板。[1]

用皮袄抵御诗中的风暴吧，

你们用蜡烛抵御天空，

用三山牌啤酒抵御希望，

希望被他们视为倔强的种族。"

1916年，1928年

1　在蒙古鞑靼人统治俄罗斯时期，可汗的命令常被刻在蜡板上
下传。

噩梦[1]

请你倾听被牙床过滤的暴风雪，
请你倾听无雪的风赤裸的奔走。
雪堆不会被任何东西撞碎，
像铸铁的锁链扫过地面，
它们列队扫过原野和耕地，
掠过空中和雪地，呼应着风，
穿过松林，穿过松散板墙的窟窿，
穿过木板，穿过贫民窟的牙床。

扫过原野，掠过空中，穿过
天国信徒梦见的胡言乱语。
他梦见：牙齿自颌骨脱落[2]，
城堡口齿不清，庄园细语轻声，
一切都被打落，没有任何完整，
信徒恶心，因为骨骼的响声。
因为飞行员的牙齿，舰队的三叉戟，
因为喀尔巴阡山的红色峰峦。

1　此诗表达了诗人因第一次世界大战爆发而生的感受。
2　俄国民间有迷信，认为梦见牙齿和齿状物是死亡的预兆。

他想移动，却无法苏醒，

他无法苏醒，被紧锁在梦境。

他的梦在继续。像园丁施肥，

斯托霍德河畔的土地被推平。[1]

他不相信，高天曾面对它的深渊

打哈欠，天上的月漂浮，

像吊在远方横梁上的大钟，

像喉咙里的一块银锭，

像舌头和舌尖的词。

不，它的声音含混嘶哑，

它被废墟的碎石活活吞噬。

把手探入碎石的风暴，

它会自裂缝跌落手中，

像一截残肢，像被霰弹

击碎的一截无用的血管。

它像膨胀的南瓜在冷却。

它从畦垄跳向篱笆。它在坑洼。

它被战争夺下，被战争驱赶，

像皮球，从斜坡滚向运河，

穿过松林，穿过松散板墙的窟窿，

1　斯托霍德河在今乌克兰沃伦地区，1917 年 3 月，俄军在此
大败。

78

穿过木板，穿过贫民窟的牙床。

请你倾听寂寥原野的喧嚣，
请你倾听他们疯狂的推进。
喋喋不休的大炮，
用减震垫片亲近风的呼应。
冰霜、黑暗和炮架的话语，
丈量着里程，向谁扑去？
童话在爬行，一串乱语，
像绷带在黄色药剂里闪亮，
从列车涌向原野。像站台，
沿夜晚的积雪涌向信号灯。

救护列车的制动器在喘息。
天国的信徒在做梦，做梦……

1914 年，1928 年

可能性

九点钟，走出花园街，
左手潮湿的街面没有招牌。
有大企业，可街道由梦构成！
牌匾影响睡眠，于是下令拆除。

呢绒商后人，即呢绒商之子
（通风窗紧闭，办事员没在）。
特维尔大街[1]睡得很死，仅释放
像把手一样的梦的末梢。

街头有普希金纪念碑，
事情于是具有决斗意味，
当一位新人轻扬风雪，
给她送来一个飞吻。

首先他记得，不朽始于
决斗后回家途中。很难忘记。

1　位于莫斯科的一条主干道。

其次，第三，她姓冈察洛娃，

是他俩共同的女友！[1]

1914 年

1　1913 年秋，俄国女画家冈察洛娃在莫斯科举办画展，俄国诗人阿谢耶夫以《幻象》一诗献给冈察洛娃，帕斯捷尔纳克因此写下此诗，诗中的"一位新人"指阿谢耶夫，因女画家与普希金的夫人同名，故有末句"是他俩共同的女友"，"他俩"即普希金和阿谢耶夫。

普列斯尼亚十周年[1]
（片断）

吹得让人昏昏欲睡，

压扁杨树和水的斗篷，

惊慌自未来吹来，

像南欧吹来的热风。

它从宫殿的基座

举起红色的火炬，

它鞭笞昏暗的雨天，

用燃烧的棉絮。

未来，究竟

是否会有？

但雾中的青铜麦克白女巫

若有若无。

……

1　普列斯尼亚为莫斯科地名，1905 年革命时此地曾爆发武装起义，帕斯捷尔纳克在长诗《1905 年》等作品中也曾诉诸这一主题。

荒僻让院落变得无情，

院落，院落，院落……

自它们的闭塞和偏僻，

开始了裁缝（真正的裁缝）

和洗衣女工的夜，

还有低声吼叫的警卫，

此时，在精神病院，

十二月像个病人，

在院落用人体搓绳，

把手臂压迫成弧形；

此时，自由的许诺落空，

起义营垒里常年有枪声。

雪水滴落，自敞开的熊皮大衣，

自沾湿的狐皮大氅，

狐皮大氅粘在窗页的冰上，

也常粘在女士的肩膀。

海鹦鹉下坡走到河边，

常常只穿一只冰鞋，

它得意扬扬走到河边，

用骑兵的足迹敲打冰面，

像成对的冰鞋来到河边，

这幸福的胖小子，

因为马裤的光泽

让周围的一切恐惧，

神秘、不安和不解，

就是这里的一切，

老地方的旧伤痕，

十一月的乌云；

因为，指头放在嘴边，

熟悉的天空半死不活，

在一夜间长大。

当时，遭受打击，

虚弱的海鹦鹉跌落地面。

消失，它善于

消失在罢工的广阔天空。

乌云持枪站立，

像军营中的队形

在等待命令。害羞的严寒

一点也不在意呻吟。

枪声喜欢爱抚落雪，

街道通常很纯净，

像祈祷一样纯净，

像圣地一样不可侵犯。

骑兵的足迹

敲打冰面。这冰面

又覆盖一层积雪，

十二月站立，像是

对英雄们永远的记忆。

一排排窗迟迟没点亮，

就像许多件马的衣裳，

为马眼留出的小孔在闪光。

1915 年

彼得堡[1]

像是第二颗子弹上膛，
像是打赌射击蜡烛，
这河岸和街道的轰鸣，
被彼得一枪射出。

哦，他多么伟大！
铁面颊像蒙上抽搐的网，
当长满水草的海湾
涌进彼得的目光！

波罗的海波浪涌上喉头，
就像忧愁；当他幻想；
当他让王国变成帝国，
让边疆结识边疆。

没有时间沉湎于灵感。
沼泽或陆地，水洼或海洋，

---

1 此诗为帕斯捷尔纳克于 1915 年 10 月短暂造访彼得堡后所作。

86

既然我曾梦见此处，

就该马上实现梦想。

乌云像公务般压迫他，

像一百台制图仪的尖头，

皇帝的愤怒刺入

阴雨天胀满的帆。

门口，涅瓦河[1]上，钟表里，

失眠者的队列仆人般

瞪着眼站立，置身

刨子、刀斧和火枪的癫狂呼喊。

大家知道：不会有接见，

母亲或孩子，老爷或奴仆，

当密林里的沼泽

被他纳入蓝图。

————————

波浪汹涌。人行栈道。

1　涅瓦河，位于圣彼得堡。

多云。天空俯瞰污浊的浮筒，
搅拌着捣碎的石墨
和尖厉汽笛的团雾。

阴天丢失汽艇。
缆绳像点燃的烟草一样刺鼻。
雨天有焦油和船坞的味道，
汽艇外壳有黄瓜气息。

船帆自三月的乌云斜着飞来，
像潮湿的雪花落入泥洼，
在波罗的海残肢的运河融解，
在黑色的车辙里腐化。

多云。小艇突突作响。
码头拍打结冰的手掌。
马儿踏响鹅卵石地面，
无声地跑进潮湿的沙地。

————

青铜骑士的

绘图笔
离开骑士，
被海风接去。

运河盈利，
涅瓦河涨水。
他用北方的笔
标明航迹。

你们试一试，
躺下看乌云，
乌云其实在飞驰，
超越街垒。

郊外的人看见：
纳尔瓦河外，鄂霍塔河，
雾被撕破，
像被指甲抠个洞。

彼得冲他们挥动帽子，
帽子像旗帜迎风，
暴风雪的报告

千疮百孔。

同胞们，是谁
把这建筑的画布
置于风口，
让它遭受折磨？

像把规划和地图
画上结实的纸张，
他铺开一座城，
并抛弃，在三月之上。

————

乌云像冲冠的怒发竖起，
在朦胧苍白的涅瓦河上。
你是谁？是谁？无论是谁，
这座城都是你的构想。

街道像思想一样莽撞，
像黑溪般的宣言冲向港湾。
不，在死寂的坟墓，在灵柩，

你都找不到自己的地盘。

木桩挡不住洪水的波涛。
波涛的话语像瞎眼接生婆的手。
这是神经错乱的你在呓语，
语速很快地大声叽咕。

1915 年

"商店里的解冻"

商店里的解冻
散发棉絮的温度。
沿着冬天的人行道，
金色的冰镐在移动。

冰块震裂，渗出水，
之后抖动一下，
水滴在钳子里抱怨，
就像发黑的指甲。

黄水滴从树上落下。
一位旧书商
躲进了屋檐，
贴近杂货铺的窗。

橡胶商行的商标，
像脚掌织出的网，
沾上鱼子般的雪粒，
或随雨水流淌。

平日就是这样。
节日则有风雪，
它在午后悬垂半空，
就像北国的消息。

天空愿意伴有落雪，
冷战抽打街道，
风在颤抖，因为
牌匾、门牌和门把手的完好。

1915 年，1928 年

冬季的天空

像完整的冰块被拔出雾霭，
持续了一周的星流。
被倒置空中的速滑俱乐部：
冰场与清脆的夜碰杯。

速滑运动员啊，你慢些迈步，
在奔跑中高高抬腿。
转弯处，冰刀的声响
像星座刺入挪威的天空。

空气被冻僵的铁封住。
哦速滑运动员！毕竟，
大地的夜像多米诺骨牌，
像眼神阴险的眼睛；

月亮被冻在门把手上，
像惊呆猎犬的舌头；
像假币制造者的嘴巴，
灌满岩浆般冰封的空气。

1915 年

心灵

哦你是获释的奴隶，若被人记起，

哦你是岁月的囚徒，若被人忘记。

许多人视心灵为朝圣者，

我看它是没有特征的幽灵。

哦，即便你沉没于诗的石头，

溺水者啊，即便你沉入尘埃，

你挣扎，像公爵小姐塔拉卡诺娃，

当二月的洪水淹没要塞。[1]

哦这全知者！诅咒岁月，

像人们诅咒看守，为大赦奔忙，

落叶般纷落的岁月，

敲击日历花园的围墙。

1916 年

1　塔拉卡诺娃是一位欧洲女冒险家，曾冒充俄国皇位继承人，被叶卡捷琳娜诱捕，关进彼得堡的彼得保罗要塞，后死于狱中。俄国画家弗拉维茨基以她为原型创作出油画《塔拉卡诺娃公爵小姐》，表现她在狱中即将被洪水淹没的场景。

"不像他人，不是每周"

不像他人，不是每周，

不是永远，一百年两次，

我祈求你：清晰地，

请你重复创世的词语。

天启和人的奴役，

你不允许调和两者。

你为何想让我快乐，

你和着什么吃世上的盐？[1]

1915 年

1　参见《圣经·马太福音》第 5 章第 13 节："你们是世上的盐。盐若失了味，怎能叫它再咸呢？"

卸下镣铐的声音[1]

面对与午夜淘气的广场，
面对疏忽的白色深渊，
冲着那看不见的人，
他们在门口高喊："车夫！"

从门口冲入充血的夜，
透过夜之吻的幽暗接缝，
能听到："帮帮我！"
我的声音渐渐隐没。

能看见，像与风雪搏斗，
与最凶狠的诗琴[2]作战，
戴着冷酷的笼头，
我的声音在渣滓中浮起……

1915 年

---

1 帕斯捷尔纳克一度想用这首诗的题目代替《超越街垒》作为
这部诗集的书名。
2 诗琴又称里拉琴，一种拨弦乐器，流行于文艺复兴时期。

暴风雪[1]

一

在无人涉足的街区，
只有巫婆和风雪步入，
在这魔鬼出没的区域，
雪像死人一样沉睡，——

等一等，无人涉足的街区，
只有巫婆和风雪步入，
放肆的马车驶过，
马的护脖儿磕打窗户。

一片漆黑，可这街区
或许在城里，莫斯科河对岸，
另有别人（夜半时分，
不速之客离我而去）。

1　此诗是诗人因 1914—1915 年冬与西尼亚科娃姐妹的相识而
作，曾受到马雅可夫斯基激赏。"暴风雪"的形象与果戈理的《圣
诞节前夜》、普希金的《群魔》和《暴风雪》、勃洛克的《雪面具》
和《十二个》等作品构成"互文"，后成为帕斯捷尔纳克诗中贯
穿的主题之一。

你听，无人涉足的街区，
只有杀人的鬼怪，
你的信使是杨树叶，无唇无声，
它像幽灵，比麻布更白！

它在乱窜，敲打每一扇门，
它在张望，路上腾起狂风……
"不是此城，不是此夜，
作为她的信使，你已迷路！"

可你特意对我耳语，传令兵。
在无人涉足的街区……
我也是……我也迷了路：
"不是此城，不是此夜。"

二

一切都在于门上的十字，
如同在圣巴托罗缪之夜[1]。
阴险的风雪吩咐：堵死窗户，
屋里有童年伫立像圣诞的枞树。

1　即"圣巴托罗缪大屠杀"，1572 年 8 月 23—24 日夜，巴黎
数万天主教民根据事先画在胡格诺教徒居所门前的白十字记号
闯进屋去大肆屠杀。

99

没有树叶的林荫道肆意密谋，
它们发誓要谋害人类。
去集结地！出城去！
风雪迷漫，像照耀魔鬼的火炬。

绒花自愿落到手上。
新雪覆盖人的痕迹让我恐惧。
雪花乱舞像手电筒。
树枝和路人，你们均被认出！

冰窟窿，风雪的音乐中似有声：
"科利尼 [1]，我们知道你家地址！"
砍杀和叫喊："享福的人，
你们被认出！"粉笔在门上画十字。

或成为兵营，或让造物的渣滓
挺起身，暴风雪均轻而易举。
子孙们在节日出发走向祖先。
圣巴托罗缪之夜。出城去，出城去！

1914 年，1928 年

1　科利尼（1519—1572），法国海军上将，胡格诺教派首领，
圣巴托罗缪大屠杀的最早遇害者之一。

初见乌拉尔[1]

没有接生婆，在暗中失去知觉，
双手撞上黑夜，它大声呻吟，
乌拉尔要塞不省人事地倒地，
它在痛苦中失明，产下早晨。

偶然触及的巨物和大团的青铜，
嘎嘎作响地仰面倾覆。
旅客列车在喘息。冷杉的幻影
在眼前闪过，在远处倒伏。

冒烟的黎明催人入睡。
黎明被撒向工厂和山冈，
是林中炉匠和毒舌蛇精的所为，
像惯偷把鸦片撒在旅客身上。

在火光中苏醒。自火红的天际，
光束踩着滑雪板滑向森林。

---

1 1916 年 1 月，帕斯捷尔纳克初次造访乌拉尔，即俄罗斯乌拉
尔山脉附近地区。

舔一舔山脚，把皇冠递给松树，
它们招呼松树加冕登基。

松树们起身，遵循
这松毛君主们的等级，
踏入这锦缎和金箔的地毯，
积雪像橘红色的丝绒。

1916 年

浮冰

春天的土壤
还不敢幻想幼苗。
它从雪地鼓出喉结，
用两条黑线勾勒河道。

霞光像虻子叮咬河湾，
只能从泥沼硬拽出傍晚。
在不祥的北方，
旷野多么贪婪！

它被阳光压住喉头，
沿着苔藓拖拉重负。
它用重负拍打冰面，
像拖着粉红的马哈鱼。

融水滴落到正午，
再用严寒把大地搓揉，
漂浮的冰块在搏杀，
碎冰的刀剑在挥舞。

没有人烟。只闻声响，
枯燥的叮当和刀剑的碰撞，
还有你推我搡的冰块
在嘎嘎作响地咀嚼。

                   1916 年，1928 年

"我明白生活的目的"[1]

我明白生活的目的，
尊重这作为目的的目的——
承认我实在无法
与四月的一切和解，

岁月像铁匠的风箱，
霞光像水流四溢，
从枞树到枞树，从杨树到杨树，
倾斜的光束似铁，

它是液体，流向路上的积雪，
像炭灰流向铁匠的指缝，
没有边界和终端的霞光，
像潺潺流淌的水流。

教堂的钟声被过磅，
敲钟人成为司秤，

1　此诗第一句改写自普希金《致权贵》（1830）中的一句："尔明白生活的目的。"

太阳穴会疼痛，

因为水滴、眼泪和斋戒。

1916 年

春天

一

新芽和黏稠油亮的蜡烛头
被粘上树枝！四月被点燃。
公园飘出发育的气息，
森林的语气变得果敢。

森林被鸟语的绞索套紧脖子，
像套索套住一头水牛，
它在罗网中呻吟，像管风琴的
钢铁斗士在乐声中呜咽。

诗啊！你若是吸水的海绵，
我就放你在公园的长椅，
在潮湿的绿板条，
置身四周胶合的绿意。

因为奢华的羽裳而胀大吧，
请纳入白云和山谷，
诗啊，夜间我要挤压你，

以满足贪婪纸张的需求。

二

春天！今天，
你们别出门进城。
满城的冰块像鸥群，
融化着，发出喊声。

大地，大地不安，
渐渐变黑的街道，
像水波在涌动，
这些轻佻女感觉寒冷。

花园和电车，
像火柴盒漂浮了街道，
火灭了，呛了水，
这些轻佻女感觉寒冷。

因为一杯带冰的蔚蓝，
因为海燕的白沫，
你们会感到不舒服。
但房子被歌声淹没。

你们别去思考
出海捕鱼的人们。
罪孽正满城游荡，
堕落者们满面流泪。

三

莫非你们只见泥泞，
眼中没有跳跃的解冻？
它不在沟渠玩耍，
就像一匹斑点马？

莫非鸟儿只会啁啾，
在蓝天上叽喳，
冰的柠檬被吮吸，
通过光的吸管？

环顾四周，你会看见，
在晚霞前的一整天，
莫斯科像基捷日 [1]，

---

1 俄国民间传说中的一座城市，据说在鞑靼人入侵时沉入湖底，
成为一座"隐城"。

沉没在淡蓝色的水底。

为何屋顶全都透明，
色调都像水晶？
白昼向傍晚奔去，
吹拂芦苇似的墙壁。

城市泥泞像沼泽，
要注意雪的硬痂，
二月正在燃烧，
像被浸入酒精的棉花。

阁楼的视线很痛苦，
备受白色火焰折磨，
鸟和树枝倾斜交叉，
没有重量的空气赤裸。

这些天你会失去名字，
会被成群的人撞倒。
瞧，你的女友在他们那里，
可你也并非形影相吊。

1914 年

伊瓦卡[1]

采伐地上的新生林，
戴上雨水编织的头饰。
外套像乌云一样朦胧，
树枝间点亮玻璃珠。

毛绒的枕头，
喋喋不休的树木，
像不连贯的花边，
闲聊此起彼伏。

紫水晶的耳环，
蓝宝石的圆珠，
都没有可能展示，
若未从地下采出。

为了让山峦迷恋
山谷淡紫的耳垂，

---

1 乌拉尔北部一处林区，帕斯捷尔纳克曾于 1916 年居住此地。

自乌拉尔的新外套，

这宝物被人们取出。

1916 年，1928 年

雨燕

傍晚的雨燕再也无力
抑制天蓝色的凉爽。
凉爽涌出喊叫的胸口，
肆无忌惮地流淌。

傍晚的雨燕再也不会
停止它们的雄辩呼号：
哦，我们已获胜，
看啊，大地在逃跑！

像煮沸的白色泉水，
争吵的潮湿在离去，
看啊，从天边到峡谷，
大地已无立足之地。

1915 年

幸福

傍晚的阵雨全都渗入
花园。由此得出结论：
幸福就像一堆云，
也会这样折磨我们。

狂暴的幸福，或许
也会留下这样的表情，
就像雨天冲刷街道，
一百枚树叶的胜利。

世界被囚禁。像该隐，
被打上郊外温暖的记号，
雷声被遗忘，被辱骂，
被树叶和高空嘲笑。

被雨滴的打嗝声嘲笑。
打嗝声清晰可闻，
因为树林多得数不清，
组成连片的筛网。

在扁平的叶片上。
在被融化幼芽的海洋。
在祈祷上苍的人们
疯狂崇拜的底层。

灌木丛饱含汁液。
笼中多情的交喙鸟
不再热情地啄食谷粒，
金银花像散落的星辰。

1915 年

回声

夜晚拥有夜莺，
像深井拥有吊桶。
我不知道，星光
源自诗歌还是流向诗歌。

但夜莺的歌声越多，
夜对歌的覆盖就越广。
当歌声叩击根部，
根部会发出更深的回响。

如果说白桦树林
显出无声的美丽，
歌声敲击树桩，
却像铁链在响。

忧愁自钢铁滴落，
黑夜流溢成泥泞，
这泥泞覆盖花坛，
覆盖了天边的耕地。

1915 年

别稿三首

一

当白昼在你眼前高悬，
亮出最细微的细部，
布满树脂的森林，
只有松鼠的热烈奔走。

松树的树冠在沉睡，
呆呆地聚集气力。
森林正在蜕皮，
滴落成串的汗珠。

二

寂静的里程让花园想吐。
愤怒的山谷呆立，
比龙卷风更可怕，
比暴风雨更恐怖。

雷雨逼近。花园
干瘪的嘴巴像在吐出
荨麻和屋顶，腐烂和恐惧。
牲口的吼声像圆柱。

三

凋落乌云的缺口在灌木丛
扩大。花园的嘴巴吐出
潮湿荨麻的气味：
雷雨和宝物的气味。

灌木丛倦于叹息。
天上的间隙在增多。
在赤足的蔚蓝边缘，
鹳鸟在沼泽行走。

像没有用手擦净的嘴唇，
在闪亮，在闪亮，
柳树枝条，橡树叶，
牲口饮水处的足迹。

1914 年

七月的雷雨

打击在甜食后迫近，
来自伪装的慵懒，
自得和麻木的浊酒，
是它身披的武装。

时间停在僵死的点上，
莫非因为事先标出？
因为我的胆汁未流溢，
我的肝脏在原处？

因为舌头未在椴树旁腐烂，
树叶没有堵住上颌，
当半个天空在远处踏步，
在雷雨的兵营？

那里有琅琅书声，
远方淡紫色的轰鸣。
白云挤得冒汗，
排成连队的方阵。

黑暗构成整座兵营。
篱笆睁开一个个瞳孔，
在雾霭中打量黑暗。
雾中的大车、草屋和木桶。

像一块白头巾，
没有瓜子壳和痰迹，
高天征服了所有人，
像他们逝去的青春。

————

雷雨已到门口！已在院落！
它变幻多端，冒傻气，
它沿廊道隆隆奔走，
黑暗中披着银色外衣。

沿楼梯奔走。台阶。
三级台阶。裹着头巾！
五面镜子里只有一张脸：
摘下面具的雷雨。

1915 年

雨后

窗外挤满浓密的树叶，
路上捡不起掉落的天空。
一片寂静。起先可不是这样！
此刻的交谈变换了调门。

起先一切都很匆忙，
为侮辱树木闯入围墙，
踏过冰雹蹂躏的花园，
从雨水和草棚来到木廊。

此刻你吸不够灌木的气息。
杨树的血管在裂爆，
花园的空气像苏打水，
杨树的苦汁在冒泡。

阳台玻璃上有雾气的细流，
像滑过冻僵浴女的裸体。
结冰的草莓地在闪亮，
细密的冰雹像食盐。

一道光线滑下蛛网，

落在荨麻上，似不会太久，

片刻之后，它的炭火

会在灌木丛点燃，吹走彩虹。

1915 年，1928 年

即兴曲[1]

我曾亲手喂养一群琴键，
翅膀扇动，水声伴着叫声。
我伸出双手，踮起脚尖，
卷起衣袖，与黑夜挽手。

天黑了。这是池塘和波浪。
我爱你们这些良种鸟，
看来，它们宁愿杀人，
也要保全吵闹的黑色硬喙。

这是池塘。天黑了。
夜半焦油的陶罐在燃烧。
船底被波浪吞噬。
鸟群在我肘下争吵。

夜在水池的喉头扑腾。
看来，只要小鸟尚未喂饱，

1　此诗曾题为《钢琴即兴曲》。

鸟妈妈们宁愿杀人，

也要保全吵闹喉管的颤音。

1915 年

磨坊[1]

磨轮在村庄吱呀。

麦穗的河哗哗地流。

在远处的另一片土地，

失声的公狗在痛哭。

村庄银装素裹，

破败农舍的屋顶闪着光，

公狗在叫，用链条般

毛茸茸的棒槌敲打月亮。

樱桃眨眼，犍牛沉睡，

低处的池塘显露睡意，

一棵棵挺立的玉米，

把果实紧紧揣在怀里。

灌浆的负担压弯庄稼，

1　此诗献给马雅可夫斯基，记录了帕斯捷尔纳克于 1915 年 7 月造访哈尔科夫县一座小村时的印象。哈尔科夫现位于乌克兰东部。

在满目的庄稼之上，
耸立着瘦削磨坊的骨骼，
像一座唠叨的城堡。

处处垂柳的哈尔科夫县，
美人鱼们慵懒的长发，
枝条、篱笆和星星，
像灰蓝色的蜡烛在移动。

像唇在絮语，像手在编织，
像叹息一般神秘，像手在衰老。
这里发生过什么事情，
谁能说清，有谁知道？

谁有勇气，谁有胆量，
敢从昏睡中抽出一根指头，
当风磨一动也不动，
在做月光下的悔过？

风赋予风磨，像光赋予星辰。
风吹入空气，没有后续。
风车的生命有赖空气的贷款，
就像航船抗拒陆地。

草原的帆踩着高跷飞翔，
缩紧双肩，张开翅膀。
背上的皮衬衣在架上晾晒，
宽大的裤子像箩筐。

当母鸡和刨花发疯，
炊烟像扁担，轻尘似柱，
水滴像铜板跌落水杯，
蓝色的夜晚在眼前漂浮，

金莲花的边沿在扩张，
风暴把麻布裤吹成气囊，
闯入的风暴看见杨树眯眼，
天穹充满落雪的白光，——

磨坊的阴影在此时苏醒。
它的思维像磨盘转动。
它像天才的思想一样巨大，
像天才的权利不成比例。

此刻它面对毕生的收获。
草原内心的所有盘算，

暑热在山间想出的所有词语，
全都落入它的磨盘。

火车头看见磨坊的阴影，
它冲向风车，急忙掺和，
用蒸汽拍打翻滚的黑暗，
把内脏从炉膛扔进夜幕。

一旁，面粉般的叫声里，
被马蹄的稀粥呛住，
道路延伸，尘土没过脚踝，
下面是黄鼠的窝。

远方被赐给不幸的轮轴，
风磨厌倦这样的远方，
它碾磨倾塌的白色空间，
碾磨命运、心灵和时光。

风磨碾磨被吞噬的王国，
它转动眼睛，扬起烟尘，
或许，没有一处领地，
能让它因无底的大脑而伟大。

但它并不抱怨苦役。

在未来灌浆，在过去腐烂，

未知的霞光像粮仓，

使它充满了温暖。

1915 年，1928 年

船上

寒冷的早晨。下巴哆嗦，
树叶絮语像梦呓。
卡马河[1]上的蓝色朝霞，
蓝过公鸭的羽翼。

小卖部里杯盘作响。
侍者打着哈欠数饭盆。
河上，像在高高的烛台，
萤火虫成群地飞舞。

它们像一道闪亮的线，
连接滨河街。钟敲三声。
侍者拿起餐巾纸，
想擦去铜器上的污迹。

像白发的古老传说，
像芦苇夜间的歌声，

---

1 乌拉尔地区的一条河流。

130

卡马河在微风中流淌，
彼尔姆[1]城畔波光粼粼。

一颗星在波浪中呛水，
河水没过它的头顶，
它跟在轮船后面潜泳，
像卡马河中的油灯。

船上有饭菜的味道，
有白色油漆的气味。
黄昏和偷听者漂在河上，
没有激起任何水声。

手持酒杯，你们
用收缩的瞳孔紧盯
晚餐时的闲谈游戏。
可你们不在意那群人。

你们请谈伴谈谈往事，
谈谈你们之前的波浪，
以便像最后一滴水的

1　位于卡马河畔的城市。

最后过滤，沉入水底。

寒冷的早晨。下巴哆嗦，
树叶絮语像梦呓。
卡马河上的蓝色朝霞，
蓝过公鸭的羽翼。

早晨像是血红的澡堂，
像四溢霞光的石油，
去熄灭船舱的灯光，
去熄灭城里的路灯。

1916 年

马堡[1]

我在颤抖。我燃烧又熄灭。
我在战栗。我刚刚求过婚，
但胆怯的我说晚了，我被拒绝。
她的泪多可怜！我比圣徒幸福。

我走向广场。我可以算作
第二次降生。每一件小事
对我的存在都视而不见，
只显露出它道别的意义。

路边滚烫，街道的额头黢黑，
鹅卵石皱着眉头打量天空，
风像船夫在椴树间划桨。
这一切都是相似的物。

但我还是避开它们的目光。

1　帕斯捷尔纳克于 1912 年 5—8 月在德国马堡大学学习哲学。
这年 6 月 16 日，帕斯捷尔纳克在马堡向路过此地的意中人伊
达·维索茨卡娅求婚，遭拒绝，后写下此诗，他视此诗为其真正
诗歌创作的开端。

我没留意它们的问候。
我不愿知晓任何财富。
我赶紧走开，以免大哭。

天生的本能是拍马屁的老人，
让我难忍。他从身边溜过，
在想："过家家的爱情！
糟糕，对他可得留神盯住。"

"迈一步，再迈一步。"
本能像老哲人英明地引领，
领我穿过密不透风的芦苇，
滚烫的树木、丁香和激情。

"学会走，然后就可以跑。"
本能说道，一轮新的太阳
在天上打量，在新的轨道，
行星重新教土著人走路。

这让一些人目眩。另一些人
却感觉黑暗，像瞎了眼睛。
鸡雏在灌木间刨挠大丽菊，
蟋蟀和蜻蜓钟表般低鸣。

瓦在漂浮，正午盯着屋顶，
它目不转睛。在马堡，
有人吹着口哨制作弓弩，
有人默默准备去赶集。

沙尘泛黄吞噬了白云。
灌木丛的眉头预示着风暴。
天空也逐渐凝结成块，
落向能止血的野菊花瓣。

那一天我完整地默诵你，
像外省的演员演出莎剧，
我从头到脚把你背熟，
在城里徘徊，反复排练。

当我跪在你面前，抓住
这片雾，这块冰，这表面
（你真美！），这闷热的旋风……
什么？别犯傻！完了，我被拒绝。

———————

马丁·路德。格林兄弟。
利爪的屋顶。树木。坟墓。
记忆尚存，怀念着他们。
一切都存在，是相似之物。

哦，爱的线索！抓住，截住。
可你多么巨大，猿猴的优选，
倚着与你等高的生活天门，
当你读起自己的描述！

这骑士之家曾瘟疫流行。
如今可怕的东西是火车，
是它皱起眉头的铿锵，
火车飞出蜂箱般的黑树洞。

不，我明天不去那儿。拒绝
比道别更完满。我们两清。
我能摆脱废气和售票处吗？
旧石板啊，我会有怎样的命运？

雾把行李分放在各处，
两个窗框各嵌入一个月亮。
忧伤像女乘客滑过书卷，

拿起一本书坐到沙发上。

我怕什么？我熟知失眠，
像熟悉语法。祸福相系。
理智？它是梦游者的月亮。
我是它朋友，不是它的容器。

夜晚坐下与我下棋，
坐在月光下的镶木地板，
合欢飘香，窗户洞开，
激情像证人在墙角白了头。

白杨是王。我与失眠对弈。
夜莺是王后。我向夜莺探身。
夜将获胜，棋子纷纷退让，
我当面辨认白色的早晨。

1916 年，1928 年

"炮手站在舵轮旁"[1]

炮手站在舵轮旁，

大地用船舷舀取忧伤，

在十亿大气压的重压下，

带着疯狂的能量冲向深渊。

士官生炮手谦虚朴实，

他没看见危险的山地，

他没听到舰长室的命令，

虽说他此夜信仰上帝；

他没发现，夜的颤抖掠过

森林、湖泊、教区和学校，

它担心考试时不会变位

讲台上飞来的动词"活着"[2]，

用榴弹炮干渴的嗓音，

嗓音转瞬之间消隐，

1　自此诗起至本辑结束，均为诗集《超越街垒》初版中收入，
后未被帕斯捷尔纳克选入新版诗集的诗作。
2　"活着"一词原文是希腊文。

大地忍受完太阳的讨好，

开始用汗水讨好太阳，

此夜围着一门日本炮，

这位士官生在炮位上。

不怕跌入禁闭室，

云朵央求解除武装，

宇宙因为头晕而呻吟，

匆忙置身被打碎的脑袋，

它首次感到它们的潮湿，

它听不见它们生命的动静。

1914 年

"秋。人们已疏远闪电"[1]

秋。人们已疏远闪电。

盲目的雨水飘落。

秋。火车满载乘客，

请让我过去！一切在身后。

1914 年

1　此诗原有 24 行，但在发表时遭书刊审查官斧削，仅余开头四行，帕斯捷尔纳克后未再恢复全诗。

"黄昏的血多么炽烈"

黄昏的血多么炽烈,
台灯戴着浅蓝的睡帽。
我开心,有温情,懂幽默,
请相信,杨树上有吊死鬼。

多么炽烈,不知所措,
迎风走出科罗温的家 [1],
你向严寒讨要高谈阔论,
黄昏把炽烈的血喷洒。

台灯戴着浅蓝的灯罩,
人行道的雾被灌满水银,
像戴着浅蓝色睡帽的桶……
黄昏的血多么炽烈!

1914 年

---

1 "科罗温的家"即莫斯科特维尔林荫道 9 号,女歌手马莫诺娃
于 1914—1915 年间居住于此,许多热爱戏剧的青年常在此聚会。

极地女裁缝

她脚穿小姑娘的白鞋，
长出鲸须的十一月，
她衣柜里最后的黑暗，
她已再无其他穿戴。

她并不十分在意，
稻草人是男性傻瓜，
她把暴风雪熨平，
装入没有下摆的心房。

我爱，因在可爱的裙子里，
我看见裸体的可爱姑娘，
手套的握手在白天报复我，
因为这些朦胧的幻象。

许多少年或许也会有梦，
梦见缝补孤独的女裁缝，

弃婴的斗篷，她的女徒弟，
夜的纸板上的徽章。

二

即便在裁缝铺，
在细棉布下，
金丝雀用尖喙啄着黄昏，
即便在裁缝铺，人人都在打听
墙上那个测量感情的工具。

它身上分手的怒火，
拨到第七个指针，
情人的数字更久地叫喊，
心中有两个生命，一个夜晚！
即便是在裁缝铺，
在那里经过走廊，
匈牙利人的免费狂想曲，
即便是在裁缝铺，
心儿，心儿，
墙上的神经衰弱者认识我们。

愤怒是否会远去，

你的安详是否固执，

你看：极地女裁缝

正用手语向你表白。

她的目光被美味的蔚蓝吸引，

虚伪的玻璃在流泪，

你看：他们用手语向你表白……

事情有些过分。

1915 年

"像最后一颗行星的司库"[1]

像最后一颗行星的司库，
市民们，我在查询一本书，
诗人的心灵能装下什么，
爱情、春天和人的内容？

有一次我不由自主，
瞥见我尚未干涸的账单，
你病了，病在无数的颧骨，
你孤身，陷入它们的黑水痘。

我要对姑娘说，你幸福。
从开天辟地开始，
他们的身体像驳船下水，
交给岁月，交给拖轮。

我要对你说，你不幸，
你的丈夫尚未淡忘艳遇，

1　此诗写给伊琳娜·西尼亚科娃。

你还会不幸吗，如果
我因这热切双倍地爱你？

或许不晚。
别去，别去，
或许还不晚，
别去！

他一定会追踪
这些话筒的叫声，
早晨，傍晚，
喋喋不休的怨诉：

我的心
为何憋屈，
不负责任的
邻居！

或许，迁居此地，
带上整个衣柜，
她忘记从挂钩取下——
哦，如果只是外衣！

但是没有任何如果，
油灯在红地毯上方冒烟，
没有任何如果，磁铁，磁铁，
她与生俱来的印记。

你以为我在渎神？
哦不，哦不，请相信！
像吞下一盎司毒药，
我吞下敞向过去的门。

放我进去，我在里面，
或由于迟到而发疯，
嫉妒的忧伤像氯化汞
被藏进心灵，像鸟被冰封。

显然，在纸张的雾中，
诗句将在梦中度过此夜！
我的思绪却像树冠向阳，
彻夜沐浴你最初的光。

————

先前我出于轻率，

用亲吻覆盖你的膝盖。
可我的羞辱像翅膀长出，
就让我的翅膀把你碰触！

你应该能听见自卫的呼喊，
像骨头里的歌："等等，别急！"
你是否知道我们会多痛苦，
向这狭窄的高空生长，三人一起？

————

一头小小的野兽，
是大野兽的孩子，
在你身前和身后，
你要检查所有门锁！

时钟早已行走，
并未把你等待，
在美的处女林，
有人高喊："再来，再来……"
……
请你欣赏，
尺度适合一切，

苍鹰，筛子？
你慷慨，我也慷慨。

当存钱罐空了一半，
她的嘴巴多善言谈！
锯末的声音更响，
胜过装满硬币的钱罐。

可是诗人，这人类的司库，
为折磨心灵的花销动容，
比如，这些开销都用于
悲剧、王国和幻想的内容。

1915 年

第一实体[1]

把他人的血掺入

自己的血，惊呆的诗人，

敞向索菲娅滨河街的窗，[2]

这里藏有全部的秘密？

敞向索菲娅滨河街的窗，

你不要只歌唱一条河，

你的血球相互抱合，

不断涌向河流，

像去饮水的老鼠。

激动的礼物是失言。

说错的词就是"河"。

你打开的不是气窗，

你打开了老鼠夹，

---

1 原文中用的是拉丁文"MATERIA PRIMA"，原为亚里士多德提出的概念，指具体的物体，又译作"第一物质"或"原始物质"。

2 1914年冬春，帕斯捷尔纳克租住在列比亚什胡同1号楼的一个房间，房间窗口正对索菲娅滨河街，可以看到莫斯科河和克里姆林宫。

老鼠纷纷窜向河边，
其中不止一只家鼠。

有我多少贪婪的血滴，
在云、污水和生活的血液，
这些私生子此时爬回家，
嗅到能吃的歌和解冻的秘密！

当我因痛苦而舞蹈，
或为你的健康喝酒，
地窖里依然发出呼啸，
湿胡须的血在血中吹口哨。

1914 年

"我背上驮着黎明"

我背上驮着黎明，
还提着一篮脏衣服，
我惺忪地走向河边，
河岸发出招租。

洗衣的双手在雾中肿胀，
你在结冰玻璃的蓝色后闪亮，
猫在厨房玩耍毛绒鼠，
毛绒鼠像孩子的棉袜一样；

从被咬破的碎布里，
成熟的血像黑雨滴落地板，
猫用牙齿咬住痛苦的早晨，
这早晨的局部在橱柜之后；

但这小小的棉袜，
源自黎明前的整个线团！
唉，我知道黑夜会流出什么，
如果把云的垃圾全都榨干。

1914 年

预感

忧伤洗刷石头，
雪橇卷起的雪在呜咽，
褪色的霜在腐朽，
空树洞里有积雪。

沙沙响。解冻喘息着，
煺去路灯的毛，
像厨娘给松鸡煺毛，
城市赤裸，像松鸡。

如果雪橇聚集，
再向四面散去，
像野鸡的羽毛，
在雾中爬行。

是的，它们愿意，
像它们松散的躯体，
在白云的下面，
用黑色把天空遮蔽。

1915 年

可是为何

可是为何，
在预感的缓慢火焰中，
人们送走寒冬？

　　为何，
像春季的穷乡僻壤，
我很脆弱？

　　为何，
像锅炉旁的雪花，
我很涣散？

　　为何，
湿热的夜就像
锅炉房的热气？

　　　白云，
　　　像我夜间的大脑，
　　　自由飘浮，
当异乡无人呼唤他们，
我的头发
在乌云之上翘起。
不，不！你的镰刀

会碰到石头，糟糕！

就是现在，
让这大脑像木桶涂上焦油，
没有帆！
浪花，浪花。
可是现在，
可是现在，让我好好想想，
慢慢来，
住手！慢慢来。

不，又一次，
解冻姨妈带着脏污悄悄到来，
又一次，
城市起身像含混的围困，
又一次，
沿着冲洗过的眼窝，
珍宝在融化，
穹顶和云在漂浮，头颅——
还是头颅。

1915 年

帕格尼尼的小提琴[1]

一

亲爱的，结果如何？
"等一等。要有耐心。"

他逃向门窗间的墙壁，
他发黑，他在死去，
他变浓，整箱茶叶
被从茶壶泼出。

他在狭窄的屋檐，
他用玛瑙磨成，
他在迷惑众人，
用一块板状的激情。

他像彩釉一样清晰，
是松香和闪电的凝聚，

---

1 此诗献给娜杰日达·西尼亚科娃。

他的呼吸像桌子颤动，
像烛台散发的热气。

够了。黑暗开始哭泣，
落泪的还有窗玻璃的角……
他是小矮人，是丑角，
先生们[1]，把椅子摆好。

二

房子用煤灰瓷砖砌成，
花园用青铜镶嵌画组成，
天空比手稿更焦糊，
空气比喊声更颤抖。

在断断续续的心中，
像大陆倾听大海的低沉请求，
突然遭遇的爱情甚于窒息，
甚于爱情的愁苦！

---

1 "先生们"一词在原文中用的是法文。

三

我的构思，我要对你吹气，
你会变成印第安人的兽皮。
歌儿，你在希望什么？
希望我与你永不分离？

我创作，始终把你们
当作自己，起义者和奴隶，
夕阳在你们身后拉长，
像赠予你们的道别和墓碑。

但无论何处，我都不会
用光线的节日庆贺你们，
你们在光亮中难以相遇白昼，
我把黑夜留给你们作遗赠。

四

我爱黝黑的你，
你被燃烧的乐句熏黑，

置身行板和柔板的灰烬，

额头沾有叙事曲的白粉。

打短工的心灵，

带有音乐磨出的老茧，

远离群氓，像爱女矿工，

她在井下度过白昼。

五

她

黑暗犁出的垄沟，

像涟漪逃避爱情，

就是这无雪的空气，

就是这，快用手抓取？

冰的岁月在伸展，

向远方的天空，

我徒手捕捉空气，

像捕捉一只斑鸠，

一直跟随棉布斗篷，

"打倒，打倒！"

此刻天空不够，
我岂能呼吸灰烬！

唉，白昼与孤独相遇，
在近身格斗，
我徒手捕捉空气，
像捕捉一只斑鸠。

六

他

我像呼吸一样恋爱。
我知道我有两个灵魂。
爱情是个特殊的灵魂，
两个灵魂很难相处；

我想获得你的补助，
没有你我会迷路，
我喜悦地交你两个灵魂，
请你把其中之一收留。

哦别笑，你知道是哪个，

哦别笑，你知道为何，

我在冒险失去旧灵魂，

如果不捂住新灵魂的口。

1915 年

"众人都随我称您小姐"[1]

众人都随我称您小姐，

这称呼在我是习惯，

像是铐手铐的举动，

像一声喊："我抓您归案！"

所有狱警很容易找到我们，

依据一个明显特征：

世上从此有了女人，

她在光中会留下阴影。

有一些被雾研磨的脸，

每当您平视他们，

仅用一条主动脉，

他们会泛出冷热病的光彩。

1914 年

---

1 此诗写给娜杰日达·西尼亚科娃。

为自己辩护[1]

阴影飞来。它微微颤动
在蜡烛头的引力中。
它离开苍白的嘴唇和白纸,
闪入受潮窗户白色的敞开。

当一位作家,只是可能,
微暗火光的微暗猜想,
只能冲着闷热黑夜的耳朵高喊:
"这是凶杀时刻!有人等我!"

当锐利的影子从花园探出,
它沉醉,像空间的阴影,
它动听,像草原的马蹄声,
我被发炎诗句的火光抚养。

1914 年

1　此诗原题用的是拉丁文"PRO DOMO",原为古希腊哲学家
西塞罗一次演讲的题目。

"你有时胜过别人"[1]

你有时胜过别人，
靠月亮的瞬间闪亮，
像树林和田野的火，
当大地一片精光；

请你向未来呼气，
揪住它，把它点燃，
它会像你的灵魂蔓延，
像蔓延的山火吞没草原。

从你命运的前厅
直到坟墓，离你而去，
岁月像一群羚羊，
胆怯地踏过草地。

1915 年

1　此诗写给娜杰日达·西尼亚科娃。

热情奏鸣曲[1]

豆荚因为暑热流泻，
暑热因为豆荚流泻，
黑夜逝去，像热气球
从乌云中连根拔起。

被闷热蜕去外皮，
战车像蛇一样咝咝作响
在存在的天空，我觉得，
黑夜今天像个黑点。

我不记得是我率先，
还是您才是第一——
神经像纤绳的网，
在敲打黑夜的鼓。

黑夜的惊叹号裸体，
它绷紧一道道伤痕，

1　此诗原题用的是意大利语"APPASSIONATA"，这也是贝多芬《F 小调第 23 号钢琴奏鸣曲》（1804—1806）的题目。

它因为暑热而变脏，
像恐惧一样孤身一人。

它把一生托付给
灰色干涸的空中撒哈拉，
它飘浮，身体下坠，
唱着关于比重的歌曲。

1915 年

庞贝的末日[1]

傍晚像中风，
巨大的火球，
像森林的心绞痛，
烟尘越来越浓。

白昼仰面倒下，
顾客盈门的酒馆
也立即倒下，
被迷途的泥泞选中。

就是在这里，
结局给出结局，
终结水中星辰的浮力，
星辰全景中水的浮力。

冒气的沼泽，
勾兑露珠的浓度，

---

1 诗题源自俄国画家布留洛夫（1799—1852）的同名画作。

像勾兑酒精，
用稀释的火。

那个傍晚像瘫痪。
像死亡长诗的危机。
像打算应验的预言，
在逐渐走近。

快过来！别怕！
脸贴着落日，
已经走到尽头，
这庞贝的末日

1915 年

"难道只能沿着运河"

难道只能沿着运河，
像灰色斑点的马，
疯狂急速地飞奔，
跨越一道道水沟？

难道只能小鸟叽喳，
在蓝色的天空，
像弥撒时的冰柠檬，
透过光线的吸管？

你回头，就能看见：
整个白天，直到晚上，
莫斯科像基捷日，
沉入浅蓝的池塘。

屋顶为何透明，
色调为何像水晶？
砖墙像芦苇摇晃，
白昼步入黄昏。

城市变黑，到处泥泞，
雪的疤痕被登记。
二月正在燃烧，
像浸泡酒精的棉絮。

用白色的火焰
折磨阁楼的视力，
在鸟和树枝的斜面，
空气赤裸，无力。

这些时日你会失去名字，
一群人物撞倒在地。
你的女友和他们一起，
可你也并非孤身一人。

————

昨日还有空气有意志，
如今柳树像思想不知所措，
如今的思想、空气和意志，
都来自风、尘土和灰色的树。

昨日还有竞赛有争论，

有诉讼，围绕奢华，

如今夕阳就像丁香，

垂向地面，丁香的花。

1914 年

"这是我的，这是我的"

这是我的，这是我的，
这是我的坏天气，
树桩和小溪：车辙闪亮，
潮湿的窗户和浅滩。

草原的风，你打个响鼻，
你喷口气，打个响鼻！
厌烦，清洗麻布的声响，
荨麻的絮语，你都别在意。

裙子沸腾着亲吻脚踵，
一群大雁和画布在飞翔，
它们吹歪了绳索，
在女工的手掌噗噗作响。

你把忧愁撕成碎片，
你不管它是何式样，
覆盖四周的土墩，
碎片漫天飞扬。

1915 年

道别[1]

天空憎恶地触及山冈，
秋天发出阵阵诅咒，
时间随风而逝，
像裙带被灌木扯走。

乌云静立在山头。
像迁徙的民族爬山。
时间随风而逝，
像大地破烂的裙边。

草原像天使长吹号，
风在悠长威严地呼啸：
草原！我竟然忘记，
发元音时如何让双唇配合。

瞧，风不让水恐惧，
它吹拂小溪像吹灯，

1　此诗记录了帕斯捷尔纳克1915年7月哈尔科夫之行的印象。

它鼓足气吹灭牡丹，
像吹灭一支支蜡烛。

它在吹。白杨树叶
沉入黑暗，朦胧地变冷，
发出声响。壁龛的蜡烛
跌入地面的泥泞。

是否太晚，在昨日的田野，
或昨夜已烧得片纸不再，
牵牛花枯萎的千支蜡烛，
熄灭。道别。一个月。

1915 年

1909年的缪斯[1]

你以雷雨的幼女著称，
你来自暴雨的家族，
你身披雷霆的黑粉，
就像蝴蝶的翅膀！

逝去往事的闪电，
祷告思想的昏暗，
你是过去，被过度发掘，
你已氧化，锈迹斑斑！

塔楼碰撞，撞响钟声，
血管向上奔流。
天空在火山口洗澡，
正午脚踩马掌站立。

光线为容器镀锡。
像沙漠热风中的沙粒，

---

1 帕斯捷尔纳克在 1909 年春决定放弃音乐，转而从事文学写作。

正午谜底的尘柱，
因为疯狂气喘吁吁。

你的话语打败它们，
可全世界的沙粒
渗入齿间，尘土
让人把决斗忆起。

1916 年

生活是我的姐妹 [1]
（1917 年夏）

献给莱蒙托夫

Es braust der Wald, am Himmel ziehn

Des Sturmes Donnerflüge,

Da mal ich in die Wetter hin,

O Mädchen, deine Züge.

Nic. Lenau [2]

1　诗集《生活是我的姐妹》的出版使帕斯捷尔纳克成为公认的大诗人，诗集中的许多诗作体现了帕斯捷尔纳克对叶莲娜·维诺格拉德的感情。

2　德文："森林怒吼，可怖的／乌云飞过天空，／在暴风雨的运动中，／姑娘，我在描绘你的肖像。——尼·莱瑙"译者按：莱瑙（1802—1850），奥地利诗人，这几句诗引自他的《画像》一诗。

悼恶魔

在冰川的蔚蓝中，
我每夜离开塔玛拉[1]。
我用双翼标明
噩梦在何处发生和结束。

我没哭，也没捆绑
裸体上遍布鞭痕的人。
一块石板还保存在
格鲁吉亚寺庙的墙外。

像丑陋的驼背女，
篱笆下的影子不倾斜。
灯旁的喇叭奄奄一息，
并不关心公爵小姐。

但似有磷火闪现，
在头发间噼啪作响。

1　莱蒙托夫的长诗《恶魔》中的人物。

巨人没有听见，

高加索如何愁白了头。

离窗一尺的地方，

他斥责女大衣的绒毛，

同时向山顶的冰起誓：

睡吧，女友，像雪崩醒来。

关于这些诗句

我在人行道研磨粉末，
一半玻璃，一半阳光。
让潮湿的角落阅读，
我在冬天打开天窗。

阁楼开始朗诵，
致敬窗框和冬天，
怪诞、灾祸和征兆，
依次跳向屋檐。

暴风雪将复仇数月，
掩埋开端和终结。
我会突然想起有太阳；
我发现那光早已不再。

圣诞节睁着雏鸟的眼，
放晴的白天将揭秘
我和我的爱人
不知道的许多秘密。

戴着围巾，手搭凉棚，
我从气窗对孩子们高喊：
亲爱的孩子们，
你们那里是第几个千年？

当我与拜伦抽烟，
当我与爱伦·坡喝酒，
是谁踏出门前小道？
雪封的小道通向窟窿。

当我踏入达里亚尔山谷[1]，
山谷像友人、地狱和军火库，
我把生活浸入苦艾酒，
生活像双唇，像莱蒙托夫的颤抖。

1　位于高加索地区，处于俄罗斯和格鲁吉亚交界处，莱蒙托夫曾在长诗《恶魔》中提及此山谷。

思念

荒野嘶哑着嗓音，
要做此书的题词。
狮子吼叫，吉卜林[1]
向往老虎的黎明。

张开的思念像可怕的井，
干涸后也不合拢，
它摇摇晃晃，咬牙切齿，
梳理冻透的皮毛。

此刻它继续摇摇晃晃，
在不入流的诗里，
像草地的露珠步入晨雾，
步入恒河的梦。

黎明像冰冷的蝮蛇

---

1 吉卜林（1865—1936），英国作家，1907年诺贝尔文学奖获得者，帕斯捷尔纳克此诗与吉卜林的短篇小说集《丛林之书》（1894）有互文关系。

爬进坑穴，

丛林里有潮湿的追荐，

有潮湿的香。

"生活是我的姐妹"

生活是我的姐妹，如今在汛期，
她像春雨在众人身上撞伤，
但戴首饰的人高傲地抱怨，
像燕麦地的蛇客气地蜇咬。

年长者抱怨生活有其理由。
你的理由却无可辩驳地可笑，
你说雷雨中眼睛和草地会变紫，
地平线会散发气息像湿木犀草。

你说五月里在卡梅申铁路支线[1]，
你在包厢阅读列车时刻表，
时刻表比《圣经》更宏伟，
胜过被灰尘和风暴污染的沙发。

你说突然响起刺耳的制动声，
偏僻的酒气冲着和气的乡民，

1　自俄国东部城市坦波夫通往卡梅申的一条铁路支线。

人们在座位上张望是否到站，
太阳落山，向我表示怜悯。

第三遍铃声响起，逐渐飘去，
像一串道歉：可惜不是这里。
窗帘后透出烧焦的黑夜，
草原自通天的台阶跌落。

人们眨着眼，却睡得很甜，
生活她睡得像海市蜃楼，
心像一扇扇车门撒向草原，
它挣扎在车厢的连接处。

哭泣的花园

可怕的雨点！它滴落，它倾听，
　　　是否世上只有它
在搓揉窗口花边般的树枝，
　　　还是另有证人？

但张开鼻孔的大地在喘气，
　　　显然承受浮肿的重负，
能听见在远处，像在八月，
　　　午夜在田地里成熟。

没有声音。也没有目击人。
　　　确信四周是荒漠，
它重操旧业，自屋顶落下，
　　　从水槽流过。

我捧它到嘴边，我倾听，
　　　是否世上只有我，
随时准备号啕大哭，
　　　还是另有证人？

寂静无声。树叶静止。

　　没有黑暗的征兆，
只有可怕的吞咽，拖鞋响动，
　　间或的叹息和泪水。

镜子

一杯可可在穿衣镜里冒气，
　　窗纱摇曳，穿衣镜
沿着笔直的道路奔向花园，
　　奔向残枝、混乱和秋千。

松树在那儿摇晃，用松脂刺痛
　　空气，篱笆由于辛苦，
把眼镜遗失在那里的草地，
　　影子在那里阅读。

树枝和蜗牛反光像炽热的石英，
　　像一条小路流淌，
流向后方的黑暗，门前的草原，
　　流向安眠药的味道。

巨大的花园闯入大厅穿衣镜，
　　却未打破镜子玻璃！
火棉胶似乎一直在流淌，
　　从橱柜到枪管的喧嚣。

镜子的河似乎一直流淌，

      像没有出汗的冰，

不让树枝苦涩，不让丁香芬芳，

      却无法淹没催眠。

无数人热衷麦斯麦催眠术[1]，

      但只有风能够束缚

生活的内容和镜中的断裂，

      含着泪开心地游戏。

心灵无法爆破，像用炸药采矿，

      无法开掘，像用铁锹掘地。

巨大的花园闯入大厅穿衣镜，

      却未打破镜子玻璃。

瞧，在这片催眠的国度，

      没有风能吹灭我的眼。

蜗牛在雨后四处爬动，

      伸出花园雕像的眼睛。

1　奥地利医生麦斯麦（1734—1815）发明的催眠术，又称"通磁术"，认为睡眠与人和动物体内的磁气与磁液有关。

耳边水声潺潺，黄雀啁啾，

　　踮着小爪子跳跃。

你能用黑越橘弄脏它的喙，

　　却无法用淘气把它们灌醉。

巨大的花园闯入大厅，

　　把拳头带向穿衣镜，

它奔向秋千，肆意妄为，

　　却未打破镜子玻璃！

女孩

金色的云朵宿营在
悬崖巨人的胸怀。[1]

从花园，从秋千，莫名其妙，
　　一根树枝闯入穿衣镜！
笔直的枝头挂着绿宝石水滴，
　　她硕大而又亲近。

花园被掩盖，消失于她的无序，
　　消失于扑面的乱影。
她亲切巨大像花园，性格却像
　　姐妹！第二面穿衣镜！

可有人把树枝插入酒杯。
　　摆在穿衣镜旁。
她在猜想，是谁让我坐牢，
　　让我眼泪流淌？

1　这句题词摘自莱蒙托夫的《悬崖》（1841）一诗。

"你置身拂动树枝的风"

你置身拂动树枝的风，
是否该为鸟儿歌唱？
被麻雀沾湿了身体，
这一枝丁香！

水滴有纽扣的重量，
花园像水面刺目，
水面上落满
百万滴蓝色泪珠。

被我的忧伤看护，
受到你的左右，
它在今夜醒来，
芳香四溢，叽叽咕咕。

它彻夜敲窗，
把护窗板叩响。
一阵潮湿的霉味，
突然穿透衣裳。

被外号和时间的清单

神奇地惊醒，

银莲花环颈这一天，

睁开它的眼睛。

雨

（在《草原之书》[1] 上的题词）

她在我身边。你玩吧，

笑吧，笑吧，撕碎暗影！

淹没吧，流淌吧，像题词，

流向如你一般的爱情！

像桑蚕一样吐丝吧，

去敲打窗户。

包裹吧，缠绕吧，

趁天色还没黑透！

正午的夜，阵雨是峰顶！

碎石上，浑身湿透！

注入眼睛、太阳穴和茉莉花，

像一棵棵笔直的树！

---

1 《草原之书》是帕斯捷尔纳克的诗集《生活是我的姐妹》中一
组诗的总题。

主啊，埃及的黑暗！[1]

人们大笑着，相撞倒地！

突然从一千家医院

传来出院的气息。

如今我们赶去拔除

被椴树黑暗洗刷的

花园般的圣哥达山口[2]，

像拔除百把吉他的呻吟。

1　典出《圣经·出埃及记》第 10 章第 21—22 节："耶和华对
摩西说：'你向天伸杖，使埃及地黑暗，这黑暗似乎摸得着。'摩
西向天伸杖，埃及遍地就乌黑了三天。"
2　圣哥达山口位于阿尔卑斯山，在瑞士和意大利之间的边境线
上，于 19 世纪 70 年代建成长达 14 公里的隧道。

这之前有过冬天

镶花边的窗帘里
有一群乌鸦。
它们身上也落有
严寒的惧怕。

这是十月在盘旋,
这是恐怖
踮着它的脚爪
在爬楼。

无论请求还是呻吟,
气喘吁吁,
人们挥舞着旗杆,
把十月包庇。

树木抓住风的手,
沿着楼梯,
离开它们的住宅
去找木柴。

雪越下越密，踏雪
前往商店，
人们相互惊呼：
"多年不见！"

它多少次被踩踏，
它多少次
扬蹄抛撒可卡因，
在一个个冬季。

像云端和马嚼环上
潮湿的盐，
痛苦逐渐消隐，
像风帽上的污点。

出于迷信[1]

带有红橙子贴画的火柴盒，
就是我的斗室。
哦，不要去太平间弄脏
棺材的编号！

又一次住到这里，[2]
我是出于迷信。
壁纸的颜色像褐色的橡树，
还有门的歌声。

手还没有放开插销，
你已冲进屋，
额发触及奇妙的刘海，
嘴唇触及紫罗兰。

哦亲爱的，这一次，

1　此诗写帕斯捷尔纳克与叶莲娜·维诺格拉德的一次相会。
2　帕斯捷尔纳克于 1913—1914 年间和 1917 年春两次租住同一
房间，地址为莫斯科列比亚什胡同 1 号楼 7 室。

以从前的名义，

你的服装像是雪莲花，

对四月说："欢迎！"

你肯定不是女祭司：

端着板凳进屋，

你从书架取下我的生活，

把尘土吹拂。

别碰

"别碰，油漆没干。"
心灵和记忆没当心，——
全都沾上污迹，小腿和腮帮，
双手、嘴巴和眼睛。

我爱过你，胜过
一切成就和灾害，
因为枯黄的世界与你同在，
就是最白的洁白。

我的朋友，我发誓，
我的黑暗也会变白，
胜过梦呓，胜过灯罩，
胜过脑门的白色绷带！

"你这个角色演得好！"

你这个角色演得好！
我忘了我是提词员！
无论谁第一个下场，
你都会第二个歌唱。

小船在云间漂浮。
在收割后的牧场漂浮。
你这个角色演得好，
像水闸扮演船尾！

像一只翅膀的燕子，
你俯身在舵轮，
真棒！你这个角色
胜过所有的演出！

巴拉绍夫城[1]

铜匠终日在你们身边
敲敲打打，焊接镀锡，
顺便把油泼进火里，
就像合并股份。

没有这些，胸口也憋闷，
天上的歌："你唱，你唱！"
没有这些，歌声也流淌，
流入暑热、车厢和手提箱。

赞美歌透过细雨播种，
落向棺木和教徒的帽顶，
顺便选中一棵云杉，
送给道别的白云。

没有这些，巴拉绍夫
也会潜入痛苦的心房，

1　萨拉托夫州的一座县城，帕斯捷尔纳克 1917 年 9 月来此探望叶莲娜·维诺格拉德。

它闯进秋天的清晨，
像一轮巨大的太阳。

沐浴七月的蔚蓝，
蓝色的市场叮叮当当。
一个癫狂的残疾人，
在模仿锯子的声响。

我的朋友，你在问：
谁让这疯人的话语灼人？
灼伤无处不在，这是
椴树、石板和盛夏的天性。

模仿者

炎热，河岸高耸。
锚链从驶近的小船落下，
像响尾蛇钻入沙地，
像响尾的锈钻入睡莲。

两人下船。想冲着
悬崖下的他俩呼叫：
"对不起，你们注意，
别随心所欲往河里跳。

你们忠于好的榜样。
探寻者自有所获。
可是……别碰响小船：
榜样正在草丛里受苦。"

榜样

哦，可怜的智人[1]，
　　存在就是熬煎。
只有一个人能够
　　把往日揣在腰间。

全都活得忍饥挨饿，
　　在争斗中变得心冷，
生活的偶然奇迹
　　从未撞上任何人。

从那些手掌吸取铃兰，
　　对着那些眼睛吐出，
灵魂噼啪作响地燃烧，
　　夜复一夜地延误。

一座南方的土房，
　　比其他土房更靠南。

---

1 "智人"一词在原诗中用的是拉丁语"Homo sapiens"。

青草匍匐在它脚边，
　　　像后妈身边的继子。

麻布已经晾干。
　　　夜来香的枝条
此刻仍扑向胸口，
　　　虽说一年已过。

它没有被忘记，
　　　因为它像灰尘浮肿，
因为风在嗑葵花子，
　　　吐壳在牛蒡丛中。

因为它像陌生的锦葵，
　　　领着瞎子似的我，
以便在每道篱笆旁，
　　　我能向你请求。

它走过，留下
　　　黄油似的新水洼，
那片爆竹柳在起飞，
　　　我曾寄信去彼处。

我的列车刚启动，

　　　　车站和莫斯科

在圆环和圆锥中舞蹈，

　　　　沿着路基和壕沟。

水井已在鸣响，

　　　　像弹拨的琴声，

草垛和杨树吱呀着，

　　　　荡起大地的烟尘。

就让关联被生活破坏，

　　　　就让傲慢损害智慧，

可我们会死于窒息，

　　　　因为胸中挤满搜寻。

"摇动芬芳的树枝"

摇动芬芳的树枝，
　　　偷偷吸入这幸福，
因暴雨而发傻的水滴，
　　　在花蕾间往来奔走。

在花蕾间来回滑行，
　　　成双成对地滴落，
玛瑙般的大水滴悬垂，
　　　闪耀胆怯的亮光。

就让吹过草地的风
　　　来折磨、压扁这水珠。
水珠完整，没有破裂，
　　　像两个亲吻、对饮的人。

它俩欢笑，努力挣脱，
　　　像从前一样伸直腰
水滴流不出壶嘴，
　　　无法分离，即便用剪刀。

收桨

小船在沉睡的胸口跳动，
柳枝低垂，亲吻锁骨，
亲吻肘部和桨架，等着瞧，
大家都会遇到这种事情！

大家在歌中以此自娱。
这就是说：丁香的灰烬，
含露小菊花的奢华，
双唇，全都置换成星星！

这就是说：拥抱天空，
用双手抱住巨人赫拉克勒斯，
这就是说：世世代代，
把夜晚用于鸟的歌声。

春雨[1]

春雨冲着稠李冷笑，抽泣，
淋湿马车的漆面，树的战栗。
月亮鼓出眼，提琴手走向剧场，
鱼贯而入。公民们，排队！

石头路面上的积水。
像噙满泪的喉头，深邃的玫瑰
戴着炽热的水宝石。幸福
像湿鞭抽打玫瑰、睫毛和乌云。

人山人海，衣裙的战栗，
还有赞叹的嘴巴喊出的力量，
首次被月亮塑成石膏的史诗，
塑成无人能塑成的雕像。

在谁的心脏，春雨全部的血

1　此诗记录了俄国临时政府军事部长克伦斯基（1881—1970）
的莫斯科之行给帕斯捷尔纳克留下的印象。1917 年 5 月 26 日，
克伦斯基出席在莫斯科剧院广场举行的群众大会，并在大剧院发
表演讲。

自腮帮消退，迅速涌向荣光？
血在涌动：部长的双手
把嘴巴和动脉压缩成光束。

这不是夜，不是雨，不是
齐声的叫喊："乌拉，克伦斯基！"
这是通向讲坛的闪亮通道，
起点是昨天尚无出口的洞窟。

这不是玫瑰，不是嘴巴，不是
人群的低语，这是剧院前，
我们路面上的欧洲之夜，
骄傲地荡漾着涟漪。

警哨[1]

守院人罢工。夜晚
厌恶多尘的深色垃圾，
它嫌弃地越过
肌肉中的藩篱。

夜晚在榆树上乱窜，
挂不住，从树上跌落，
一跃而起：院墙外，
恶毒的北方泛出灰色。

突然，警哨被捞出，
从你的眼睛夜宿的花园，
从你心爱的灰暗，
像一只扑腾的鳊鱼。

被警察攥在手心，
它抽动鱼鳃和喉头，

1　此诗再现了 1917 年 5 月 23 日莫斯科守院人罢工和索科利尼
基骚乱的氛围。

鱼一般斜翘着
尾巴，鼓出眼球！

颤动不止的银色，
尖锐刺耳的豌豆，
像清晨一样湿润，
像颗星星被扔过墙头。

在东方欲晓的地方，
像夏季公园[1]的痨病，
僵死的警哨横卧，
沾满死亡的尘土。

1　指莫斯科索科利尼基公园。

夏日的星星

星星讲述可怕的事，
给出确切的地址。
它们开门，问询，
走动，像在剧院。

寂静，你是听觉中
最好的声音。
蝙蝠飞来飞去，
折磨一些人。

七月夜晚的村庄，
泛着神奇的淡黄。
深渊里的天空，
有许多淘气的理由。

星星闪烁，呼吸欢乐，
拥有璀璨的光，
在这样的角度，
在这样的经纬度。

风在尝试扶起玫瑰，
应嘴唇和头发的要求，
鞋子、衣襟和绰号，
也有同样的恳请。

煤气灯般滚烫的星星，
把一切撒向沙土：
被它们踩脏的一切，
被它们玩够的万物。

英语课

当苔丝德蒙娜[1]开始歌唱,
生命已经所剩无多,
不是为了爱情和自己的星辰,
她是为了柳树而痛哭。

当苔丝德蒙娜开始歌唱,
她敞开有力的嗓门,
在黑色的白昼,最黑的恶魔
为她备下哭泣河流的颂歌。

当奥菲莉娅[2]开始歌唱,
生命已经所剩无多,
心灵的焦土腾起烟尘,
像草棚的草茎被卷入风暴。

当奥菲莉娅开始歌唱,
眼泪的苦涩在担心:

---

1 《奥赛罗》中的角色。
2 《哈姆雷特》中的角色。

与哪些战利品一同沉没？
与一抱柳枝和白屈菜。

卸下情欲，像脱下衬衣，
她们心慌意乱，步入
宇宙的池塘，喜欢
拥有并打昏世界。

诗的定义

这是装得满满的口哨，
这是受压冰块的咔嚓，
这是冻僵树叶的黑夜，
这是两只夜莺的决斗。

这是干枯的甜豌豆，
这是豆荚中的宇宙泪滴，
这是谱架和长笛上的费加罗，
像冰雹洒落在田地。

在浴场深深的底部，
黑夜在仔细地寻觅，
用颤抖的潮湿手掌，
把一颗星捞进养鱼池。

闷热比水中的木板更平坦。
天穹像赤杨一般倒伏。
星星或许会相视大笑，
宇宙是个荒凉的去处。

灵魂的定义

像成熟的梨跌入风暴，
诉说一片独有的树叶。
它多么忠诚，道别树枝！
这怪人，会被干旱憋死！

像成熟的梨，比风更倾斜。
它多么忠诚："我刀枪不入！"
回头一看，它止于美丽，
燃烧成一堆灰烬。

风暴焚毁我们的家园。
鸟啊，你还能认出你的巢穴？
哦我的树叶，你比金翅雀更胆怯！
你为何撞击我腼腆的丝绸？

哦你别怕，连体的歌！
我们还能冲向哪里？
啊，致命的副词"此处"，
与战栗合体的人不解其意。

大地的疾病

哦，再来！笑声还会响起，
像珠母，杆菌的伊马特拉[1]，
潮湿的轰鸣，葡萄球菌的黑暗，
车刀在闪电中闪耀。

好，够了！坚定的巨人
在白昼漆黑的天穹喘息。
破伤风[2]用颤抖捆住阴影，
蛇的破伤风像在撒土。

一阵急雨。狂犬病的闪耀，
旋风，疯狗唾液的残留。
来自何处？来自乌云和田野，
还是克利亚济马河[3]和尖刻的松树？

谁的诗句如此喧哗？

1　指芬兰伊马特拉城附近的一处水闸。
2　这里的"破伤风"一词用的是拉丁语"tetanus"。
3　流经莫斯科的一条河流。

诗的痛苦能惊倒雷霆。

为了同意成为大地，

必须尽量少做梦。

创作的定义

它敞开衬衣的领口，
像贝多芬一样长满胸毛，
像在下棋，它用手罩着
梦和良心，夜和爱情。

带着疯狂的忧伤，
像俯视步兵的骑兵，
它让黑色的升变兵[1]
面对世界的尽头。

在花园冰窖的冰上，
星星在芬芳地惊呼，
特里斯丹的清风像夜莺，
在绮瑟的枝头喘息。[2]

花园，池塘，篱笆，

1　在国际象棋中，兵行至对方底线时可升变为除王之外的任何
棋子，以升变为后者居多。
2　典出欧洲中世纪骑士传奇《特里斯丹和绮瑟》。

沸腾着白色呼号的宇宙，——
全都是人的内心
不同激情的积累。

我们的暴雨

暴雨像祭司点燃丁香，
用祭祀的烟雾遮住
眼睛和乌云。请用
嘴唇医治蚂蚁的脱臼。

木桶的声音被撞歪。
哦，真贪婪：天空太小?！
沟渠里一百颗心在跳。
暴雨点燃丁香像祭司。

草地镀上珐琅。人们寒冷时，
会把它的碧蓝刮去。
就连燕雀也不急于抖落
灵魂上钻石般的醉意。

人们在桶边畅饮暴雨，
用盛满甜水的帽子，
蓬勃的红色三叶草，
油漆工溅出的红斑点。

蚊子贴在马林果上。
传播疟疾的口器，
就在这里，这个暴徒，
哪儿有粉色夏日的奢华?!

透过短衫丢掉脓肿，
瘦削如红衣芭蕾舞女?
在鲜血似湿叶的地方，
扎入淘气的尖刺?!

哦，请相信我的游戏，
相信你身后鸣响的偏头痛!
像樱桃树皮里的幼芽，
命运燃起白昼的愤怒。

暴雨相信了? 如今，
请把你的脸贴近，
在你神圣夏日的光芒里，
我要吹旺它的烈焰!

我对你没有隐瞒：
你把双唇藏进茉莉花的雪，

我感觉我的双唇上，
雪在梦境里融解。

我在何处安放我的欢乐？
藏进诗句和有格子的纸？
由于书写纸张的毒药，
他们的嘴巴龟裂。

他们在与字母表战斗，
点亮你脸上的绯红。

女代理

我与你的照片一起生活，
照片大笑，腕关节嘎嘎响，
指头酸痛，却不愿丢弃，
人们在照片上聚会和悲伤。

纸牌的声响，拉科齐[1]的威风，
客厅的玻璃器皿，玻璃和客人，
在烈焰中的钢琴上掠过，
离开花结和关节，玫瑰和骨骼。

以便松开发髻，窗外
任性的、栽培的浮石茶花，
玩笑着面对荣耀跳舞，
咬着手巾像咬着痛苦。

以便用手搓揉果皮，
吞下冰凉的橘子瓣，

1　指李斯特的《拉科齐进行曲》（即《匈牙利狂想曲第 15 号》），
为纪念匈牙利民族英雄拉科齐（1676—1735）而作。

冲向窗帘后的吊灯大厅，
大厅又散发华尔兹的汗味。

旋风若能止息，
一阵热气途中打赌，
像信徒不用眯眼，
就能把黑暗和针带走。

结果不是快马，
不是群山淘气的嘀咕，
而是这些玫瑰
侧着身全速行走。

不，不是群山的嘀咕，
不，不是马的踏步，
只是她，只是她，
被头巾包裹。

只有轻纱和电流，
理想中，灵魂和窗户
在喧哗，飞驰的脚尖
与龙卷风合拍。

由衷地逗笑他们，

直到极端劳累，

让飞驰的麻袋嫉妒，

直到流泪，直到流泪！

麻雀山[1]

被亲吻的乳房像被冲洗！
夏天的泉水不会一直流淌。
我们脚踏尘土发出声音，
这低沉的手风琴不会每夜奏响。

我听说过暮年。预言可怕！
没有一道波浪能抵达星星。
别人的话你不信。牧场无人，
池塘没有心脏，松林没有神。

你劈开我的心！劈开今天所有的歌。
这是世界的正午。你的眼睛在何处？
瞧，思想在高天聚成一团白沫，
暑热和针叶，啄木鸟、乌云和松果。

城市电车轨道在此抵达尽头。
之后松树执勤。之后轨道消失。

1　位于莫斯科。

之后是周末。一条小路拨开树枝，
摇摇摆摆地滑过草地。

树林掩映正午、圣三一节和散步，
它要我们相信世界一向如此。
世界被密林构思，授意给空地，
从云间洒向星星点点的我们。

亲爱的，你还要怎样？[1]

指针贴着墙壁行走。
时间就像蟑螂。
算了，干吗要扔盘子，
发火，打碎玻璃杯？

在这木质别墅，
不会发生这样的事。
幸福，毫不留情的幸福！
没打雷，干吗画十字？

可能会有闪电，
像潮湿的小屋燃起。
或扔下一群狗崽。
雨的子弹洞穿羽翼。

森林仍是我们的客厅。
云杉后的月光是忧伤。

1　此诗原题为德文"MEIN LIEBCHEN, WAS WILLST DU NOCH MEHR?"，引自海涅《歌集》中的一首诗。

乌云像洗净的围裙，
在晾晒，簌簌作响。

当忧伤像龙卷风
吹向井口，风暴
顺便颂扬家务。
你还要怎样？

一年已经燃尽，
像飞入油灯的蚊虫。
瞧，像灰蓝色的霞光，
湿透的他起立，满脸惺忪。

他望着圆弧形窗口，
衰老的他因怜悯而可怖。
枕头因他而潮湿，
他曾脸埋枕头痛哭。

如何安抚这些旧事？
哦，从不玩笑的他，
如何缓解荒废的夏日
那荒芜的忧伤？

森林悬垂铅一般的发丝，
白头的刺实很忧愁，
他在哭泣，你美丽，
像白昼一样无法忍受！

这老傻瓜，他为何哭泣？
他见过什么人更幸福？
村里的向日葵在熄灭，
像太阳照入阵雨和尘土？

分裂

> 突然，四面八方的远处都看得清清楚楚。
>
> ——果戈理[1]

我们如何砍削时辰？
分裂啊，如何把你消磨？
伏尔加河沿岸，奇迹发生，
它们在汹涌，不愿入梦。

在眼睛习惯让步的地方，
向草原的干旱让步，
朦胧的它盘旋上升，
像革命的干草垛。

在远处的粮仓，
横梁和麻袋在燃烧，
烧焦的屋顶纷落，
吓傻了仔鼠。

1　引自果戈理的中篇小说《可怕的复仇》。

星星无声地激烈争论：

巴拉绍夫城去了何处？

霍皮奥尔河 [1] 在哪里？

草原的空气被扰动：

他在闻，他吸入

士兵暴动或火光的气息。

他倾听，被惊呆。

他躺下时听见：转过身！

一阵轰鸣。躺不舒服。

广场上火把飞舞。

黑夜连根摇晃，

在清晨亲吻黑炭。

1　顿河的一条支流。

草原

通往寂静的那些出口多美！
无边的草原像海，
茅草叹息，蚂蚁唰唰地爬，
蚊虫的哭泣漂浮。

草垛和云朵排成一列，
这火山上的火山会熄灭。
无边的草原默不作声，
汗湿的它起伏摇摆。

雾像大海环绕我们，
在草丛追逐长袜，
漫步草原真是神奇，
海滩般的草原起伏摇摆。

雾里的草垛？谁知道？
我们的麦草？一看没错。
找到了！这就是麦草，
四周全是草原和雾。

银河指明刻赤 [1] 的方向，
像走满牲畜的大路。
走进农舍，喘不过气：
四面八方敞着门户。

雾在催眠，茅草似蜜。
茅草被整条银河挑逗。
雾会散去，夜晚会拥抱
四面八方的草原和草垛。

背阴的午夜站在路边，
向着大路抛洒星星，
要翻过篱笆穿越大路，
只能脚踏整个宇宙。

当星星还在低垂，
午夜在草丛藏匿，
是湿薄纱在胆怯地闪耀，
缩成一团，渴望结局？

1　位于克里米亚半岛东端。

就让草原评判我们吧，
让黑夜裁决。太初，
蚊虫的哭泣漂浮，蚂蚁爬行，
草丛把长袜追逐？

爱人啊，请掩盖它们！
草原似处于堕落的边缘：
它被世界拥抱，像降落伞，
它像扬起前蹄的幻象！

温热的夜

落了几滴雨，就连青草
也未在雷雨的麻袋里躬身，
只有尘土吞下雨滴的药丸，
吞下静静的铁粉。

村庄不期待被瞄准，
罂粟深沉像昏迷，
黑麦闪亮像发炎，
得了热病的上帝在梦呓。

在成为孤儿的广袤，
在惺忪、潮湿的天地，
呻吟成功逃离岗位，
躲藏的旋风却缩短身躯。

倾斜的雨滴随它们逃亡。
栅栏旁，潮湿的树枝
与苍白的风争论。
我在思量。我是话题！

我觉得，它会永恒，
这喋喋不休的可怕花园。

从街上看不到我，
灌木和窗户的话是掩护。

会被发现，没有回头路：
那就永远、永远地说。

更闷热的黎明

鸽子咕咕一个早晨，
在我们的窗口。
树枝僵死，
像湿衬衣的衣袖
浸入水槽。
雨落几滴。乌云轻装，
像尘土飞扬的市场。
在市场的水沟，
我小心洗涤
我的忧伤。
我祈求停止乌云。
它似乎会停。
黎明灰暗，像灌木里的争论，
像囚犯的话语。

我祈求时辰走近，
当你们的窗外，
像高山的冰川，
脸盆和悲歌的碎片

在疯狂呼喊，
睡够面颊的热度和额头
贴上滚烫的玻璃，像冰，
流向梳妆台。
但行走的乌云像旗帜，
人声鼎沸，
高天没有听见祷告，
在被覆盖的寂静，
寂静被淋湿，像大衣，
像打麦场扬尘的回音，
像灌木里的高声争论。

我祈求它，
别再折磨人！
难以入睡。
但滴雨的乌云在踏步，
像尘土飞扬的市场行走，
像新兵清晨在村外漫步，
不是片刻，不是永久，
像被俘的奥地利兵，
像静静的鼾声，
像鼾声：
"干杯，
小妹。"

穆齐卡普[1]

心灵憋闷，烟草色的
远方，像思想。
磨坊旁的船和灰色的网，
渔村的景象。

水槽、虾蟹和多余的翅膀，
用眼泪的多余绿苔
掩埋鱼嘴的最后闪亮，
愁苦的它们把什么等待？

啊，时辰会溜走，
像海湾的石子，打水漂！
唉，它不沉水，还在那里，
烟草的颜色，像思想。

如今我能再见到她吗？
当然！火车一小时后到来。
可这一小时被冷漠包裹，
冷漠像海，像雷雨前的黑。

1　地名，位于萨拉托夫州巴拉绍夫县。

244

穆齐卡普茶馆的苍蝇

若有雕刻般的眉毛
装饰出汗的额头，
这就是强盗？
门外已是白昼？

但在茶馆，黑色的樱桃
自眼窝和茶碗凝视，
凝望鬓发的树枝聚会，
这还是令人惊异！

阳光像刀口的滴血，
变得非同寻常。
仿佛要用红茶
淹没犯罪的热望。

蒙尘的罂粟像小癞皮狗，
满心渴望地垂向白昼，
它的内心在沸腾，
垂向苦涩的残渣。

你唤我圣徒，
以为我野性神奇，
像硕大的花朵
被印上时钟和餐具？

不清楚，在地球的
哪一页纸上，
用河流标明暑热，
牧羊犬的叫声，

橡树和牌匾的珐琅，
珐琅尚不习惯，
平躺着离开柳树，
跌入池塘鬈发的碧玉。

可苍蝇每夜在飞，
成双，成群结队，
飞离牵牛花。
飞离诗人的草稿本。

似是笔端的呓语，
难以控制自己，

赶紧关闭窗户，
像蝗虫爬满壁纸。

似乎就在这一刻，
所有弹簧都在弹射，
嗡嗡叫着四处乱飞，
螺旋线像风暴把杨树包围。

何处？在哪些地方？
在哪个野性思想的区间？
我只知道：在旱季，
在七月的雷雨之前。

"接待古怪，来访古怪"

接待古怪，来访古怪，
两脚移动得很慢。
你嘴里像含着水，
眼睛盯着天花板。

你沉默不语。
我从未如此追人。
既然双唇紧锁，
你就该早打招呼。

不，如果心被囚禁
不用破门硬闯，
但只有你一人
能把这世界映亮。

以便我弄清楚，
如何拖走额头的横梁，
我用你的目光
支撑剪不断的忧伤。

带着相识的泥土逃走，
我远远看见，残渣
在途中被锁进阳光，
霉菌被春天关押。

你别把心灵引入欺骗，
请随心所欲。
像雾，你渗入
这堆白色的麦麸。

如果烘房有股耗子味，
像闷热的正午发黄，
请你披露实情，
说爱情的伪证在撒谎。

"割舍心灵的尝试"

割舍心灵的尝试，

离开你的尝试，像琴弦怨诉，

痛苦地鸣响于两个地名：

尔扎克萨[1]和穆齐卡普。

我爱这两个地名，

似乎它们就是你，

我用尽全部的枉然，

爱到理智错乱。

像爱上倦于闪亮的夜，

像爱上患哮喘病的薄纱，

看到你的双肩，

阁楼似乎也会被撼动。

谁的絮语在黎明翱翔？

我的？不，但愿是你的。

1　尔扎克萨和穆齐卡普一样，也是巴拉绍夫县的地名，帕斯捷尔纳克曾来此探望叶莲娜·维诺格拉德。

絮语自唇间挥发，
比一滴酒精更浓烈。

思绪在温情中涌现！
无可挑剔。像呻吟。
像突然被午夜的浪花
从三面映亮的海岬。

"生活让人昏昏欲睡！"

生活让人昏昏欲睡！
发现却始终不眠！
能否在造桥的沉箱上
把忧伤砸得粉碎？

雨点积攒的信号，
把夜赶下钢铁，
摇晃星星的抽泣，
启示录中的桥，
交叉，连续的倾塌，
铁梁、斜脊、枕木和轨道。

手臂在那里摇晃，
歌唱，上下起伏。
一次次挣脱拥抱，
它们并不厌倦重复。

探针在那里突然刺入
燃烧汽油的面孔，

像晒黑的皮肤，
留在雪茄的粗烟头……

众人用手掌遮挡，
贪婪地嗅闻
这烈焰般的郁金香，
秋海棠的地火。

风衣在燃烧，像是害羞，
比飘带更温情，
五分之一是文人，
是工程师和大学生。

我不认识他们。
我被上帝派来
折磨自己和亲人，
折磨不该受折磨的人。

基辅郊外是沙土，
是泼洒的茶，
在滚烫的额头晾干，
它有不同的亮度。
基辅郊外的沙里，

像滚烫的开水，
像敷巾留下的淡淡
痕迹，像浮肿……

不是松树在冲淡
喘息、油烟和热气。
雷雨矗立林间，
像砍入树身的斧头。
可伐木者在哪里？
什么时候？哪条路
能通向车库？

让旅客们落座，
他们在响铃，鸣笛，
好让一瞬之后，
煤烟成为荒漠。

集市，夜间的羽饰
和烟雾在闪耀，
白昼，正午和锯子
在绣线菊中号叫。

你一走，安全门

传来水表似的声响，
床垫的弹簧声
也开始模糊。

我不认识他们。
我被上帝派来
折磨自己和亲人，
折磨不该受折磨的人。

香烟，酸奶，咖啡。
为了抱头痛哭，
我已无需再多，
窗户上苍蝇无数。

视野往回流动，
离开餐巾纸，
离开辣根烤乳猪，
像离开惺忪的黑麦。

为了抱头痛哭，
我需要编辑部
飘出烟草味，
不再有酷暑。

让办公室的交喙鸟
在笼中啼鸣，
让黄瓜状的乌云
绝望地开枪自尽。

让正午透过梦觉察：
自助餐厅响铃，
空无一人的餐桌
在午餐时颤动，

炎热让额头
流满马林果桨，
那儿有温室的光泽，
那儿是白色的病房。

我不认识他们。
我被上帝派来
折磨自己和亲人，
折磨不该受折磨的人。

可能吗？这个正午，
像南方的省份，

不孤苦，不挨饿，
这个对手心满意足？

这闷热的多余人，
这车站的小偷，不出手，
在毗邻的樱桃园
紧盯天使的刺绣？

像斑驳的蓝色大海，
它俯身，一把又一把，
把无核的阴影
投向受尽折磨的衬衣。

可能吗？那些柳树，
被拦道杆推下铁轨，
投入妖怪的怀抱，
变得肆意妄为？

一夜之间赶来，
在门前激起力量，
冲过去做家务，
带着毛巾的热情？

会看到榛树的影子，
在石头的地基？
会认出燃尽的白昼？
它从日出赶来约会。

为何要追究琐事，
执念于忧伤？
被扳道工推下铁轨，
记忆背叛我们。

在自己家

暑热笼罩七座山冈 [1]，
鸽子钻进发霉的干草。
太阳的缠头巾滑落：
更换毛巾的时辰
（在桶底浸湿），
再缠绕在教堂穹顶。

城里，膜的发音，
花坛和洋娃娃的脚步声。

应该缝死窗帘：
它像共济会员乱跑。
生活，昏昏欲睡！
亲吻，不愿睡觉！

肮脏轰鸣的城市，
到家后倒在床上。

---

1 "七座山冈"指莫斯科。

因为漫长的草原，
它首次散发着健康。
道不尽闷热的
各种别号。
星星，卧铺，桥，
睡觉！

致叶莲娜[1]

我并不反对使用
粗俗不雅的词汇,
可我们哪里去找?
这样的词无人知会。

难道芋头会请求
沼泽的施舍?
黑夜白白地喘息,
像腐败的热带。

我以为,我期望,
你会在那个早晨现身,
像百合永在心中摇曳,
你这位女义人!

草地结交了浮士德

---

1 此诗献给叶莲娜·维诺格拉德,但"叶莲娜"同时也指荷马
史诗《伊利亚特》和歌德《浮士德》中写到的古希腊美女海伦,
"叶莲娜"是"海伦"的俄语叫法。

或哈姆雷特的派头，
它像菊花一样环绕，
草茎在脚下翻飞。

或是勉勉强强，
让奥菲莉娅肩头
那串珍珠项链
从梦境穿过。

村庄在夜间呓语：
羽状的云妨碍睡眠。
像悄静的碎步，
用小心的雨滴，

小雨包裹田野。
青春在幸福中游泳，
像婴儿静静的鼾声里，
睡肿的枕套漂浮。

亲吻苦涩嘴唇的弧线，
以为特洛伊永远属于她：
有过神奇的眼睛，
帝王的眼，石膏的眼。

可爱的死亡罩布，
跳动的太阳穴。
睡吧，斯巴达女王，
天色还早，天气还潮。

痛苦可不含糊，
它玩得入迷，像醉酒。
单独面对它很恐怖。
它若发疯，能否应付？

它小声说：你哭吧。
让她也遭受痛苦的抽打！
就让命运来裁决，
无论命运是亲妈还是后妈。

像在他们那里

蓝天的面孔在闪亮，
面对河流恋人静静的脸庞。
鲇鱼是否会挺身，蠕动，
轰鸣声太远。听不清。

成捆的眼睛像屋顶难受。
两个炉灶像煤炭发光。
蓝天的面孔在闪亮，
面对水洼女友静静的额头，
她是苔草静静的女儿。

风吹拂苜蓿的笑声，
像把飞吻带往高空，
品尝泥地上的悬钩子，
它匍匐，木贼弄脏双唇，
用树枝抽打河流的面颊，
它在芦苇丛里醉卧。

鲈鱼的鳍是否在抖动，

无底的白昼巨大鲜红。

舍隆河[1]的托盘泛黑泛灰。

首尾不连，举不起手……

蓝天的面孔在闪亮，

面对河流恋人静静的脸庞。

---

1 位于俄国普斯科夫州和诺夫哥罗德州境内。

夏天

热切地渴望吸管，
渴望蝴蝶和斑点，
编织我俩的记忆，
用浓密的薄荷和蜜。

不是钟表在行走，
而是从早到晚的镣铐声，
像塔尖的梦刺入空中，
用魔法迷惑气候。

通常，尽情玩耍后，
夕阳会交出权力，
知了、星星和树木，
接管厨房和花园。

不是阴影，是月亮在建房，
当月亮悄悄离开，
黑夜静静流淌，
在云间来回漫步。

似在屋顶，更像在梦中，
似是胆怯，更像是淡忘，
小雨在门外踱步，
酒瓶软木塞的味道。

灰尘的味道。野草的味道。
如果细细地品味，
贵族们议论平等博爱，
同样散发这种气息。

您曾与他人一起，
在乡间成立自治会？
岁月悬垂，在草叶闪亮，
散发软木塞的味道。

永远转瞬即逝的雷雨

夏日之后告别小站。
雷霆脱下帽子，
它在夜间拍照留念，
拍下一百张炫目的照片。

丁香花束已暗淡。
此时采撷闪电一束，
它站在原野上，
用闪电映亮管理处。

当幸灾乐祸的波浪，
流过建筑物顶部，
像炭笔掠过图画，
阵雨打湿所有的篱笆，

倾塌的意识在眨眼：
瞧，就连理智的角落
似乎也被照亮，
如今像白昼一样！

"爱人是恐惧！"

爱人是恐惧！当诗人恋爱，
神不守舍的上帝也会动情。
混沌于是再次覆盖人间，
像在考古化石的年代。

眼睛为他流下成吨的雾。
他被掩埋。他成为猛犸。
他不再时尚。他知道不可能：
岁月流逝，文盲的世纪。

他看到周围如何举办婚礼。
人们结合，人们播种。
这卵被称作普通的青蛙卵，
包装一下，叫压缩鱼子。

人们善用鼻烟壶拥抱生活，
像拥抱华托[1]的珍珠笑话。

1　华托（1684—1721），法国画家。

人们报复他，可能只是因为，
他们在那里撇嘴，乱说。

他在撒谎，阿谀奉承，
他们卑躬，不劳而获，
他扶起你们的姐妹加以利用，
像扶起双耳罐上的女祭司。

安第斯的融冰流入亲吻，
草原的晨被燃烧的星主宰，
夜晚在村里乱跑，
像逐渐发白的羊叫声。

床垫的伤寒病忧伤，
散发眼窝的气息，
散发植物宝库的昏暗，
像草丛的混乱一样涌出。

"让词语坠落"

我的朋友，你在问：
谁让这疯人的话语灼人？[1]

让词语坠落，像花园
收获琥珀和果皮，
随意又慷慨，
一点儿，一点。

不需要解释，
为何如此喜庆，
树叶间满是
茜草和柠檬。

有人让针叶流泪，
通过树干打湿乐谱，
穿过百叶窗的闸门，
又流向书橱。

---
1 引自帕斯捷尔纳克本人的诗作《巴拉绍夫城》。

有人用花楸果
浸染门外的小毯子，
浸染麻布，麻布贯穿
飘动的漂亮斜体字。

你问，是谁下令，
让八月成为伟人？
谁觉得什么都大？
谁埋头修整

槭树的叶片，
自《圣经》时代起
就未离开岗位，
雕凿石膏石？

你问，是谁下令，
让菊花和牡丹
九月的嘴唇受难？
让爆竹柳的小叶
自灰色的女像柱
落向秋天医院
潮湿的石板？

你问，是谁下令？

是全能的细节上帝，

是全能的爱情上帝，

约盖拉和雅德维加。[1]

漆黑坟墓的谜底，

我不知是否已揭开，

但生活像秋的宁静，

它充满着细节。

1　约盖拉为立陶宛大公，雅德维加为波兰女王，两人的婚姻使两个国家合并为波兰立陶宛王国（1386 年），约盖拉王朝由此开始。

有过

之后，有了干草房，
有酒瓶木塞的味道，
自九月逝去的时候，
小道没有除草。

草地上，酢浆草间，
成串的宝石像在发愁，
那冰爽的滋味，
很像雷司令葡萄酒。

九月编写一篇文章，
讨论车夫的生意经，
阴雨天飞驰而至，
凭嗅觉发出预警。

它时而遮挡院落，
用酒水把沙地水洼染黄，
或从天上洒下铅一般的雨，
砸向半圆的窗框。

它时而为万物镀金，

从灌木丛飞向畜棚和农民，

或是飞到我们的窗口，

像燃烧的树叶闪出树林。

幸福有它的商标。

欢乐的酒，忧愁的酒。[1]

但请相信我，酢浆草是草，

雷司令[2]是尘封的术语。

有过黑夜。有过唇的颤抖。

眼睑上挂着发愁的宝石。

雨在大脑里喧嚣，

不给思想以余地。

似乎，我没在爱，

我祈祷，却不亲吻，

蜗牛在一旁缓慢漂过，

因幸福的光照而暗淡。

1　原诗中此句是法文"Vin gai, vin triste"。
2　产于德国的一种葡萄，是酿造葡萄酒的重要原料。

如同音乐：眼睑的泪水，

歌却不敢痛哭，

珊瑚色的软体在晃动，

不会爆裂成一声惊呼！

"雷声未停息"

雷声未停息，它恋爱，行走，

没有穿鞋，践踏忧伤

恐吓刺猬，以德报怨，

有怨的是蔓越莓和蛛网。

畅饮触及脸庞的树枝，

切割反弹的天空：

"这是回声？"最终，

在亲吻中迷路。

与进行曲般的刺球漫步四周。

傍晚才知道，太阳更年长，

超过星星和运燕麦的大车，

玛格丽特和酒馆老板娘。[1]

失去语言，失去观看

瓦尔基利亚[2]泪水风暴的票，

---

1 "玛格丽特"是古诺的歌剧《浮士德》中的人物；"酒馆老板娘"是穆索尔斯基的歌剧《鲍里斯·戈都诺夫》中的人物。

2 瓦格纳的歌剧《女武神》中的主人公。

炎热中让整个天空麻木，
淹没空中的桅杆森林。

躺下，在针叶间归集
松果般的岁月事件：
公路，看见酒馆；
天亮；寒冷；吃鱼。

既然躺下，就歌唱：
"白发的我，无力地摔倒。
城市曾被滨藜卡住喉咙，
滨藜在军嫂的泪水中浸泡。

在长长的干草棚的暗影，
在水壶和食物的火焰里，
他大约也是老人，
随后也会死去。"

————

我唱着歌，即将死去，
即将死去，像回旋镖，
又返回她的怀抱，
记得，是最后的道别。

后记

不，不是我使得您忧伤。
我不值得祖国遗忘。
这是阳光在墨汁水滴中燃烧，
像在一串蒙尘的醋栗间闪亮。

就连我思想和书信的血液
也现出了胭脂红。
这介壳虫的紫红独立于我。
不，不是我使得您忧伤。

这黄昏用灰尘塑成，热气腾腾，
它吻您，在赭色的尘土憋死。
这是阴影在为我们号脉。
这是您走出围栏，面对原野，
您在燃烧，在油亮的柴门上漂浮，
柴门被昏暗、灰烬和罂粟覆盖。

这是整个盛夏，在池塘的标签里
燃烧，像被晒黑旅客的行李，

把火漆封印烙在纤夫的胸口，
它点燃您的衣裙和帽子。

这是您的睫毛因强光而闭合，
这是变野的圆盘在栅栏上蹭角，
它不断撞击，把栅栏撞倒。

这是西方，像鸣响的红宝石
飞落您的头发，在半点灭熄，
播撒马林果和金盏花的深红。
不，不是我，这是你，是您的美丽。

终结

一直醒着？开心的时候？
最好永远睡觉，睡觉，睡觉，
不再做梦。

又见街道。又见透花的帐幔。
又是每夜的草原，草垛，呻吟，
此时和往后。

八月的树叶，带着每个原子的气喘，
梦见宁静和黑暗。狗的奔跑
突然惊醒花园。

它在等人们躺下。突然巨人现身，
又一位。脚步声。"这里有螺栓。"
哨声和命令："卧倒！"

他在用我们的脚步浇洒道路，
把道路压塌！他用你
折磨篱笆。

秋天。灰黄的珠子穿成串。
啊，腐烂，我像你一样，
厌恶活下去！

哦，夜晚未用机车的方式
摇动香炉：雨中的每一片树叶
都冲向草原。

窗口成为我的舞台。却无目的！
房门挣脱铰链，亲吻
她肘部的冰。

请介绍我认识一位被养育者，
他们如何被南方的田地、
荒漠和黑麦喂养。

但嘴里苦涩，脑袋麻木，喉咙
发堵，但这么多词语的愁郁，
你会倦于友谊！

主题与变奏 [1]

(1916—1922)

1　如果说诗集《生活是我的姐妹》是献给莱蒙托夫的，那么这部诗集则是献给普希金的。

灵感

枪眼沿着篱笆奔跑，
构成墙上的缺失，
黑夜像大车隆隆行驶，
运载春天不懂的故事。

不同于钳子，马车的驶近
从壁龛拔出拐杖，
只用隆隆的轰鸣，
轰鸣在远方卷起尘土。

这轰鸣他第一次听到。
明天，明天我向您解释，
路面如何冲出大门，
沿着滚烫的痕迹飞去。

建筑物的身躯，
押解队的脸庞，
如何浸入含露的针叶，
清晨般的松节油。

哦，如今椴树也无秘密：
清晨的城市空无一人，
马车里最后的凡人，
被诗句和哨兵看守。

清晨，不相信耳朵，
来不及擦一擦眼睛，
多少支可怜的旧笔，
从诗人的手飞向窗口！

1921 年

相遇

水涌出水管、水槽和水洼，
水从风、篱笆和屋顶落下，
自午夜五点开始，
自三点起，自一点起。

人行道上很滑，
风把水撕成破衣裳，
一直走到波多尔斯克[1]，
一个人可能都遇不上。

五点多，像一块风景，
自突然受潮的楼梯
跌入水中，疲倦的道别：
"好吧，明天见！"

自动滑轮的折磨
开始在更远的地方，

---

1 莫斯科南郊一小城。

286

在排水管的预料中，
东方在机械地表演。

远方瞌睡，身披霜的外衣，
俯瞰结冰的杂烩，
它喊叫，它咳嗽，
面对醉人的三月冷汤。

三月的夜与作者同行，
风景伸出冰冷的手，
把两位争论的人
从人群领回家中。

三月的夜与作者疾行，
偶尔看一看四周，
一闪而过的身影，
仿佛真是挣脱的幽灵。

黎明。这是道别时
在楼梯上提及的明天，
它像剧场包围两人，
响应女先知的召唤。

它似把一切镶入画框。
树木、建筑和教堂，
在无形画框的深处，
变得陌生又家常。

像三层楼的英雄诗体，
它们的画面向右平移。
它们移出失去知觉的人，
没有人发觉损失。

1921 年

玛格丽特[1]

扯开身上绞索般的灌木，

夜莺挣扎啼鸣，闪闪发光，

比玛格丽特紧闭的嘴唇更紫，

比玛格丽特的眼白更烫。

它像青草的气息。它悬垂，

像稠李花间呆滞雨滴的水银。

它麻醉树皮。它喘息着，

逼近嘴巴。它在发辫悬垂。

吃惊的手掠过眼前，

玛格丽特被白银吸引，

似乎，头戴树枝和雨的头盔，

女骑手无力地倒在松林。

后脑勺与松林牵手，

另一只手伸向背后，

---

1 歌德的《浮士德》中的人物。

289

她的暗色头盔在那里挣扎，

扯开身上绞索般的灌木。

1919 年

梅菲斯特[1]

他们在星期天出城，
伴着尘土的飞扬，
此时他们不在家，
阵雨闯入卧室的窗。

就餐的人都以为，
第三道菜就是雨水，
此时旋风像自行车，
在室内的橱柜上翻飞。

此时丝绸窗帘也飞起，
拍打他们的天花板，
池塘、自然和旷野
推开糊涂的痴汉。

像最长的一列马车，
他们很晚抵达土堤，

1　歌德的《浮士德》中的人物。

阴影在那里每晚复活，
吓唬他们的马匹。

血红的脚像一对蝴蝶结，
沿着洒满霞光的道路，
像大鼓跌落地面，
魔鬼的双脚拍起尘土。

似乎，高傲像鞭子，
像低处树叶的水流，
落日的傲慢走遍全球，
只能忍受这些羽毛。

像路标一样计数路人，
微微碰一碰帽檐，
他走着，仰天大笑，
他迈步，搂着朋友。

1919 年

莎士比亚

车夫的院落，水中台阶上
耸立起阴森监狱的托尔城堡[1]，
马掌的清脆，巍峨的威斯敏斯特
裹着丧服，发出伤风的钟声。

街道狭窄；墙壁像啤酒花，
在茂密的原木间积蓄湿度，
原木忧郁像黑烟，醇厚像啤酒，
寒冷像伦敦，歪斜像脚步。

雪花盘旋着缓缓降落。
当人们已插上门闩，
松弛的雪像滑落的肚兜，
惺忪地落下，覆盖入睡的荒地。

小窗，铅箍上紫色云母的颗粒。
"要看天气。不过……

---

1 位于伦敦。

293

我们自在地睡一觉。
不过要只桶！理发师，上水！"

他边笑边刮脸，掐着腰，
冲着说俏皮话的人，那人在宴席
乐此不疲，透过紧咬的烟嘴挤出
杀人的乱言。
　　　　　　此时的莎士比亚
却不想说俏皮话。十四行诗，
夜间热情写成，没有涂改，
在远处的餐桌，酸苹果
与龙虾螯拥抱着漂浮，
十四行诗对他说：
　　　　　　　　"我承认
您的才能，不过天才和大师
是否会顺从您和那一位，
他在小桶旁，满脸肥皂泡，
我的毛色像闪电，种姓高贵，
简单地说，我拥有热情，
我为何闻见您的烟草有臭味？

"我的父，请原谅儿子的虚无，
可是先生，可是阁下，我们是在酒馆。

我在您的圈子里何用？面对汹涌的人群，
您的雏儿何用？我想要旷野！

"请您读给这位听。先生，为什么？
为了所有行会和广告！五码，
您和他在台球房，我不懂，
台球房里的知名度为何就不是成功？"

"读给他听?！你疯啦？"他喊来仆人，
神经质地摆弄葡萄枝，他在算账：
半品脱酒，一份法兰西焖肉，——
他把餐巾投向门外，投向幽灵。

1919 年

主题[1]

峭壁和风暴。峭壁和斗篷和礼帽。

峭壁和普希金。[2] 他伫立至今,

闭着眼睛,他看斯芬克斯像,

与我们不同:不是一位希腊人

步入死路的推测,不是谜语,

而是祖先,薄嘴唇的闪米特人,

他撒下沙粒像撒下天花,

他因荒漠而粗糙,像得了天花,

仅此而已。峭壁和风暴。

冒泡的啤酒在疯狂流淌,

溢满悬崖峭壁,礁石浅滩。

轰鸣,深渊的月亮在燃烧,

像在木盆里被冲洗。

喧嚣和水雾和附着的风暴。

亮如白昼。被泡沫映亮。

---

1 "主题"即普希金笔下的大海形象。

2 指俄国画家列宾和艾瓦佐夫斯基合作的油画《普希金告别大
海》(1877)。

眼睛无法离开这一视角。
海浪涌近斯芬克斯像，
一遍又一遍点燃蜡烛。

峭壁和风暴。峭壁和斗篷和礼帽。
斯芬克斯唇间有雾的咸味。
四周的沙滩斑斑点点，
水母留下潮湿的吻。

他不识海妖身上的鳞片，
那举起海妖膝盖杯盏的人，
一度畅饮冰面上的星光，
他能否相信她们的鱼尾？

峭壁和风暴，和孩子的笑声，
一切自负的人都听不见，
它奇特之极，静谧之极，
埃及法老时代起就与峭壁嬉戏……

1918 年

变奏

一 原变奏

特拉布宗[1]的风暴，
嘴含泡沫，扬起水雾，
奔向海边的悬崖，
在悬崖的狂欢之上，

啤酒般翻滚的雾，
堵住铁锚和海港的耳朵，
海浪，泡胀的尸体，
白发的桥，都失去听力。

悬崖上腾起喷泉，
水的冠顶挣扎着喊人，
但爆裂的磷酸盐
却让人恐怖恶心。

---

1 土耳其港口，在黑海南岸。

298

此处是绞索的白色疯狂，

此处是惊雷的轰鸣，

沙土被使劲吸吮，

像啤酒，像嚼碎的叶。

什么是非洲人的遗产？

什么是皇村学校[1]的启蒙？

两位神祇相互道别，

两个海洋变换面容：

自由元素的元素，

诗歌的自由元素，

两个海洋的两天，两个风景，

两个古代两幕剧。

二 仿变奏

在荒原般波涛的岸边，

他站立，充满伟大的思想。

风暴汹涌。裹挟着沙子，

---

1 普希金曾于皇村学校就读。

红色的巨浪像血一样。

红色的愤怒笼罩他，

义愤填膺的他，

把怨恨摔碎在自己身上。

他口中的"明天"，

像别人嘴里的"昨日"。

尚未有过的往日暑热，

闯入这非洲人的想象。

尚未跌落的雾，

亲吻浓密的睫毛。

他在这片浓雾中

浸泡他幻想的篇章。

他的小说 [1] 在昏暗中起身，

这昏暗与天气无关，

无法被暑热驱赶，

在五月的清晨或农忙时分，

风儿永远也无法

吹来或吹走这片昏暗。

从悬崖上看去，

无垠的风景充满野性。

1　指普希金的诗体长篇小说《叶夫根尼·奥涅金》。

白鬃的浪峰环绕沙滩，
任性的龙卷风渐渐毁灭，
最后一刻还在摇摆，
它在吹号，没有回应，
它努力想要一口憋死，
消失得无踪无影。
从悬崖上看去，
地球的扇面充满野性，
野性的无形之手，
挥洒咸味的琼浆，
洒向失明渔网的空间，
一天又一天持续，
洒向倾覆的潮湿黄昏，
迎合黑色的夜晚……
罕见的野性，这自由的风景
冷酷，令人赞叹。

他走下高岸。野性的司厨
敲响铁勺，浪花越过边界。
岸边的各种野草
钩住手杖的把手，
脚下的路变得难走，
草原的风在耳中呼啸。

岸边的沙滩冒着气泡，
拂动芦苇和鸢尾花，
涟漪从四面涌来。
中间的紫色暗点，
却没有铅一般的沉重。
涟漪！像钓线的铅块
被钓鱼人投入水中，
它缩着身子躺卧淤泥，
扮出难以模仿的鬼脸，
它能向手指发出暗示，
不需要任何语言：
水，就是全部的捕获。
他坐在礁石上。没有
流露丝毫的激动，
他曾满怀这样的激动，
阅读海底的福音书。

最后的贝壳珍惜
心的絮语，梦的水滴，
痛苦也是咸的，
把梦的水滴紧锁。
即便尖利的刀刃，
也无法从贝壳剜出

新鲜的爱情痛苦。

最幸福的抽泣，

在奔涌，塑造礁石，

抹红珊瑚的双唇，

在水螅虫的嘴里死去。

三

星辰飞奔。海岬在海里洗脸。

盐失明了。泪已流尽。

卧室昏暗。思想飞奔，

斯芬克斯把撒哈拉倾听。

蜡烛漂浮。巨人的鲜血

似在冷却。双唇漂浮，

像荒漠的天蓝色笑容。

夜在退潮时分走向虚无。

摩洛哥的微风触动大海。热风吹过。

阿尔汉格尔斯克[1]在雪中打鼾。

---

1 俄罗斯北部城市。

蜡烛漂浮。《先知》已经写成，¹
白昼的曙光初现恒河。

四

云。星辰。身旁
是道路，还有阿列哥²。
真菲拉³的眼睛像新月，
深邃而又热烈。

车辕翘向天空，
脑门比橄榄树更蓝。
一群茨冈人皱着眉头，
凝视项链般的星辰。

这会让人想起
迦勒底人的屋顶！
月色似火；血在冷却。
嫉妒？嫉妒无关紧要！

───────

1　普希金的《先知》一诗写于 1826 年。
2　普希金长诗《茨冈人》的主人公。
3　普希金长诗《茨冈人》的女主人公。

住口！你像叙利亚人。
你冷漠像占星的阉人。
思想被凶杀映亮。
复仇？复仇无关紧要！

暗影像纠缠的太监。
茨冈人被一只肩膀遮挡。
毒药？根据疯人的法典，
自杀也无关紧要！

快马跃起，鼻孔喷气，
它还没有跑累？
快马啊，小心，人们会猜疑。
逃亡？逃亡也无关紧要！

五

他染上茨冈人的颜色，
得了坏血病，他并未
用芦苇的黑孔制造秘密，
在窃贼和酿酒师的地界。

盗马贼潜入栅栏，

葡萄园隐入深色，

麻雀啄食葡萄串，

稻草人的坎肩在点头，

盖过葡萄串的絮语，

僵死的轰鸣让人难受。

大海变得朦胧。

海岸轰鸣，石子满地。

波峰已厌恶汹涌，

浑浊的细浪在嬉戏。

狂风在沙博村[1]外肆虐，

拔起系船的绳缆。

纤绳在咸水中变得坚韧，

风暴也愈加不满。

轰鸣像圆木滚过，

像浴室里落地的脸盆，

像加古尔要塞在夜间

1　位于摩尔达维亚，在黑海岸边，普希金曾于1821年12月途经此地。

与奥恰科夫的海鸥交谈。[1]

六

落日在草原冷却，
蝈蝈像黑夜一般幻想，
在谛听马车的动静，
谛听别致的语言和铃铛。

蹒跚的、惺忪的风，
时而懒散地拖着草原，
像拖着铁链或其他，
像拖着脱落的马嚼口。

彩色的破布已腐烂，
歌声一样无垠的南方，
像弹簧铜秤一样冷却，
它闭上眼，喋喋不休，
它变成蓝色，一望无边，
让这歌声面对夜的气息，
不知来自何方的气息。

---

1 加古尔要塞和奥恰科夫均在黑海北岸，俄土战争期间俄军曾
在这些地方获胜。

瞬间拉长这一刻，

但瞬间也能超越永恒。

1918 年

疾病

一

病人目不转睛。一连六天，
龙卷风不倦地狂吹。
它滚过屋顶，使人爽快，
它在狂吹，失去知觉。

圣诞节穿过暴风雪。
病人梦见：他被来人扶起。
他一跃而起："是他吗？"
（呼唤。钟声。新年的钟声？）

伊凡钟楼[1]在远处鸣响，
钟声飘扬，余音绕梁。
病人睡了。风雪像大海，
像人们所谓的太平洋。

1　在莫斯科克里姆林宫。

二

爆竹柳的发丝在伸展，
从洒满星星的地面，
沿着篱笆伸向月亮，
枝叶全都扬起前蹄。

真担心风会用烟雾
把仙后星座包裹！
教堂还来得及在清晨，
像蚕蛹一样蜷缩。

这是什么？是基督教堂
金色的穹顶在沉睡？
还是北方抚育《埃达》¹，
作为始初幻想的珍珠？

往事如烟。那时的我，
野性灵动，风华正茂，
置身牧神的花园，

_____

1　北欧史诗。

像牧人的幽灵。

他是驼鹿。齐膝深的
积雪，透过树枝，
那鹿的眼睛能看见
躺在午夜的残月。

他像谜一样静立，
看着这片雕塑广场：
广场把白色的草垛
扔给星空的严寒。

他俯身面对雪地。
忍受弯腰的苦难，
他捡起星星和黑夜。
锯不掉鹿的时代混乱。

三

存在各种可能，
在某个不幸的时辰，
比教会和修行更阴郁，

疯狂会控制我们。

寒冷。窗外的夜
遵循寒冰，像遵循礼貌。
灵魂身穿皮袄坐进椅子，
一直哼着同一个曲调。

树枝的斧头和脸颊，
镶木地板，炉条的影子，
它们用梦和懊悔
浇铸风雪肆虐的昼夜。

夜静谧。夜明朗寒冷，
像瞎眼的狗崽，像奶，
栅栏畅饮着星光，
用无意识冷杉的黑暗。

冷杉似在滴水。似有微光。
黑夜似在蜡一般肿胀。
积雪被松枝刺瞎眼睛，
树洞里有树洞的影像。

这寂静，这高处，

这电波的哀歌似是等候，
它取代"快回答！"的呼喊，
或是另一片寂静的回声。

灵魂似聋哑，这些松枝的目光，
高空的目光，都听觉很差，
轰鸣的道路的闪光，
是对某人问候的回答。

寒冷。窗外的夜
遵循寒冰，像遵循礼貌。
灵魂身穿皮袄坐进椅子，
一直哼着同一个曲调。

双唇，双唇！双唇咬得血红，
灵魂捂着脸，浑身发抖。
谜语的旋风授意传记作者，
把这僵死如粉笔的故事写出。

四　病人的绒衣

病人无翼的法兰绒上衣，

像与胸脯无关的企鹅，

它的生活脱离肉体：

给它一点温暖和光明。

它记得滑雪板。脱离束缚，

脱离消失于黑暗的身体，

脱离挽具和老爷！夜似在出汗！

车辚辚，脚步声声。

庄园和空洞的恐惧：

酒柜、地毯和木箱。

篱笆注意到充血的房子。

从屋外看，吊灯像得了胸膜炎。

被天空折磨，面对冬天，

肿胀的灌木丛白得像恐惧。

炉膛的火光像厨娘的巨掌，

伸向厨房外雪橇旁的雪地。

五　1918年岁末风雪中的克里姆林宫

在废墟中的最后一站，

它被从路上抛入积雪，
套着毡靴艰难迈步，
在狂风呼号的夜半原野，

似临近终点，精疲力竭，
它忧伤地呼唤暴风雪，
让疾风不要吹灭灵魂，
当最后的黑暗吞噬一切。

哈哈大笑的暴风雪
拽住信使的衣袖，
风雪抓住长耳帽的缨穗，
像是被铐住的问候。

有时候！——有时候，
像短缆绳牵来的舰船，
奇迹般地挣脱铁锚，
咔咔作响地撞击堤岸，

无与伦比的克里姆林宫，
像个浑身泡沫的怪人，
身着许多个冬天的装束，
在这最后一夜发泄仇恨。

身躯魁伟，古色古香，
就像巫师的占卜图，
它提前闯进新的一年，
迈着威风凛凛的脚步。

它带着钟楼铜钟的声音，
在黄昏叩打你的窗户。
它显然害怕这一年过后，
会把相识的机会错过。

岁月的残留，暴风雪的残留，
注定属于一八年的塔楼，
它们在四周疯狂地飞舞，
显然——还没玩够。

透过这风雪的大海，
我预见衰弱的自己，
即将到来的这一年，
要我再一次接受教育。

1919 年

六　1919年1月

那一年！"跳下去。"
旧的一年常在窗边对我耳语。
这新的一年驱赶一切，
用狄更斯的圣诞故事。[1]

它对我说："重新振作起来！"
温度计的刻度随太阳上升，
就像去年赠予的毒药，
落入氰化物的药瓶。

用它的霞光，它的手，
用它头发慵懒的飘拂，
攫取窗外的安宁，这安宁
是鸟、屋顶和哲学家的专属。

它来了，它躺下，
像人行道和积雪的反光。
它大胆，它急躁，

1　1840—1860 年间，狄更斯写有一组充满温暖的圣诞故事。

它要喝水，肆意吵闹。

它忘乎所以。它带来
庭院的喧闹，没法子：
世上所有的忧伤，
都能被白雪治愈。

七

黄昏中我觉得你始终是女生，
始终是中学生。冬天。夕阳
是时间森林的主管。我躺下等待
天黑，走吧！我们相互呼唤。

夜，夜！就是地狱，是恐惧的巢穴！
你来探亲，就被赶到这里！
夜是你的脚步，你的婚姻和婚礼，
比法庭调查更沉重。

你记得生活吗？你记得吗，
顶着风声翻飞的雪花像一群斑鸠。
旋风舞动雪花，大口吞噬，
从餐盘落到雪地，落到马路！

你跑了过去！它在我们脚下
铺上地毯似的滑板和水晶！
生活像鲜血，它燃起风雪的火，
火光映照鲜红的云朵！

你记得运动吗？记得时间吗？
小铺？拥挤？老板娘？
在兑换叮当的冰凉钱币时，
你记得不久前节日大钟的鸣响？

啊，爱情！是的，必须说出！
用什么取代你？油脂？溴剂？
像马的眼睛，滚烫的我，
在枕头上斜着眼睛张望。[1]

黄昏中我觉得你始终在考试，
始终刚毕业。黄雀，课本，偏头痛。
每个夜晚！像是口渴的人，
雷管和药瓶似的眼睛多么热烈！

1918—1919 年

1　这个形象后来被阿赫马托娃引用，她在《鲍里斯·帕斯捷尔纳克》（1936）一诗中写道："他把自己比作马的眼睛。"

决裂[1]

一

哦，撒谎的天使，我想立即，
立即用纯净的忧伤把你灌醉！
可我不敢，是要以牙还牙？
哦，一开始便感染了谎言的悲伤，
哦，痛苦，麻风病的痛苦！

哦，撒谎的天使，心脏，
湿疹病的心脏，并非致命的痛苦！
可你为何把贴身的疾病赐予心灵，
作为道别的礼物？你为何
无目的地亲吻，像雨滴，像时间，
当着众人的面笑着行凶！

1　1918 年春，帕斯捷尔纳克的恋人叶莲娜·维诺格拉德嫁与他人，帕斯捷尔纳克因此写下这组诗。

二

哦耻辱，你是我的重负！哦良心，
早来的决裂中有多少依然执着的幻想！
我是一个人，我原是空洞的组合，
鬓角、嘴唇和眼睛，手掌、肩膀和腮帮！
凭借诗节的口哨、叫喊和符号，
凭借忧伤自身的硬度和青春，
我要向它们让步，我要领它们进攻，
我要向你发起冲锋，我的耻辱！

三

我要让所有的思想离开你，
不是做客，不是饮酒，而是在天上。
站在主人身旁，铃声一响，
就会有人把大门打开。

我要奔向他们，奔向十二月的叮当。
只有门，还有我！一道长廊。
"您从哪儿来？他们在说什么？
您听到了什么？城里有哪些诽谤？

321

忧伤又一次犯错？

它是否在耳语：'好像一个样。'

'原来是您！'一声惊呼，

在几十米开外四下飞翔。

那些广场能饶恕我吗？

啊，如果您能知道有多忧郁，

如果街道能在一天之内，

一百次地捕捉您相似的步履！"

四

尝试干预我吧。来吧，尝试扑灭

这一波忧伤，今日的忧伤像真空管里的水银。

疯狂，你来阻止我吧，来吧，侵犯我吧！

阻止我道出疯狂！你别害羞，我们一样。

哦扑灭，哦扑灭！再更猛烈地燃烧！

五

请编织这雨水，雨像波浪，冰凉的肘部，

雨像百合，被软弱控制的缎子般的手掌！

欢乐，请你阻挡！去吧！捉住它们，疯狂的游戏，

森林的歌唱，卡吕冬的狩猎声充斥森林，

安泰乌斯像失忆的熊鹿追逐阿塔兰忒来到空地，[1]

他们在那里相爱，马的耳朵中鸣响无底的蔚蓝，

他们亲吻，猎狗发出嘹亮的吠声，

他们爱抚，鹿角碰撞，树木和蹄爪咔咔作响。

"啊，来吧！来吧，像他们一样！"

六

你失望了？你以为在这世上，

最后的安魂曲之后我们就得分手？

估量痛苦，用被泪珠放大的瞳孔，

你在测试他们的战无不胜？

1　古希腊神话中的阿塔兰忒是一位善于奔跑的女猎手，向她求爱的人与她赛跑，失败者会被杀死，获胜者能得到她的爱。希波墨涅斯受到爱神帮助，途中三次扔出金苹果让阿塔兰忒停下脚步去捡，从而赢得了比赛。

巴赫的管风琴声在做弥撒时奏起，

壁画会被震得落下穹顶。

但自今夜起我的仇恨会蔓延一切，

可惜，没有一根皮鞭。

在黑暗中迅速冷静，

仇恨立即决定把一切复垦。

需要时间。自杀对它没有意义，

甚至这也只是乌龟的爬行。

七

我亲爱的朋友，像潜水鸟夜间自卑尔根 [1] 飞往北极，

鸟腿上落下滚烫的羽毛像雪花翻滚，

我发誓，哦我亲爱的朋友，我并非言不由衷，

当我对你说："忘掉吧，睡吧，我的朋友。"

像探险船上的挪威人尸体， [2]

冬日的梦，挂满白霜的桅杆静止不动，

1　挪威城市。

2　指由挪威探险家南森率队于 1893—1896 年进行的北极探险，他的考察船"弗拉姆"号在途中曾为海冰所阻。

我在你的目光中是个小丑，睡吧，安心吧，

人们都能活到结婚，我的朋友，平静下来，别哭。

像完全没人定居的北方，

偷偷躲开北极地区警觉的冰块，

用夜半的天穹冲刷失明海豹的眼睛，

我说：别擦，睡吧，忘掉：一切都是胡言。

八

我的书桌不够宽大，

无法装载整个胸膛，

无法让肘部越出忧愁，

让漫长的道别越过这道峡谷。

（此刻是夜。）你闷人的后脑勺。

（躺下睡觉。）你双肩的王国。

（熄灭灯光。）我早晨会归还它们。

台阶会触及它们惺忪的树枝。

不用雪花！用手掌覆盖！够了！

哦，痛苦伸出十根手指，

手上缀满冬日的繁星，
像风雪中北上列车的晚点信号！

九

颤抖的钢琴舔去唇边的白沫。
这呓语会使你恶心，软弱无力。
你说："亲爱的！"我高喊："不。"
"配上音乐？！"但是否可以

比在黑暗中更近，在壁炉
逐年标记成套的日记和弦？
哦神奇的理解，你点点头，
就会感到惊喜！你有了自由。

我支撑不住。去吧，好自为之。
去找别人。《维特》[1] 早已出版，
如今连空气都散发死亡的味道：
打开窗户，像切开血管。

1919 年

1　指歌德的小说《少年维特之烦恼》。

致诽谤者

啊童年！灵魂深处的木桶！
啊，所有森林的土著，
你扎根于自怜自爱，
我的灵感，我的君主！

窗玻璃上的泪珠已干涸！
黄蜂和玫瑰已枯萎！
熄灭的混乱一次次重生，
就像鲜红的蕨麻！

被压弯的枯骨，
疯狂的键盘，
忧愁的流浪者，
都准备向诽谤者复仇。

灾难般的东西在诽谤，
这富豪的邻人，
门外的活计在诽谤，
钥匙欢乐的响声。

谎言的握手在诽谤，

衬衣上的芳香，

礼品的优雅精致，

算命的人在诽谤。

年龄的虚妄在诽谤。

哦，年轻人诽谤我们？

哦，左派红着脸装年轻，

诽谤最左的我们？

啊太阳，你是否听见？"赚钱去。"

啊松树，我们在梦中？"使劲。"

啊生活，退化是我们的名字，

这也有悖于你的意义。

古老的智者邓肯 [1] 啊，救命！

啊，民众的混乱被释放，

啊，上帝，你或许还记得，

你为何让我们来在世上？

1917 年

1　指莎士比亚剧作《麦克白》中的苏格兰国王邓肯。

"我能忘记他们？"

我能忘记他们？忘记亲人，

忘记海洋？依偎着火车卧铺？

为了情感的狂欢落入陷阱？

疯狂地奔向党派的裁判所？

走近火车包厢里的酒柜？

还是下车？放弃？迁居？

我因这痛苦而自豪。愈合吧！

狮子，我凭脚爪能认出你。[1]

记住亲人，记住海洋。

记住惩罚之类的荒谬。

人们不向苦役犯复仇。愈合吧！

哦，我才是无产者，不是你们！

的确如此。我躺下。哦，砍吧！

我跌入一头野兽的自负。

1　这是对拉丁语谚语"凭脚爪就能认出狮子"的改写。

我贬低自己直到无信仰。

我贬低你直到忧伤。

1917 年

"他们就这样开始"

他们就这样开始。两年，
他们从奶娘奔向旋律的暗影，
叽叽喳喳，吹着口哨，
而话语在第三年现身。

他们就这样开始理解。
涡轮机的轰鸣中出现幻象，
母亲不再是母亲，
你不是你，家是异乡。

如果的确偷不走孩子，
该如何对付丁香的长椅上
这可怕的美丽？
怀疑就这样产生。

恐惧就这样成熟。
他若是浮士德，是幻想家，
如何让星星遥不可及？
茨冈人就这样开始。

大海就这样展开，

像叹息一样突如其来，

在屋边的篱笆上方。

诗歌格律就将这样开始。

夏夜就这样，哀求着，

脸朝下跌进燕麦地：好了，

它在用你的眼睛威胁霞光。

人们就这样开始与太阳争论。

他们就这样开始靠诗歌生存。

1921 年

"我们人不多"

我们人不多。我们或是三人，[1]

三个顿涅茨克[2]暴躁的恶人，

披着飞驰的灰色表皮，

这表皮就是雨和云，

是士兵苏维埃和诗句，

是关于交通和艺术的争执。

我们是人。我们是时代。

我们被赶进飞驰的驼队，

像冻土中车轮的叹息，

活塞和枕木的脱离。

像一阵乌鸦的旋风，

我们飞来，聚在一起。

错过！你们理解得太晚。

1　"我们人不多"改写自普希金的剧作《莫扎特与萨列里》中莫扎特的一句台词："我们这样的精英人不多。""三人"指马雅可夫斯基、阿谢耶夫和帕斯捷尔纳克自己，但后来帕斯捷尔纳克把茨维塔耶娃也列入其中。

2　城市名，现位于乌克兰。

风的足迹在清晨吹过草堆，

像骏马飞驰而过，

然后在谈话中生存，

会议正在热烈进行，

参会者是屋顶上方的树。

1921 年

"我不会让倾斜的画"

我不会让倾斜的画
自吹灭蜡烛的公路飞落，
挣脱墙壁和挂钩，
与诗的韵脚合拍。

宇宙的内容就是面具？
没有任何的宽度，
人们情愿用它做腻子，
来封堵过冬的嘴巴？

但万物扯去自己的假面。
丢掉权力，失去荣誉。
当它们有歌唱的理由，
当它们有落雨的依据。

1922 年

忘忧者

像任何表格中的任何事实，
所有调查都很出众，
证明每个心灵忘忧者
寻欢作乐的内幕。

他也是花园。他心里也有
一束疲倦花朵的愁苦。
他也像花园一样忘忧，
从河边伸展到门口。

他把公园浸入荒芜的池塘，
在陈旧凉亭的背后，
他像一把吉他的影子，
琴弦得意忘形地断裂。

1917 年

"人们憔悴，因为富足"

人们憔悴，因为富足，

因为扎克伯风格的家具，

他们谋害树枝般的激情，

树枝发出甲虫的声音。

激情从牙缝洒出火星，

你把火星拢成一堆，

你在用一把梳子

折磨自尊心的魔鬼。

你的爱情在质问，

你的唇间却是讽喻：

"算了，您不行，

比不上那些小伙计。"

哦，清凉，一滴绿宝石

在畅饮了阵雨的葡萄串里，

哦，无序伸展惺忪的绒毛，

哦，神奇的神性的小玩意！

1917 年

榛子

榛子使你脱离白昼，
众多有苔藓的太阳躺在林边，
或像硬币落在腐朽的树桩，
或像青蛙身上暗绿的铜钱。

灌木超越你，当你
疏于亲近亲爱的森林，
森林无边：一排排原木，
林子稀疏，鸟就像快艇，
歌声像泡沫，横在远端，
蓝天像野鸭，像独木舟，
一滑而过⋯⋯森林沉默许久，
在云端追踪远去的舢板。

哦，浆果和雷雨的约会地，
地衣把尖角扎入乌云，
消亡多神教的紫色沼泽在燃烧，
迷惑我们年轻的大脑。

1917 年

林中

淡紫的暑热令牧场头晕，
林中升起密室般的昏暗。
世上还剩下什么让他们亲吻？
像指间的软蜡，世界归他们。

有梦……你别睡，只管做梦，
梦见你渴望梦；梦见有人睡觉，
眼皮下两轮黑色的太阳，
透过梦境燎焦他的睫毛。

光在流淌。甲虫潮水般流淌，
蜻蜓的玻璃在脸颊闪烁。
森林充满耐心的光点，
像钟表匠镊子下方的零件。

仿佛，他在计数声中入睡，
此时在高处，在苦涩的琥珀，
他们以暑热为依据，
校对空中最可靠的钟表。

他们校对钟表，拨动指针，

播种阴影，折磨桅杆的黑暗，

黑暗被托到高处，升向

白昼的慵懒，蓝色的表盘。

仿佛，古老的幸福在翻飞。

仿佛，森林被梦的夕阳拥抱。

幸福的人不看钟表，[1]

仿佛，那两人一直在睡觉。

1917 年

---

1 这是剧作家格里鲍耶陀夫的《聪明误》中的一句台词。

斯帕斯科耶[1]

难忘的九月在斯帕斯科耶凋谢。
你今天是否该走出别墅？
篱笆外传来牧童的喊声，
斧头的声音自森林冲出。

花园旁的泥塘今夜受冻。
太阳刚刚升起，又逃走。
风铃没有啜饮疲惫的露珠，
白桦洗不去紫色的浮肿。

森林忧郁。它想休息，
在雪下，躲进冬眠的熊窝。
树干间，花园在暗处张着嘴，
像没完没了的讣文。

桦树林不再脱毛，露出斑点？
不再有那么多粉白的抱怨？

1　斯帕斯科耶是莫斯科郊外的别墅区，帕斯捷尔纳克 1909—
1910 年间常去那里与维诺格拉德约会，此诗是献给维诺格拉德的。

这一株还在抱怨，另有十五株，
哦孩子，我们何处安置它们？

它们太多，并不总是胡闹。
它们是灌木中的鸟，田边的蘑菇。
能用它们遮蔽自己的视野，
用它们的雾遮挡他人眼目。

在因伤寒而死的夜，燃尽的丑角
听见轰鸣：是窟窿的狂笑。
如今在斯帕斯科耶，木屋
在路边失神张望，忧愁依旧。

1918 年

但愿

黎明惊扰蜡烛，
它点燃，向目标放飞雨燕。
我乘着联想起飞：
但愿生活也如此新鲜！

朝霞像黑暗中的枪声。
砰！枪弹的火焰
在飞翔中熄灭。
但愿生活也如此新鲜。

还有微风吹入，
在夜间颤抖着紧贴我们。
霞光似雨，也在颤抖。
但愿生活也如此新鲜。

这雨十分可笑！
为何冲撞守门人？
它看到禁止入内。
但愿生活也如此新鲜。

你命令吧，当头巾扬起，

当你还是女主人，

当我们还置身黑暗，

当那火焰尚未消隐。

1919 年

冬天的早晨

（五首）

一

空气坠落如白发的皱褶。
雪花不时地令人想起：
据说该睡了，白昼
跌入摇篮，因为蜜糖和细语。

你一出门，浑身不寒而栗，
往往带着提包和孩子，
街道安卧，躺进灰色渔网
悄无声息的皱褶。

往往会有：狐狸的童话，
它从大车上扔下一尾鱼。
树木，板棚，手套，编针，
冬季吃惊的空气。

花坛前，伴着黄雀的叫声，
稍后，不用加法，

门外吹入的风雪，

在用算术刺激课桌？

往往会牙疼：上药，止痛，

牙医眼里有提包和雪的疯狂，

画了方格线的疯狂，

带有惺忪涂鸦的总量。

仍旧那则冬天的童话，

像风雪在报纸上沙沙掠过，

它像一张灰色的渔网，

抛向雪白的鬃毛和街道。

像冻僵的棉絮钻入气窗，

无家可归的白桦的恐惧，

在天亮时缩减毛茸茸的夜，

冬季吃惊的空气。

1918 年

二

仿佛失去了理智，
仿佛顽皮的孩子，
我们舔着嘴唇，
戏谑地啜饮昼夜。

另一人也不停息，
从书页的痉挛，
到早班的电车，
威胁朝霞他要喝醉。

拨开一团雪花，
黄雀往往会吵闹：
怎样的软木塞
能烧出这样的面貌？

白昼起身，溅起水声，
在灼热的泔水坑，
在着火楼梯的圈圈里，
被圆木撞疼。

1919 年

三

我不知什么更恶心：
是马厩里的腐叶，
还是围巾包裹的东西，
往日的一切，雪中的一切。

傻瓜和糊涂虫，
落叶之间，房子之间，
十月挥舞寒鸦，
衬着羔羊皮短衫。

树枝咔嚓，就像
有蒲席味的面包圈。
如果没有旋风维系，
它们会啪啪坠地。

坠入寒冷的灰烬，
啊，清晨的旋风，
把一串茴香味面包圈
在黑暗中摇动。

1919 年

四

应该像乌鸦使劲喊叫，
然后飞向混沌，
用翅膀把十月的恐惧
摆放进售货亭。

托起带尖塔的混乱，
俯瞰如流的人潮，
你也在那里，系紧头巾，
用发卡别住软帽。

你也在那里，我的牵挂，
用羊皮裹起小猫，
你像穿灰靴的黑猞猁，
在手套的海洋挥舞手套。

1919 年

五

你们全是朗读者，

喜欢撒谎，而撒谎——
就是在窗边学习，
学着学着就拉倒。

像谣曲也闪着奇异的光；
像眼泪也流淌；
总之，像那块冰，
也射出散漫的目光。

雪中的教堂像鸟，
远处骑马人的枪口，
逼真之外，也会放大
并摘除它的瞳孔。

海报上的柴可夫斯基，
似乎也能打动你们，
吹入剧院售票处的短发，
他的激情也吹向房顶。

1919 年

春天

（五首）

一

春，我从外面归来，外面白杨诧异，

外面远方恐惧，房屋害怕倾覆，

外面空气泛蓝，像包裹，

里面是出院病人的衣物。

外面夜晚空旷，像中断的故事，

星星留下故事，没有续集，

留给数千只喧闹眼睛的不解，

那些深邃的眼睛没有情意。

1918 年

二

气窗上的一对扣环，

二月的回声。

干杯，趁没人发现，
为威士忌和发型干杯！

轰鸣闯入，像通条。
哦寒风，你该早到！
我狂躁的朋友，你说什么？
自由的空气，还是控告？！

这份饲料里有何意义？
上帝，谁在磨粉，
用语言还是用灵魂，
这水声，这美人？

三月，你是何人？
连冰也在沸腾，
沿着疯狂的街道，
烧焦的马车在飞奔！

学会操控舌头吧，
让这些马车和公子
因为这夜晚而感动，
像因为你而动情。

1919 年

三

空气像细密的小雨纷落。
发白的冰生出癣疥。
你在等待：地平线苏醒，
一天开始。嘈杂响起来。

像往常，它敞开大衣，
解开胸前的围巾，
它在驱赶自己身前
没入睡的疯狂小鸟。

它会摇晃着走向你，
它会抠掉蜡烛的眼泪，
它会打着哈欠提醒，
如今能摘下风信子的小帽。

它疯狂，弄乱头发，
在困惑中模糊含义，
用关于我的愚蠢故事，
他会让你感觉诧异。

1918 年

四

请闭上眼睛。在最偏僻的器官，
在三十里被遗忘的空间，
鼾声和咳嗽成双滴落，
哭笑和呓语，恍惚和昏厥。

它们和我一样难以习惯春天，
我尝试多次，仍难应付。
此刻为着我和这些受难者，
林间的火车头送来一盏烟雾。

莫非很久了，躲进
身披松针的勋章菊的阴影，
三月这位俗人在用
酸涩的蓝色浸透公园小径？

年老的我会复显它的罪孽，
打开一罐徘徊的柳树，
它清早在树苗的枝条间离去，
走向池塘，被淹没的黑灌木。

珍珠般水洼和溪流的水粉画，

在傍晚时分停止运动，
离开最初的游戏和课本，
人们纷纷现身门口。

1921 年

五

鸟儿叽喳，叫得真诚。
阳光在马车的漆面闪耀。
磨刀石不再飞溅火花，
溅出的火花也已熄灭。

白云像白鸽落进敞开的窗，
落进火花的手织品。
白云发现：倒影变瘦，
栅栏明显，十字架少许。

鸟儿叽喳。从学校到街道，
连绵的歌声和纺锤的鸣响，
像波浪涌起，落上石墩，
镰刀闪现，纺梭铿锵。

火花不再飞溅，已熄灭。

奢侈的一天；白云飞过

清新的学校，磨刀人幸福，

世上的女人有很多刀具。

1922 年

夏夜梦

（五首）

一

漫长的交谈。尚未上锁，
突然，转瞬烟消云散！——
纷乱的发型，争吵的乌云，
肖邦练习曲的连绵流水。

天才，你未必能处置马哈鱼，
在合作社对面的白房子，
让月亮的尾巴立在天边，
像夜花园的不停更替。

1918 年

二

九点到两点的一上午，
臭氧、蛇和迷迭香，

刺鼻的气味飘出花园，
夹竹桃有气无力。

白色的阁楼泛蓝。
梦笼罩农庄，四周无人。
白发的悬钩子，之后，
是它紫色的前奏曲。

小蛇对谁嗞嗞作响？
蔷薇向谁挥手作别？
肖邦又被一份电报
召回至痛苦中的谣曲。

如果不能治愈谣曲，
整个夏天会患白喉病。
用它来给我们放血，
黑键啊，现在还是稍后？

手的轻轻碰触——
用绝缘层里的半个宇宙，
那里的种植园尘土飞扬，
烟草吐出呛人的气味。

1918 年

三

钢琴家理解收废品女人的奔走，
她肩上有塌方的弯钩。
篮子和背篓，打开的琴盖，
他俩有着同样的辛苦。

他与收废品女人们在工地溜达，
在垃圾堆找到这个宝物，
他悬挂起红砖色风暴的云，
像夏季把工作服挂进衣橱。

他铺开雷雨的军用地图，
奔向钢琴，像寻找行军水壶，
那钢琴通常饱含水分，
都市闷人长夏的赠物。

正当渴得要死，
雷雨四次跳跃，
悄悄逼近水泥桶，
用暴雨颤抖的爪子奏乐。

1921 年

四

我悬垂于造物主的笔尖，
像一颗淡紫色的水滴。

房屋之下是沟渠的谜语。
浓烈的焦油味
飘过车站，点燃，
但刚刚赶上霞光，
夜晚像它再度粉红，
栅栏被悖论损毁。

它在低语：请彻夜阻止
这干枯白粉的疑犹。
土地被杀死，内脏生蛆，
回声敏感，像保龄球母球。

春风，呢布和泥泞，
还有钉子关卡的回声，
在清晨磨具的尽头，
泪水自霞光清晰滴落，
像从辣根的细缝渗出。

我坚持在造物主的笔尖，
像一滴酸涩凝重的铅。

1922 年

五

喝吧，写吧，被街头
绵连的煤油灯巡逻队监控，
七月的街道挽着手散步，
端一杯你抿了一口的啤酒。

巨人们绿眼睛的渴求！
杨树把酸菜撒在桌上，
撒下樱桃和蔷薇，安静！
啤酒的溪流轻声歌唱。

冒泡的三山啤酒带有伦勃朗！[1]
暴雨前的憋闷没伤到你。
让暴雨入夜。让幻象返回！

1　三山牌啤酒商标上绘有伦勃朗的自画像。

记忆，请吹号向酒馆撤退！

我疯狂的世纪，我何时才能
劝导无底的往昔变暗的速度？
马祖里湖的深渊也无力
让入梦的俄军司号员脱鞋赤足。[1]

之后有摩托在莫斯科轰鸣，
它耸入星云，像第二次降临[2]。
这是瘟疫。这是延缓的
最后审判，无法按时开庭。

1922 年

1　第一次世界大战期间，俄军将领萨姆索诺夫率领的部队在东
普鲁士的马祖里（今属波兰）惨败。
2　指耶稣重返人间，审判生者与死者，使善最终战胜恶。

363

诗

诗啊，我要以你发誓，

在临终时嘶哑地说：

你不是阿谀者的姿势，

你是三等车厢的夏天，

你是城郊，不是副歌。

你是亚玛街 [1]，五月般闷热，

是鲍罗金诺 [2] 的夜间碉堡，

乌云在那里发出呻吟，

然后散向四面八方。

是市郊，而非翻唱，

在轨道上分道扬镳，

人们自车站回家，

没有歌声，面带惊慌。

---

1 即莫斯科的特维尔－亚玛街，帕斯捷尔纳克的出生地。
2 位于莫斯科以西 120 公里的鲍勃金诺村，此地曾发生过著名的鲍罗金诺会战。

364

阵雨的幼芽挤成一串，
久久、久久地拥抱，
黎明前自屋顶滴下诗句，
把水泡注入韵脚。

诗啊，水龙头下已摆好
铁桶般的陈词滥调，
水流时不时流出，
流淌吧，笔记本已备好！

1922 年

书信两封[1]

一

亲爱的，刻不容缓，
别让霞光中途落沉，
请回答，光和它的信使
如何知道你的行程。

如若这仅为想象，
你别催促霞光，让它偷懒，
你要趁机利用
这神经错乱的使者。

雨水或许最先离开森林，
询问哪里泥泞。
另一场雨随它而去，
这也是奉它之命。

1　帕斯捷尔纳克在报上读到科斯特罗马州发生火灾的消息，担心当时身在那里的叶莲娜·多罗德诺娃，因此写下这两封诗体书信。

也许，树木在传递

它莽撞的暴风雨，

我的手早已缺席，

它身下是活的红色幽灵。

我没到过那些地方，

她像祖先一样行事，

房子变成预言的旗帜，

抚摸光秃的屋顶。

1921 年

二

近日，科斯特罗马河¹畔，

房子突然成为废墟，

那阵雷霆给我带来

某些熟人的摹本。

---

1 流经科斯特罗马州。

带来他们的嘴唇和衣领，

他们的躯体和服饰，

他们的脸上有地狱，

他们的颜色是淡紫。

带来他们的嘴唇和衣领，

他们的碟子和相貌，

瞬间把他们变成混血儿，

却从未让他们更熟悉。

那夜我身在莫斯科，

我没指望爱人的消息，

一道未熄灭的闪电，

把这场景钉入我的墙壁。

1921 年

秋天

（五首）

一

冻僵树叶的冷酷十月，
在公园深处的上方移动。
航海的末端被霞光包裹，
喉头发紧，肘部疼痛。

没有雾。人们忘记阴霾。
天色渐黑。患病的地平线，
伤风，感冒，发热，
透过每个傍晚打量庭院。

血在凝固。池塘似未上冻，
似乎，天气一直如此，
似乎，天穹脱离世界，
它像声响一样透明。

目光能看很远，呼吸
如此艰难，如此刺疼眼睛，

宁静在流淌，如此寂寥，
如此健忘声响的宁静！

1916 年

二

阳台的玻璃门在流汗。
冬天的榕树将它掩映。
玻璃水壶闪亮。您起身，
带着剩下的一口水，

欢乐的远方变暗，貌似安详，
风吹缝隙，义人的脸，
白昼燃尽，早已停止
时钟和血液，在巨大的旷野，

它无休止地燃烧，
在鸟窝和树木的尖端，
在薄冰唱片的残存，
在荒野，在客厅的地毯。

1916 年

三

可它们注定要褪色，
在夏季，紫色的表层，
此前轰鸣过的乌云
发出假音和颤抖的哨声。

云朵俯视哭泣的绣球花，
它笼罩远方，来回奔走。
花坛像冰冷的瓷砖。
城市因学校和焦炭而咳嗽。

东方偶尔像绿松石闪亮。
温床的花砖凝固，像上冻，
林中的空气明亮如大理石，
像召唤一样无家可归。

我要对我迷恋的诗歌说再见，
我与你们约定在小说里见面。
一如既往，远离戏仿，
我们在自然中并肩。

1917 年

四

春天曾经就是你，
夏天则勉强算数。
可秋天，这壁纸的
蓝色耻辱，毛毡和废物！

驽马被运去做香肠，
呼吸急促的鼻孔
倾听湿菊花和青苔，
或小酒馆的马肉。

你用双唇和眼睛的燃烧，
紧盯哭泣白昼的透明，
像紧盯浑浊的香水瓶，
瓶里的香水尚未走味。

别争吵，快睡。别争论，
快睡。别匆忙敞开
窗户，玉石般的七月，
在遗忘的霞光里燃烧，
它熔化窗玻璃，
让那些红蜻蜓交配，

它们此时静卧婚床，
比散落一地的烟卷
更僵死，更透明。

黄昏中的那扇窗，
多惺忪，多怕冷！干明矾。
瓶底有几只小虫，
有闷死的黄蜂。

北风劲吹！严寒
瘦弱地缩起身体！哦旋风，
请吹遍所有的深渊和树洞，
找到我有生命的歌！

1917 年

五

这里掠过谜语的神秘指甲。
晚了，睡够便无法读懂天明。
趁无人惊梦，我和任何人
都不应触动爱人。

我触动过你！甚至用我的铜唇，
像人们用悲剧触动剧院大厅。
亲吻像夏天。它在拖延。
只是后来才暴雨倾盆。

我像鸟儿喝水。喝到失去知觉。
星星慢慢从喉头流进食管，
颤抖的夜莺翻着白眼，
把夜空一滴滴地吸干。

1918 年

历年诗抄

(1916—1931)

致皮利尼亚克[1]

或许我不懂，黑暗闯入黑暗，
就永远无法再走向光明。
我是畸形儿，数十万人的幸福，
我觉得并不超过一百人的追寻。

我难道未用五年计划丈量自我，
未因五年计划跌倒又起身？
可我如何对付我的胸腔，
如何对付最守旧的因循？

在伟大的苏维埃时代，
崇高的激情也枉然，
诗人的位置出现空缺，
填补这空缺却很危险。

1931 年

1　皮利尼亚克（1894—1938），俄国作家，帕斯捷尔纳克写作
此诗前后，皮利尼亚克曾住帕斯捷尔纳克家。

致阿赫马托娃

我觉得，我选的词汇
很像是您的首创。
我错了，但我无所谓，
我反正不会一错再错。

我倾听湿屋顶的絮语，
倾听地板熄灭的牧歌。
城市出现在全诗开头，
在扩展，现身每个音节。

满目春光，可无法出城。
吝啬的顾客还很严肃。
霞光燃烧，佝着背，
挑灯刺绣时的泪目。

它嗅到远方的拉多加湖[1]面，
竭尽全力向湖水扑去。
这样的宴席一无所获。
运河散发阵阵腐味。

1　位于俄罗斯西北部，欧洲最大的湖泊，为涅瓦河源头。

热风像空核桃在运河起伏，
树枝和星星，路标和路灯，
在桥上看风景的女裁缝，
都被热风拂动了眼睑。

目光的锐利往往不同，
形象的精确也不一样。
但最恐怖要塞的溶液，
是白夜眼中的黑色远方。

这就是您的面容和目光。
我的感觉不来自盐柱，
你在五年前用那根盐柱，
为回望的恐惧打造韵脚。[1]

您源自您最初几本书，
那里有凝练的散文颗粒，
迫使事件像历史跳动，
您的形象如火花的导体。

1929 年

---

1 据《圣经》故事，上帝在毁灭索多玛城时允许罗德携全家逃
离，条件是不可回望，罗德之妻因不舍而回头，于是变成盐柱。
阿赫马托娃据此情节在 1924 年写成《罗德之妻》一诗。

致茨维塔耶娃[1]

你有权亮出衣袋说：
您找吧，翻吧，请搜身。
我不在乎雾因何潮湿。
往事都是三月的清晨。

树木身着柔软的大衣，
站立于藤黄的泥土，
虽说因为裹得太紧，
树枝肯定也不舒服。

露珠滴落让树枝颤抖，
水滴拉长像一根羊毛。
露珠奔走像只刺猬，
像鼻梁旁的汗毛。

我不在乎谁在交谈，
谈话声没有来处。

1 　帕斯捷尔纳克给茨维塔耶娃写过多首献诗，此为第四首。

往事都是春天的院落，
当它笼罩着薄雾。

我不在乎我会穿上
究竟什么样式的衣裳。
诗人被塞进往事，
往事如烟像一场梦。

从许多管道冒出，
他像烟雾一样运动，
飘出致命时代的窟窿，
飘入另一条死路。

无数命运被压成一张饼，
他在挣脱，浑身冒烟，
像谈论泥炭，子孙会说：
此人的时代着了火。

1929 年

致梅耶荷德伉俪[1]

过道的排水槽干涸。
嘈杂声逐渐远去，平息。
窗外，风雪赶不上演出，
在用雪花编织罩布。

你们在舞台后面隐身，
在众目睽睽下变成黑影，
我在幕间休息时去见你们，
像个傻瓜，张口结舌。

我看见树木和屋顶。
蚊蝇像旋风扑向黑暗。
凭借褴褛冬天的做派，
我理解猫捉老鼠的游戏。

我说，这些装腔作势

---

1 此诗献给著名导演梅耶荷德（1874—1940）和他夫人、女演员季娜伊达·拉伊赫（1894—1939），当时梅耶荷德夫妇把《聪明误》剧本搬上舞台。

未能伤害台下的我，
那束花散开，枯萎了，
我会再带一束给你们。

人间的情感数不胜数，
我手捧休息室的掌声，
每一个赞扬都属于你俩，
最好的认可归她一人。

我爱您蹒跚的步履，
您贪婪的花白鬓发。
你们是对的，既然登场，
就应该再演下去。

一位天才的导演，
面对年轻的大地演出，
就像神灵飘过水面，
取出那根悲伤的肋骨。

他挤过纷乱的天体，
钻进舞台的世界，
他牵着女演员颤抖的手，
把她领向致命的首演。

这不可重复的剧作，
仿佛散发油彩的气味，
你们洗去脸上的戏装，
这戏装名叫灵魂。

1928 年

空间

——致威廉·维尔蒙特[1]

金刚砂沾在脚上。

钻孔稍稍静音。

小路上方的雨滴

像小鸟在枝头歇息。

白桦的花序变暗。

柳叶亮出背面。

阴天像车队扬起烟尘,

按标记走走停停,

搅拌公路的果羹,

像沉重的四轮马车,

只等一声令下,

再次冲出泥坑。

不用等待太久。

阴郁高天的运动,

1　尼古拉·威廉-维尔蒙特（1901—1986），文艺学家、翻译家，写有关于帕斯捷尔纳克的回忆录。

绵连的雨像撒尿，
悬挂它的串珠。

森林般泛紫的红菇，
像斑驳的硬币，
做深陷车轮的枕头，
的确恰如其分！

铁锹在沙中铿锵，
冻得直打哆嗦，
这铁道的路基，
不愿与任何人合作。

已经将近四十年，[1]
路基落入我的眼帘，
轨道的足迹延伸，
把玻璃和水泥思念。

周二有祷告和典礼。[2]
他们只是因此而着急？
用枕木指引道路。

1　帕斯捷尔纳克写作此诗时年近四十。
2　指学校开学日。

他们并非为了此事。

这执着的铁龙，
为何日夜兼程，
向着北方，在道口，
溅出水星与火星。

进城，去重温
莫斯科会议的诱惑，
阴雨天燃烧的皮毛，
漆黑发出的勾引？

进城，请你看一看，
夜间的城灯火通明。
城里装饰一件往事，
像装饰一盏油灯。

它用石头的奇迹
包裹鸣响的生日礼物。
它纸牌似的内城，
被置入偶然性的蜡烛。

它在山坡抛撒路灯，

为了塑造并点燃历史，

就像点燃一支

没有商标的蜡烛。

1927 年

巴尔扎克

金身的巴黎，忙乱的巴黎，

久盼的雨像一场复仇。

花粉在街道飞扬。

栗子树在愤怒地绽放。

酷暑给马匹和马鞭声

覆盖上一层彩釉，

它在窗洞里颤动，

就像筛子里的豌豆。

马车无忧地奔走。

一天的难处一天足够。[1]

它们不管明天的事情。

树木在愤怒地绽放。

可它们的人质和债主

藏在何处？啊炼丹术士！

---

1 语出《圣经·马太福音》第 6 章第 34 节："所以，不要为明天忧虑，因为明天自有明天的忧虑；一天的难处一天当就够了。"

他俯视僻静的街巷，
像埋头阅读书籍。

招风耳的术士俯视，
像俯视禁区，他像白杨，
他在为巴黎编织弥撒，
像编织一张蛛网。

他无眠的双目，
构造得就像纺锤。
他纺织这座城的历史，
像是用大麻纺线。

为了赎回自己，
摆脱可怕的债主，
他必须白白地失踪，
把整条纺线松开。

为何要借贷巴黎
及其民众和交易所？
借贷原野，借贷柳荫下
乡村宴席的无拘无束？

他像奴仆一般憧憬自由，

像老会计憧憬退休金，

这只拳头的重量，

近乎石匠的大锤。

究竟何时，擦去汗水，

拂去咖啡的残存，

他能摆脱忧虑，

用第六章的条文 [1]？

1927 年

---

1 即前面提及的《圣经·马太福音》第 6 章第 34 节。

风暴蝶

肉市街¹ 从前的呼啸
又吹进我的周围，
无论您如何嘘它，
它都会吓唬您：别作声。

我很多次梦见它，
在楼顶闪亮的显示牌²，
像在童年，它恐怖地呼啸，
在楼梯撒满沙土。

人们徒劳地敲锅，
炉钩也感到伤心。³
化蛹为蝶的飓风，⁴
吞噬炮声和烟尘。

1　肉市街，又译作"米亚斯尼茨基街"，位于莫斯科市中心，帕斯捷尔纳克一家于1893—1911年间在此居住。
2　帕斯捷尔纳克曾于1922—1923年间去柏林探亲，见到柏林许多楼房上都有显示交易所信息的发光招牌。
3　古斯拉夫人为预防暴雨等灾害天气，会敲击铁锅，并将炉钩扔到屋外。
4　俄国诗人费特（1820—1892）曾在一首诗中用一场飓风由卵到虫、再由蛹变成风暴蝶的过程比喻一位少女的渐进成长过程。

像损毁和修补的幽灵，
它啃光理想的树枝，
电报局畅饮成锅的焦油，
像贪婪柏油路的幼虫。[1]

但在推倒和修葺之后，
令密集的窗户恐惧，
那只幼虫睡眼惺忪，
在小巷里静静作茧。

于是，迷失前景，
街道的出口很忧郁，
闷热把乌云的鬃毛
递给风的剃刀。

公主[2]啊，你会立即飞起，
落在电线杆顶部，
解开水的蝴蝶结，
伴着淋雨人的脚步。

1923 年

1　指电报局大楼于 1910 年的修葺，帕斯捷尔纳克当时的家就在
电报局大楼对面。
2　指西班牙画家委拉斯凯兹（1599—1660）所作《宫娥》（1656）
一画中的小公主玛格丽特·特蕾莎。

起航[1]

滴落的盐沙沙絮语。

隐约可闻车轮的声响。

轻轻扶着港湾的肩头，

我们起航，驶过库房。

波浪连着波浪，没有回声。

白桦树皮般的海面，

呻吟着四散而去，

燃起粉红的火焰。

虾的硬壳噼啪有声，

桦树皮烧得吱吱响。

海面扩展，大海颤抖，

因为它的增量。

海岸后退像一根松枝，

它不好看，瘦弱不堪。

1　1922 年，帕斯捷尔纳克与妻子叶夫根尼娅·卢里耶获准前往
德国探亲，于 8 月 17 日乘船驶离彼得格勒。

大海在忧郁地闲逛，
自高处把行人俯瞰。

水声在海上荡漾，
把船舷撞得发昏，
它们在小树林漫步，
还在采摘云莓果。

海岸还历历在目，
路上还留有斑点，
可道路已变得异样，
像灾难一样宽广。

一个可怕的转弯，
视野立刻改变，
高高竖立的桅杆，
驶入敞开大门的公海。

大海！预先体验
甜蜜涌动的新事物，
海鸥坠落如木勺，
像石头落入灾难的旋涡。

1922 年于芬兰湾

"魁梧的射手，谨慎的猎人"

魁梧的射手，谨慎的猎人，
灵魂涨潮时带枪的幽灵！
你别无休止地追逐我，
为放纵感情让我粉身碎骨。

请让我俯瞰耻辱的死亡。
入夜时给我穿上柳丛和冰装。
清晨让我飞离沼泽。你瞄准吧，
结束了！请在我飞翔时开枪。

为了这响亮离别的高度，
哦，我可鄙的人们，感激你们，
亲吻你们，祖国的手臂，
胆怯、友谊和家庭的手臂。

1928 年

公鸡

水不停歇地流淌整夜。
雨像亚麻油燃烧到清晨。
热气从淡紫的屋顶飘出，
大地像一罐汤热气腾腾。

当青草抖落水珠一跃而起，
谁能把我的惊愕描绘给露珠？
当第一只公鸡引吭高歌，
然后又一只，然后众鸡齐鸣。

它们逐一点名岁月，
它们轮流呼唤黑暗，
它们接力发出预言，面对
雨水、大地、爱情和万物。

1923 年

铃兰

清晨便暑热当头。
但拨开灌木，沉重的正午
会在身后全部裂开，
被钻石压成碎珠。

正午泛出颤动的光点，
破裂成不规则的碎片，
就像沉重的玻璃缸，
从汗湿的肩头滑落地面。

它盖上夜晚的被褥，
白色被煤炭染黑。
这里的春天无比新奇，
像童话般的乌格里奇[1]。

酷暑的无情大屠杀，
不会从林边蔓延到这里。

1　伏尔加河畔的俄国小城。

你若走进白桦林，
便会与它相互凝视。

可你已得到预警。
有人在下方打量你俩：
潮湿的山谷缀满铃兰，
带露的花像凝固的雨。

它躲开，欠起身，
还挂着一串水滴，
离叶片一指，两指，
离根部一指半距离。

像锦缎一样无声，
它的花序像手套依偎，
树林的傍晚齐心协力，
把花序和手套拆分。

1927 年

丁香[1]

或许，蜂箱的轰鸣，
花园淹没于杂乱，
草编椅子的靠背，
牛虻像黑色的颗粒。

突然宣布休息，
四处扔满了活计：
蜂窝里漫长的青春，
白发的丁香在开放！

已有大车，已是夏天，
雷声为灌木丛开锁。
阵雨落入这暗匣，
闯入调试好的美景。

大车用隆隆的响声，
刚刚充满天幕，

1 帕斯捷尔纳克于 1927 年 9 月 18 日将此诗寄给茨维塔耶娃。

蜡制的淡紫色建筑
高耸入云，在漂浮。

乌云玩起捉人游戏，
传来一位长者的话语：
丁香也要好心情，
借助积淀和流淌。

1927 年

舌唇兰

——致维克多·戈尔采夫[1]

不久前这林中小道落过雨，
像有土地丈量员路过。
兰花叶片像沉重的鱼钩，
雨水落入这皇家蜡烛的耳朵。

它们被冷漠的松针看护，
它们用露珠拉长耳垂，
它们不爱白昼，独自生长，
甚至连暗香也独自溢出。

当人们在别墅喝晚茶，
雾鼓起蚊虫的风帆，
夜晚无意中拨动吉他，
在蝴蝶花丛显出乳白的黑暗。

一切都散发出舌唇兰的芬芳：
岁月和人。思想。每一件

1　维克多·戈尔采夫（1901—1955），俄国批评家。

在过去可能被挽救的事情，

在将来命运会赐予的机遇。

1927 年

致勃留索夫[1]

祝福您，像祝福父亲，

在他过生日的时候。

可惜，在大剧院里，

地毯无法一直铺到心头。[2]

可惜人们在生活的入口

只会擦一擦鞋掌；

可惜，往日在笑，在伤悲，

眼前的事却挥舞大棒。

人们庆贺您。仪式有点可怕，

您被当成物体全方位展示，

他们给命运的黄金镀银，

或者责成您镀银自己。

我能说什么？说勃留索夫

---

1 指瓦列里·雅科夫列维奇·勃留索夫（1873—1924），诗人、小说家、剧作家，俄国 19 世纪末 20 世纪初象征主义诗歌的代表。
2 1923 年 12 月 17 日，庆贺勃留索夫诞辰 50 周年的晚会在莫斯科大剧院举行。

五花八门的命运苦涩？
说在傻瓜王国智慧变僵？
说笑对痛苦可不简单？

说您为惺忪的公民诗
第一个敞开城市的大门？
说风剥去公民性的外壳，
我们把翅膀碎成羽毛？

说您制服了韵脚，
疯狂的韵脚曾追随黏土？
说您曾是我们的家神，
是维持成人纪律的恶魔？

说我有可能永生，
您如今已厌倦谈论死亡，
说您一度教导我们不朽，
在清晨列队的操场？

闯入庸俗公理的大门，
词在那里撒谎，雄辩瘸腿？
啊！全部的莎士比亚，
就是哈姆雷特和幽灵的闲聊。

闲聊！还有生日。

幽灵，请问你对他有何祝愿？

活得更轻松些。否则，

几乎无法忍受充耳的抱怨。

1923 年

悼列伊斯涅尔[1]

拉丽萨，我深感遗憾，

我非死神，与它相比我是零。

我该弄清，不用胶水，

活的故事如何立于岁月的碎片。

我多么认真地观察素材！

冬天堆成一团，雨水飘舞，

暴风雪裹紧棉被，

把吃奶的城市抱在胸口。

行人在雨雪中闪现，

马车爬过第一个拐弯，

岁月泡在水中，只露脑袋，

新的人流堵塞浅滩。

生活在蒸馏器里翻腾，

越来越执着，巢穴在修筑。

---

1 拉丽萨·列伊斯涅尔（1895—1926），俄国女作家、革命家。

工地被路灯环绕，
语言、理智和星星都是蜡烛。

环顾四周，我们哪个人
不由雪花和含混的昏暗塑成？
废墟之美教育我们，
只有你高过任何赞美。

只有你在战斗中倒下，
像一颗美的炸弹爆炸。
若生活不知什么是美，
你就是对它最直接的回答。

你像美的风暴漫卷。
在这活的火焰中稍作逗留，
平庸将立刻失宠，
瑕疵会招致愤怒。

女英雄，在传说的深处徜徉吧，
这条路走起来不累。
请像高天一样俯瞰我的思想，
你巨大的影子很阴凉。

1926 年

暴雨的迫近

——致切尔尼亚克[1]

你近了。你从城里

徒步走来，用同样的脚步

占领悬崖，你挥动麻袋，

让雷霆滚下山谷。

像古代的炮弹，

它蹦跳着滚过草地，

沿途撒下一堆木柴，

像跌落一旁的屋顶。

于是，忧伤像征服者

包围远方。战壕的气息。

落雨。燕子勃然大怒。

一株白杨完整地步入黄昏。

树梢响起一个传闻，

说你似乎接近了瑞典人。

1　此诗有两个版本，一首献给茨维塔耶娃，一首献给切尔尼亚克。雅科夫·切尔尼亚克（1898—1955），俄国文学史家、批评家。

寒意从前哨侦察队
传至殿后的大军。

突然，你清扫悬崖，
改变主意离开田地，
你会消失，并未解开
头盔和制服的谜底。

明天我会潜入露珠，
脚踩圆形的手榴弹，
我把故事带入房间，
像是带入兵器馆。

1927 年

重生

(1930—1931)

波浪

一切都将留在此地：
我经历的，我现有的，
我的渴求和根基，
还有真实的所见。

我面前海浪汹涌。
波浪多得数不清。
黑暗的波浪哼唱小调。
海岸烘烤波浪的华夫饼。

岸边像被牲口践踏。
黑暗的波浪被天空驱逐。
把成群的波浪赶到牧场，
天空在山冈后面俯卧。

成群地卷成圆筒，
努力驱赶我的忧愁，
我的举止向我奔来，
像老农犁出的犁沟。

黑暗的波浪数不清，

它们的意义尚未充满，

可一切都被它们包裹，

像海浪包裹海的歌声。

————————

有生命的长处会在此争论，

它们的斗争和落日，

还有热带的馈赠，

还有适度的富裕。

不同品质的角力中，

凭借超自然的视力，

一段诗歌首次霸占

科布列季[1]的广阔海岸。

海岸像写作的诗人，

把生活中的分离连通，

一端是夜间的波季，

1　科布列季和下文的波季、巴统均为黑海东岸的城市。

一端是破晓的巴统。

明察秋毫的它，
像制服临时的妄想，
能制服涌向它的一切，
八公里的大浴场。

布满卵石的浴场，
不戴头巾地打量四周，
没安装玻璃的天穹，
像眼球晶体般锐利。

————

我想回家，回到
令人伤感的硕大房屋。
我进门，脱下大衣，
沐浴街道的灯火。

我会像光一样，
穿透隔板的薄肋骨。
像形象步入形象，
像器物劈开器物。

414

就让终生的任务
长成岁月的遗嘱，
称作静坐的生活，
我因此而愁苦。

又一次，树木和房屋
散发出熟悉的歌声。
又一次，或左或右，
冬天在发号施令。

又一次，很可怕，
黑暗在午饭前散步。
又一次，它教导小巷，
别把机会错过。

又一次，贿赂自天而降，
又一次，清晨的狂风，
用雪堆的呢布掩护
几十株被调查的杨树。

又一次，用消瘦的心肌，
我在倾听和表述，

莫斯科，你如何起卧，
如何冒烟，如何建筑。

我接受你像接受笼头，
为着将来的疯狂，
我像诗句被你排列，
我像往事让你难忘。

————————

这里将有寂静的群山，
欺骗的沉默；壕沟的轰鸣；
它们的安静是最初约会时
羞怯的、剧烈的激动。

天明。弗拉季高加索[1]城外
一片黑影。乌云压城。
天色在慢慢明朗。
天明，但天还没亮。

六公里外就能感到

————————
1　旧为俄国军事要塞，现位于北奥塞梯-阿兰共和国境内。

环绕群峰的黑暗之沉重，

尽管有人举止傲慢，

竭力摘下马的套具。

从那里似有梦飘来。

如同砌入炉灶的大锅，

像被下了毒的餐具，

达吉斯坦[1] 在其中漂浮。

它把峰峦滚向我们，

从头到脚一身黢黑，

它扑过去接受机器，

不闻刀剑铿锵，是雨声。

群山在熬煮一锅粥。

巨人身后的巨人，

他们堵死山谷的出口，

一个比一个漂亮、凶狠。

————

1　指达吉斯坦共和国，位于俄罗斯北高加索地区东部。

你们可以随意称呼，
可笼罩四周的森林，
像故事的发展在奔跑，
意识到它的关心。

它不像一群雏鸡，
也不像姿态神奇的悬崖，
它像描述一样迷人，
有内容转告大家。

它叙述万物的被俘，
经久耐用的万物，
它漂浮，像一百年前，
数代人的账目。

————

岁月飞驰，乌云飞驰，
起床号，起床套马，
沿山前的树林进山，
像这条小路走出树林。

数百个新囚徒紧跟

黑压压的农奴和女仆，
黑压压的流放犯，名字和家庭，
一代又一代，一步又一步。

一年又一年，一代又一代，
走向雾中的群山，群山
像后宫的蒙面女郎，
一代又一代，一步又一步。

外来入侵的队伍，
走进难以摆脱的暴行，
在那场战争中引入
前所未有的战争。

是什么推动他们的队伍？
有人派他们去打仗？
是他们爱上这片土地，
一直在孤芳自赏？

彼得堡人不知这些地方，
像婆婆对儿媳发脾气，
怜惜身披愚蠢斗篷的儿子，
因为他见鬼的爱情。

这激起祖国的愤怒，

像激起母亲的嫉妒，

可它像生活一般被驾驭，

像人们把女人安抚。

————

难以穿越的密林有用，

在密林王国的交界处，

拉尔斯村 [1] 扎根谷底，

预警达里亚尔山谷 [2]。

四周昏暗，迅速失宠，

松树和黑暗都在轰鸣……

四周升起巨大的寂静，

像是敲响所有的大钟。

四周聚集山的支脉，

新的山脉也来到，

它们默默走在路上，

1　位于北奥塞梯−阿兰共和国境内。

2　位于俄罗斯与格鲁吉亚交界处。

然后转身走进廊道。

山脉之中，像个行人，

从胸墙的一角闪出，

滑过姆列蒂小村，

黎明时的天幕。

天幕远去。像每个人，

它离开此地。她步出

峡谷闷人洞口的黑暗，

像骆驼穿过针孔。[1]

它背着背囊走在谷底，

那里有峭壁和白云悬挂，

它们像灵台的支撑，

打量矿山的井架。

在这井架的底部，

捷列克河[2]在服毒，

矿山对整座剧场号叫，

1　《圣经·马可福音》第 10 章第 25 节中，耶稣曾对门徒感叹："骆
驼穿过针的眼，比财主进神的国还容易呢。"
2　俄罗斯北高加索东部河流。

421

由于恐惧、害羞和痛苦。

它像一匹骏马，
从地府冲向旷野，
回声像公路技师，
把这堆垃圾推下深渊。

————————

挣脱人们的叫喊，
城堡的影子在扩大，
冰川呜咽着溶解，
像被妈妈吓坏的结巴。

我们身在格鲁吉亚。
温柔乘以贫穷，天堂乘以地狱，
用山脚给冰做温室，
我们才能得到这片土地。

我们知道，要成为当地人，
需要最精确的比例，
成功和劳作，责任和空气，
与天地融为一体。

让他在饥饿中长成，
经历失败和奴役，
他会成为标本，身着
盐一样坚固的外衣。

————

高加索历历在目，
它像揉皱的床铺，
山头的冰雪泛着蓝光，
比滚烫的深渊更无底。

朦胧的它心不在焉，
它像机枪一样无误，
像激起激烈的交火，
它激起冰川的幸灾乐祸。

用远洋舰队的眼睛，
凝视这一片优美，
我在强烈地嫉妒
这山峦叠嶂的醒目！

啊，我们若有机会，
走出时间像穿过雾，
我们的时日和总计划，
也如这峭壁把我们目送！

它的脚步日夜不停，
在我的面前迈动，
它用它山峦的脚掌，
搓揉我雨水般的预言。

没人可以争吵。
没有任何人怀疑我，
我与其做一位诗人，
不如赋予诗歌以生命。

————

社会主义的远方，你在身边。
你会说：很近吗？
拥挤，为了我们相遇的生活，
渡过河吧，只有你。

你燃烧着穿过理论的雾，

没有流言和诬陷的国度，

像通向光明和大海的出口，

自山村通向格鲁吉亚的出口。

在你这里，普季夫利城女人

不再像杜鹃一样哭泣，[1]

我用全部真理祝福她们，

真理需要目不转睛。

这两者在身旁呼吸，

激情的挂钩没响动，

在乘除的余数中，

没给母子带来灾祸。

我付出可兑换的生活，

存在没有给我找零，

但我知道我的付出，

我付出我的知道。

道出的声音在追赶

无法战胜的新颖，

1　俄国英雄史诗《伊戈尔远征记》中写到伊戈尔之妻在普季夫利城头的哭诉。普季夫利城为旧时俄国边防中心，现位于乌克兰。

它用我婴儿的欢乐，
在未来与我呼应。

————

这里会有一切：
我的预见和实在，
有我配不上的那些人，
有我得以出名的一切。

在这些范畴的轰鸣中，
白色的科布列季海边，
阿扎尔山麓的森林
会首先听懂诗句。

你还在这里，我听说，
五点你会在哪里，
不必白费口舌，
我能在大厅遇见你。

你会倾听，会年轻，
你硕大而又勇敢，
听超龄的蚂蚁

谈论人的极端。

大诗人们的经验中，
有浑然天成的特征，
品尝了这些特征，
只能以完全的聋哑结束。

与存在的一切同宗，
自信与生活的未来很熟，
最终定会像中了魔咒，
步入前所未有的纯朴。

但我们不会被宽恕，
当我们不隐瞒纯朴。
人们更需要纯朴，
但他们更理解复杂。

—————

十月，太阳，你的八月，
灼伤第一座丘陵的雪，
翻滚的波浪像华夫饼，
凝成密实的合金。

当它像熔炉的白金，

光芒穿透了树叶，

比落叶松的松针更黑，

它其实并不是雪？

它闪烁像月夜的照片，

月夜被当作午餐，

它把索契城 [1] 的庸俗

告知科布列季的谦逊自然。

这是信号：冬季敲门，

我们缅怀夏的尾声。

我们道别夏天，上岸，

把双脚浸入白浪。

————

风的冲击在增强，

风中的人影在膨胀。

人们沿波浪前行，像阅兵，

前进后退，全副武装。

————
1　黑海边俄罗斯最大城市之一。

他们躲开涨潮线，
走进浪花的钟鸣，
地平线弯曲成喇叭，
向他们发出问候声。

1931 年

谣曲[1]

车场的车库在颤抖，

不，教堂闪亮像白骨。

黄玉在公园上方飘落，

瞎眼闪电的大锅在沸煮。

花园里有烟草，人行道上

有人群，人群里有蜂鸣，

乌云的碎片，咏叹调的段落，

静止的第聂伯，夜的波多尔[2]。

"他来了。"紫罗兰不眠的芳香

从榆树飞向另一棵榆树，

像是抵达最高阶段，

它突然变成了重负。

"他来了。"从情侣飞向情侣。

"他来了。"树干对树干低语。

闪电的瀑布，暴雨如注，

1　此诗献给钢琴家亨利希·涅高兹（1888—1964），记录涅高兹1930年8月15日在基辅第聂伯河岸边举行的一场露天音乐会给帕斯捷尔纳克留下的印象。

2　波多尔是基辅的一个区。

静止的第聂伯，夜的波多尔。

音符，又一个音符，经过句，——
肖邦哀伤的音乐流出，
犹如患病的雄鹰，
飘入气球乳白的光晕。[1]
它下方是杉树的迷醉，
但是无声，像在寻找，
自上而下搜遍陡岸，
静止的第聂伯，夜的波多尔。

鹰的飞翔像故事的进程。
其中有南方树脂的所有诱惑，
有所有的祈祷和喜悦，
因为男人和女人。
飞翔是伊卡洛斯的传说。[2]
但土块自陡岸轻声坠落，
像卡拉河[3]上无声的苦役犯，
静止的第聂伯，夜的波多尔。

1　涅高兹在音乐会的前半场演奏了肖邦的作品。
2　古希腊神话中代达罗斯的儿子伊卡洛斯，与代达罗斯使用蜡
和羽毛造的翅膀逃离克里特岛时，因飞得太高双翼上的蜡遭太阳
融化跌落水中丧生。
3　卡拉河位于西伯利亚。

这首谣曲送给您，哈里[1]。

想象力的肆意妄为，

未能说明您的天赋：

我看到了诗中的一切。

我铭记着，不浪费：

午夜紫罗兰的暴风雪。

陡岸上的音乐会和公园。

静止的第聂伯，夜的波多尔。

1930 年

---

1 指涅高兹。

谣曲之二[1]

别墅里的人在睡。

绿叶在背风的花园沸腾。

像乘风飞翔的舰队，

树的风帆也在沸腾。

桦树和杨树舞动铁铲，

像是在落叶时分。

别墅里的人在睡，

掩实后背，像婴儿安睡。

巴松管怒吼，警钟鸣响。

别墅里的人在睡，伴着狂风，

伴着没有肉体的噪声，

伴着平和音调的平和噪声。

雨在下，下了一个时辰。

树的风帆也在沸腾。

雨在下。别墅里

---

1 此诗献给济娜伊达·涅高兹。济娜伊达·涅高兹（1897—
1966），钢琴家涅高兹的妻子，帕斯捷尔纳克二十世纪三十年代
初爱上济娜伊达，写给她的情诗被收入诗集《重生》，济娜伊达
后成为帕斯捷尔纳克的第二任妻子。

两个儿子在睡，像婴儿安睡。

我醒来。我被周围的一切
包围。我在思忖。
我置身您生活的土地，
您的白杨在沸腾。
雨在下。让雨丝搓捻吧，
汇成纯洁的流水……
可我却半睡半醒，
像婴儿那样安睡。

雨在下。我梦见：
我被带回满是阴谋的地狱，
姨妈们在童年折磨女子，
婚后有孩子们缠斗。
雨在下。我梦见：
我从童年被带向科学巨人，
伴着搓揉黏土的噪声，
我像婴儿那样安睡。

黎明。澡堂的黑烟。
阳台漂浮，像在驳船。
像在木筏，灌木的手指，

围栏上淋湿的木板。

（我一连五次梦见您。）

睡吧，往事。沉入生活的长夜。

睡吧，谣曲，睡吧，民歌，

像婴儿那样安睡。

1930 年

夏天

伊尔宾[1]，人和夏天的记忆，

记忆自由，记忆逃离奴役，

暑热中的针叶，灰色紫罗兰，

无风、骤雨和雾的交替。

记忆白色的马鞭草，

记忆树脂酸涩的忍耐；

记忆友人，对于他们，

我有道不尽的夸赞和爱戴。

细小的黄鹂现身，鸣叫，

像树干上黄黑的斑点。

但松树懒得抖落松针，

为松鼠和啄木鸟留下家园。

橱柜潮湿，一只林蛙

在树间预告变化的天气，

1　伊尔宾为基辅郊外的别墅村，1930 年 7 月，帕斯捷尔纳克曾
与涅高兹夫妇和其他友人在此度夏。

436

门楣收留了戴胜鸟，
灶台后的蟋蟀在逗孩子。

聚会时六位女子漫步草地。
云朵在远方慵懒地放牧。
天色暗了，黄昏用狡猾的手段，
让点燃的刺实相遇昏暗，
让伊尔宾的身影相遇大地，
让着火的彩条裙相遇天空。

天色暗了，让旷野下跪，
地平线的畜栏围成半圆形。
晚霞抬起鹿角，自草场起身，
吃着女友们手里的食品，
女友们返回家中，
锁上了防贼的房门。

在最后的离去前，
我踏着落叶走进酷暑，
天空像长满疹子的嘴唇，
我用衣袖抹去天空的谈吐。

一直在叫喊的秋天，

清了清喉头；我们知悉，

我们在千古不变的宴席上，

瘟疫时期的柏拉图宴席。[1]

这忧伤自何而来，狄欧蒂玛[2]？

什么诺言能抵御瞌睡？

心灵沿街道步出非人的黑暗！

开门！为了有益，我们的救星！

这是弹奏竖琴的梅丽[3]的诡计，

她的手在演奏厄运，

竖琴鸣响阿拉伯飓风，

或许是永生的最后保证！[4]

1930 年

1 此处有两个暗示：一指柏拉图的《会饮篇》，当时刚由翻译家阿斯穆斯译成俄语，阿斯穆斯夫妇当时就与帕斯捷尔纳克一同在伊尔宾度夏，正是阿斯穆斯的夫人介绍帕斯捷尔纳克与济娜伊达·涅高兹相识，这首诗也是献给阿斯穆斯夫人的；一指普希金的诗剧《瘟疫流行时的盛宴》，帕斯捷尔纳克写作此诗时，是普希金的这部诗剧发表整整一百年。
2 狄欧蒂玛是《会饮篇》中的人物。
3 梅丽是《瘟疫流行时的盛宴》中的角色。
4 "阿拉伯飓风"，"或许是永生的最后保证"均为《瘟疫流行时的盛宴》中"主席"一角的台词。

诗人之死[1]

人们不信，以为是传闻，

两三个人说，全都在说，

这才当真。在停滞的时刻，

官太太和老板娘的房屋，

院落和树木，全都

看齐成一行诗句，

树上的雄乌鸦晒晕了头，

冲着雌乌鸦喊叫，

让傻婆娘们往后

别出错。

        像前一天。

像前一小时。像前一刻。

隔壁的院落，隔壁的栅栏，

树木，雌乌鸦的聒噪。

不过一张张脸上有泪痕，

像一堆破渔网中的水迹。

---

1 此诗为悼念马雅可夫斯基自杀（1930 年 4 月 14 日）而作，
与莱蒙托夫悼念普希金的著名诗作同题。

一天，无害的一天，

比你值钱的十天更无害。

人们在前厅聚集，排队，

似是一声枪响让他们列队。

像地雷爆炸把鱼抛出水沟，

压扁鳊鱼和狗鱼，

这些水草间的小丑。

像成双成对的石板在叹息。

你睡了，在流言上铺床，

你静静地睡了，不再战栗，

二十二岁的美男子，

像你那部长诗的提示。[1]

你睡了，腮帮贴着枕头，

你睡了，却撒开脚步，

一次又一次匆忙挤入

年轻的传说。

1　马雅可夫斯基在长诗《穿裤子的云》（创作于 1914—1915）
的开头写道："我奇伟英俊，我才二十二岁。"

你纵身一跃便抵达传说，
你的挤入因而更醒目。
你的那一枪像埃特纳火山 [1]，
脚下是胆小鬼的山麓。

友人们在争论中变得智慧，
却忘了身边还有生活和我。

还有什么？你把他们挤到
墙角，从地球上抹去，
恐惧误将你的火药当成骨灰？

但卑鄙者看重恐惧。
于是才有大堆议论，
要让这重大事件的溪水
漫溢出它的限度，
这溪水对病人有速效。

庸俗就是这样
把存在的奶皮卷进奶渣。

1930 年

1　位于意大利西西里岛东海岸。

"长年累月，音乐厅里"

长年累月，音乐厅里
奏起勃拉姆斯 [1]，我心黯然。
我颤抖，想起六颗心的联盟 [2]，
想起散步、游泳和花坛。

羞怯女画家的圆额头像梦，
善意的微笑，气喘吁吁的微笑，
微笑巨大而明媚，像地球仪，
女画家的面容、额头和微笑。

奏起勃拉姆斯，我颤抖，我投降，
我想起购买杂粮和杂物，
露台的台阶和房间的陈设，
想起兄弟、儿子、花坛和橡树。

女画家的颜料染了草地，
调色板跌落，一套画笔

1　德国浪漫主义作曲家。
2　指在伊尔宾别墅度夏的分属四个家庭的六个人。

揣在长衫里，还有一包烟草，
巴斯马牌，引发哮喘病。

奏起勃拉姆斯，我投降，我想起
固执的草丛、屋顶和入口，
昏暗的阳台和房间的后代，
想起微笑和容貌，嘴巴和眉毛。

我会立即热泪盈眶，
痛哭之前我就会流泪。
燃烧的过去从钻井涌出，
栅栏和面孔，朋友和家庭。

人们在间奏曲的草地合围，
环抱一首歌，像环抱一棵树，
四个家庭像影子旋转，
伴着童年般纯净的德国主题。

1931 年

"你别激动，你别哭泣"[1]

你别激动，你别哭泣，
你别费力，你别伤心。
你活在我心里，我怀里，
像朋友、机遇和支撑。

我对未来抱有信念，
因此不怕对你夸夸其谈。
我们不是生活，不是心的联盟，
我们用斧痕相互欺瞒。

摆脱草包们伤寒似的忧伤，
这位模范步入维度的空气！
他是我的兄弟和手臂。
他像寄给你的书信。

请你把他像信一样拆开，
请你与地平线通信，

1　此诗是帕斯捷尔纳克写给妻子的，妻子于 1931 年 5 月前往德国。

请你勉力战胜疲惫，
用阿尔卑斯山的话语交心。

在圆盘似的巴伐利亚湖上，
用雄壮群山的大脑，
你会确信我并非空谈之人，
甜言蜜语时时备好。

一路平安。一路平安。
我们的缘分走出了家门。
像幼芽在光照下伸展，
你会别样地看待一切。

1931 年

"窗，谱架，像山谷的风"

窗，谱架，像山谷的风，

地毯上落满所有的音符。

这里有未尽之言。演奏里

也可能盛开写作的天赋。[1]

两扇窗户不是二二拍，

而是三拍，二三拍。

窗和院落，白色的树木，

雪，树枝像五枝的烛台。

窗和夜，霜像脉搏，

在鬓角血管般的树枝跳动。

窗，蓝色森林像高悬的谱线，

院落。这里住着我的朋友。

我在此久久望向西伯利亚，

我的朋友是一座城，像鄂木斯克[2]，

1　帕斯捷尔纳克认为钢琴家涅高兹具有写作才华。

2　位于俄罗斯西伯利亚西南部。

像托木斯克[1]，是战争与和解的环，

是性情、事业和相遇的环。[2]

我常在夜间想起他，

在三扇的窗旁等待早晨。

院落翻掘冻僵的内脏，

用死亡噪音的不安乐音。

我用彼岸的命运尺子，

丈量我们生活的缺失。

在心底，像在童年，

硕大天空的风声再度首演。

1931 年

1　西伯利亚地区一城市。

2　涅高兹曾于 1931 年 1 月在西伯利亚多地巡演。

"爱他人，像沉重的十字架"[1]

爱他人，像沉重的十字架，
你却美得没有心计，
你的魅力是秘密，
足以媲美生活的谜语。

春的声息再度响起，
新闻和真理也在絮语。
你出身于这些原理。
你的意义像空气没有私欲。

很容易醒来并且彻悟，
从心中抖落语言的垃圾，
活着，别堵塞前路，
这一切都不需太难的技艺。

1931 年

1　此诗献给济娜伊达·涅高兹。

448

"除了雪还是雪"[1]

除了雪还是雪，只好忍耐。
但愿雨水尽快降落，
用杨树苦涩的嫩芽，
添加冬日寒酸的餐桌。

愿它把美酒洒向黄昏，
切碎做汤用的茴香，
震响酒杯，用雨的拉丁语，
用单词的隆隆声响。

愿它推着笨拙的冬日前行，
我们或许无动于衷，
但我们要打开发霉的窗户，
像打开一瓶葡萄酒，

一阵吵嚷会冲进窗：
"雨水真是见了鬼，

1　此诗献给济娜伊达·涅高兹。

不知落在什么地方……"
太阳给沥青沙拉浇上油。

快去追赶春雷，追赶
先知以利亚的马车，雨中，
我的小牛肉的欢乐。
你的小牛肉的温柔。

1931 年

"死人般的黑暗"

死人般的黑暗，
溺水屋顶的尸体
堆满了壕沟，
与石头护栏平齐。

办公室的窗台，
赭石般的静谧，
在水洼的停尸房，
水洼像一条小溪。

那里有缩小的马车，
有分岔的小路，
天空像一匹大马，
它被抓住了笼头。

灌木丛中的水滴，
乌云中的街道，
雏鸟们的叫声，
树枝上的幼苗。

它们全体一致，
与我一起出门，
走过荒凉的公路，
来到了驿站街 [1]。

那里路灯在睡，
远方就像陌生女郎：
她的耳朵被震聋，
灰雀们用朝霞歌唱。

伟大的事业
在寂静中创造，
这胆怯的魁伟，
代价同样很小。

1931 年

1　帕斯捷尔纳克 1931 年春在俄国作家皮利尼亚克位于驿站街的
家中小住。

"头巾，搭配，雪花"

头巾，搭配，雪花
热切的视线，目不转睛。
巧克力般的褐色泥泞，
无法与水平仪持平。

泥浆用光线搓揉春天，
石头惺忪的敲击，
鸟的叫声吹皱溪流，
像人们用手指塑造水饺。

头巾，花边，神的赐予！
化雪的土地像黑甘草……
愿上帝给你百倍的恩宠，
就像让河流喘息和解封。

愿我能抬高水平仪，
大声向你表示感激，
请你把你的世界
沉入我镜子般的谢意。

推倒人群和石墩，

唾液和泡沫里的水槽，

还有天空长角的蔚蓝，

还有云朵空虚的阴影。

盲目正午的凝胶，

冰窟窿的黄色眼镜，

还有云母色的薄冰，

披着黑色流苏的草墩。

1931 年

"亲爱的，甜腻的传闻"[1]

亲爱的，甜腻的传闻，
像炭，无处不在的煤烟。
你藏有潜在的秘密荣誉，
是一部诱人的辞典。

荣誉是土壤的引力。
哦，如果我能更直率！
直率的我也不能像流浪汉，
亲人般地走进母语。

如今写诗的不仅有诗人，
还有辽阔的道路和田地，
让夏天与莱蒙托夫合辙，
大雁和雪押韵普希金。

我渴望在死亡之后，
当我们孤独地离去，

1　此诗献给济娜伊达·涅高兹。

我俩能更好地押韵，
胜似心脏和心房。

我们能用合辙的组合，
遮挡人们的听觉，
让众人与我们分享，
用草的嘴巴啜饮。

1931 年

"我的美人，你的身姿"

我的美人，你的身姿，
你全部的实质让我称心，
你的一切都渴望变成音乐，
你的一切在祈求押韵。

厄运在韵脚中死去，
世间不和谐的歌声，
像真理步入我们的天地。

韵脚不是诗句的共鸣，
而是衣帽间的号牌，
而是圆柱旁的一个座位，
伴着根系和子宫的哀乐。

很难在此出现的爱情，
却在韵脚里呼吸，
因为它，人们会皱眉头，
连鼻梁也会皱起。

韵脚不是诗句的共鸣，

而是入口和入场券，

以便交出疾病的重负，

交出对声张和罪孽的恐惧，

换取诗句的响亮铜牌，

像交出大衣换得取衣凭据。

我的美人，你的实质，

你全部的身姿，美人，

让人紧张，催人远行。

催人歌唱心中的爱情。

波利克列特[1]曾为你祈祷。

已经刊行你的法律。

你的法律在往昔。

你的容貌我早已熟悉。

1931 年

1　古希腊雕塑家、艺术理论家。

"白杨蓬松的绒面"

白杨蓬松的绒面，
像放荡的幽灵在漫步，
林荫道上结籽的棉絮，
被风吹到了四周。

房间里弥漫花香，
在夜间沼泽的紫罗兰。
低垂窗帘的两侧，
迷惑夜间花朵的信赖。

房间里有庄园的清凉。
不想牺牲清凉去闲谈。
与你别离，写封信，
以便增加一点预算。

可孤独旋律的忧伤，
像林荫道种子的命运，
像低垂窗帘的不育，
把紫罗兰带入骗局。

你成为我真正的生活，
不相干的事全都扫清，
饮用构思熬成的鱼头汤，
像闻臭鱼一样恶心。

我在摸索着进入
真实故事的黑幕。
冬季我要扩大居住面积，
我要租住兄弟的房屋。

密封条的噪音在那里更响，
它会更贪婪地听从，
就像屋顶上冬天的云，
一天又一天地闲坐。

1931 年

"屋里将空无一人" [1]

屋里将空无一人，
只有黄昏留守。
冬日在窗外闪现，
透过敞开的帘布。

只有潮湿的雪花
在急速地飘飞，
只有屋顶和白雪，
此外便空无一人。

霜花会描绘图案，
去年的忧伤，
今冬的事情，
都会让我迷惘，

难以释怀的负疚，
仍旧刺痛内心，

---

1 此诗被谱成歌曲，用作意大利导演梁赞诺夫的电影《命运的捉弄》(1975)之插曲，一时家喻户晓。

木柴短缺的后果，
压迫十字格窗户。

但是有一阵颤抖，
突然从门帘掠过。
用脚步丈量寂静，
你像未来走进了屋。

你会出现在门口，
一身白色素装，
漫天飞舞的雪花，
织成你的衣裳。

1931 年

"你在这里，我们在空气里"

你在这里，我们在空气里。
你的到来像一座城市，
像窗外静静的基辅，
它置身于光的酷暑。

它在睡，却未睡死，
它有梦，却依然清醒，
它揭下脖子上的砖块，
像揭下汗湿的绸衣领。

城里的杨树一身疲惫，
聚集在被战胜的马路，
因为刚刚发生的障碍，
叶片布满了汗珠。

你就像思想，想象
第聂伯河流过绿色的土地，
就像地下深处的留言簿，
记下我们的日常笔记。

你的到来像一声呼唤，

赶紧坐下来阅读正午，

要从头重读一遍，

把你的邻居写入正午。

1931 年

"肖邦又一次不寻求好处"

肖邦又一次不寻求好处,

他在飞翔中欢欣鼓舞,

他独自铺设出口,

从或然通向真实的路。

通道敞开的后院,

窝棚的墙缝塞满麻絮。

两棵枫树并排而立,

第三棵紧临骑兵街区[1]。

枫树整日听从孩子们,

当我们在夜晚点亮灯,

我们发现,像一阵火的雨,

枫树碎成一片片餐巾。

像白色金字塔的刀锋,

在四周随意游走,

————————

1　骑兵街位于基辅市中心。

在对面栗子树的窗帘后，
音乐流淌出窗口。

肖邦的音乐流出窗口，
楼下的一切深受感动，
举起栗子树的烛台，
过去的世纪仰望星空。

奔忙和劳作的钟表，
没有死亡和延长符的梦，
摆动巨大的钟摆，
在他的奏鸣曲里走动！

又一次置身合欢树下，
陪伴巴黎人的马车？
又一次跌跌撞撞，
像生命的驿车摇摇晃晃？

又一次吹号摇铃，
赶着马车飞驰？
又一次想哭，但没哭泣，
不是死去，不是死去？

又一次驶入潮湿的夜，
乘坐驿车日夜兼程，
倾听乡村墓地里
车轮、树叶和白骨的歌声？

最终像女人那样躲开，
在黑暗中神奇地制服，
用钢琴的十字架
冻结讨厌大嗓门的高呼。

一个世纪过后，
为自我保护触动白花，
在集体宿舍的炉台上，
打碎飞翔真实的石板。

又一次？ 为花序
献上钢琴的响亮仪式，
摔倒在古老的人行道上，
是完整的十九世纪。

1931 年

"傍晚。四周是榛子林"

傍晚。四周是榛子林。
我们出门来到斜坡。
我们看到神奇的风景。
我们喘口气，回望身后。

树林在悬崖边胡闹，
当着我们的面爬坡，
它像从前一样硬闯，
脚踩腐朽的树木。

像从前，在陶瓷洞穴，
瘸腿人的电报在跛行，
空气喘息着攀爬，
掀起榛树的头顶。

在核桃树的斑驳树荫，
像从前，红色的公路
泛着蜿蜒的美丽，
在晚霞时分行走。

每个坡度都在捕捉，
每个路碑都在回忆抢劫，
拉车的水牛身体前伸，
像裸体的魔鬼在漂浮。

远方，像蛇在孵蛋，
乌云盘成一个圆环，
比山民从前的袭击更可怕，
成串的中国皮影在纠缠。

那是连绵的坟墓，
在雪封道路的帷幕，
在云端的舞台，暗淡的
普罗米修斯在痛苦。

像逝者呈现的灵魂，
所有的冰川全都出席。
太阳蘸着日本墨汁，
逐一抄写死者的姓氏。

四个人登上悬崖，
我们一起向下望去。

梯弗里斯[1]在谷底摇摆，
像刀柄上的银饰。

面对目之所及和自然界，
它发出尽情的嘲笑，
它不像此世的城池，
它生来就是一个幻想。

在那里，当生活死去，
世纪用贡奉换得自由，
滚烫的硫黄泉浴池，
帖木儿越过群山战斗。

似是黄昏把城市带到平原，
像过去，面对波斯人的射击，
黄昏用树莓点缀屋顶，
它像古代的大军色彩缤纷。

1931 年

1　即第比利斯，格鲁吉亚首都。

"当我们在高加索攀登" [1]

当我们在高加索攀登，

库拉河 [2] 置身喘息的画框，

它像毒气弹一样弥漫，

流向山脚下的阿拉瓜河，

被处决城堡的轮廓，

像被斩去头颅的喉头，

它把一枚枚亚当的苹果，

带往八月的大理石天空。

当我双手抱着脑袋，

看着碉楼的脖颈

在丁香的蔚蓝中漂浮，

并沉入岁月的深渊，

当矮小的森林蜷曲，

替换成片的榆树，

你在对我轻声提示什么，——

高加索啊，我该怎么做?!

1　此诗写给帕斯捷尔纳克的妻子叶夫根尼娅·帕斯捷尔纳克。
2　现位于土耳其东北部。

你的成就靠什么保障，

上千人围成的怀抱？

卡兹别克峰 [1]，你眯起一只眼，

你在把什么嘲笑？

当心脏因恐高而收缩，

群山的香炉在抖动，

我遥远的女友 [2]，你以为，

你未能满足我的胃口。

在德国深处的阿尔卑斯山，

也有峭壁在举杯相贺，

可是回声更加隐约，

你以为你有过错？

我被抛入生活，生活

在岁月的河流传宗接代，

比抽刀断水更困难，

我觉得我的生活更难剪裁。

1　外高加索山脉地区最高峰，位于格鲁吉亚境内。

2　帕斯捷尔纳克的妻子叶夫根尼娅·帕斯捷尔纳克此时身在
德国。

你别怕梦，别自我折磨。

我在爱，我在想，我清楚。

你看：存在的透明织物

也不愿让两条河分流。

1931 年

"哦，我知道总是如此"

哦，我知道总是如此，
当我新写一部作品，
带血的诗句在冲击，
它们涌上喉头，要杀人！

面对了解这底细的玩笑，
我或许会断然拒绝。
开头是如此遥远，
最初的兴趣很胆怯。

但暮年就是罗马，
替代空谈和撒谎，
它不需要演员的台词，
它需要真正的死亡。

当感情左右诗句，
它会把奴隶送上舞台，
艺术在此时死去，
土地和命运在喘息。

1932 年

"当我厌倦了夸夸其谈"

当我厌倦了夸夸其谈，
逢迎的谄媚者喋喋不休，
我不禁想起生活，看它一眼，
像在阳光下做梦。

突如其来的生活，首先，
让一切充满伟业的味道。
我没选取，关键不在神经，
我不渴求，却早已料到。

建设计划的岁月，
又是一冬，第四个年头。
两位妇人，像国产灯泡，
在岁月的重负下发光。

我告诉他们，未来的我们，
就像今天的所有人。
即便残疾，也无所谓：
新人驾驶项目大车已超越我们。

既然药片无法救命，

时代会更自由地赶往远方，

第二个五年计划

把心灵的提要拉长。

你们别悲伤，别难过，

我以弱点起誓留在你们心上。

力士们已经许诺，

去除我们最后的溃疡。

1932 年

"我的诗句啊，你们快跑"[1]

我的诗句啊，你们快跑。

我需要你们，从未像今天。

林荫道的拐角有一栋楼，

楼里的岁月被中断，

舒适不再，劳作被抛弃，

人在楼里哭泣、思考和等候。

楼里的人在喝安眠药，

像在喝水，半睡半醒。

那座楼里的面包像滨藜，

那座楼是奔跑的目的地。

就让风雪冲进房门，

您像水晶上的彩虹，像梦，

您像消息，我把您发出，

这就是说，我爱您。

1　此诗写给自德国回国迎接 1932 年新年的妻子叶夫根尼娅·帕斯捷尔纳克。

哦，作为首饰的神像
在女士脖颈勒出的伤痕！
我对她们了如指掌，
我是她们脖颈的饰物。
我终生克制呼喊，
喊出她们枷锁的显然，
但谎言征服了她们，
他人冰冷包厢的撒谎，
蓝胡子的形象，
比我的作品更强。

小市民的可怕遗产，
无爱是委屈的幽灵，
像并不存在的鬼魂，
在每个夜晚造访她们，
用魔幻的想象歪曲
杰出女子天生的命运。

啊，她多么大胆，
刚刚离开亲爱的妈妈，
离开妈妈的羽翼，
她便给我以孩子的笑声，
她没有强迫和障碍，

给我以孩子的世界，孩子的笑，

这不知委屈的孩子，

她的关心和爱好。

1932 年

"责备声犹在耳边" [1]

责备声犹在耳边，
责备中有泪水的声音，
新的悲伤与黎明一起，
在你的门前轰鸣。

伟大的音乐家逝去。
你的偶像，你的亲人，
从这个损失开始，
舒适和威望临近黄昏。

人们肃立，因泪而醉，
感觉鲜花的色泽更沉。
那颗高傲的头颅，
似用白色大理石雕成。

轮廓清晰的面孔，

1　此诗悼念彼得堡钢琴家布鲁门菲尔德（1863—1931），但诗中的"你"指济娜伊达·涅高兹，布鲁门菲尔德是济娜伊达的丈夫涅高兹的舅舅和钢琴老师。

被灵车运走的家庭，

乙醚甜腻的气味，

还有鲜花和脚步声。

伴着车上花圈的摆动，

你的昏厥引起不安，

冻结泪水的热气，

像注射器的针尖。

葬礼进行曲在呜咽，

门前的雪被扫清，

隆重的追悼仪式

在音乐学院大厅举行。

在棕榈和莫斯科名流之间，

沿着地毯铺成的路，

我静静地搀扶你，

巨大的胸针在演奏。

管风琴泛着银光，

像在珠宝商手里一样无声，

远处传来一阵雷霆，

它滚过半个世界的里程。

吊灯是死一般的安静，
在它死一般的光里，
不是管风琴在演奏，
而是嵌有管风琴的墙壁。

撼动大象似的房梁，
摆脱粗大的原木，
圣歌像力士参孙，
步出封堵他的洞窟。

它本该在洞窟受苦，
却被释放出牢笼，
它从豁口带出歌声，
把我们的订婚赞颂。

————

城门旁的篱笆模糊不清，
像是一个大花圈。
短暂寒冷的一天，
奏响傍晚的间奏。

利用这一片黑暗，
有人驾车超过我们。
一条笔直的大街，
朝向火葬场的方向。

从城门吹来一阵风，
落雪像在华沙城郊，
把强大邻国的雪花，
撒向眉毛和皮袄。

冻僵的莫斯科人，
在原野上徒步行走，
雪妖精已掏出钥匙，
要打开最后的避难所。

————

但逝者为人所爱。
一切都不会消隐。
家庭和天赋会留存更久。
他留下强大的作品。

你在家掀开乐谱，

你只要触及琴键，
你的眼前光芒四射，
你会向音乐展开翅膀。

一月将至，还有月亮，
还有金银镶边的窗，
树枝是窗的饰条。
时间也会默默流淌。

否则你会蓦然惊奇，
会在音乐会上想起，
我们平日里的永生，
比我们自身更加卑微。

1931 年

"四月三十的春日"

四月三十的春日，
一清早就很贪玩。
忙着试戴项链，
然后才去对付朝霞。

像纱布下被压扁的浆果，
城市从薄雾中浮出。
林荫道拖着自己的暗影，
像一队矮小的侏儒。

傍晚的世界是前夜的蓓蕾，
它有着特殊的创举。
它怒放出公社的花朵，
在五月众多的节日集聚。

它将继续成为改革的一日，
充满节前的扫除和主意，

像它之前的圣三一节白桦 [1]，
像它之前的雅典娜节焰火 [2]。

人们仍会拍打松软的沙地，
给彩绘屋檐蒙上薄板和红布。
人们仍会邀请女演员，
来到每个会场演出。

会有三两个水兵，
在花园开心地散步。
夜晚的月亮会闯入街道，
像僵死的城市和高炉。

但玫瑰鼓胀的订金会绽放，
在每个节日有更大的花朵，
健康越来越明显，
真诚和名誉也越来越多。

会更忙乱，会更繁复，
五一节活的风俗和礼仪，
五一节活的歌声，

会落向草场、耕地和工地。

成熟年代的成熟精神，
像潮湿蔷薇的香气，
还无法挣脱，无法表达，
它的言说是迫不得已。

1931 年

"一百余年¹还不是昨天"

一百余年还不是昨天，
从前的力量仍是诱惑，
怀着对荣光和善的期望，
无所畏惧地看待万物。

希望有别于花花公子，
他只有短暂的存在，
希望与众人分享思想，
与法律的秩序同在。

依然是同样的绝路，
当与智性的懒惰相遇，
依然是同样的摘抄，
是两个时代的对比。

但只有如今才可以说，

---

1 "一百余年"暗指写作此诗时的 1931 年与普希金写作《斯坦司》一诗时的 1826 年之间相隔的时间，此诗中的"怀着对荣光和善的期望，/ 无所畏惧地看待万物"和"叛乱和绞刑抹黑了 / 彼得光荣时代的开场"两句，均是对《斯坦司》的引用或改写。

古今的伟大不一样：
叛乱和绞刑抹黑了
彼得光荣时代的开场。

因此你无畏前行吧，
以古今的对比为慰藉，
你活着，你强大，
你就难以获得怜惜。

1931 年

"冰和泪的春天"

冰和泪的春天，

无底的春天，

莫斯科的冬末，

无底的春天，

雨水走进寒冷，

与天空等高，

池塘像个柠檬，

列车很早出站，

送别就像电线，

一直延伸到河湾。

道道小溪在唱歌，

歌唱难行的泥泞，

傍晚是神秘的黑人，

它显然顾不上我们，

天空丑陋无比——

像大洪水前的男女间

一位说话人的话语，

像没有面具的诱惑，

像采煤工的歇息。

当胸中有一汪水，
一匹马踏过浅水，
我们心中哭诉的求饶，
就像广场的败类。
可身后的水洼里，
有太多被践踏的旋律，
装配一根轴杆，
请发动洪水的机器。

我该装配怎样的轴杆？
我的春天啊，你别抱怨。
你忧伤的时刻
恰逢世界的改变。
黑色的小溪，流淌吧。
流淌吧，可爱的溪流。
请你们的水流
带走建筑物的围墙。
它们的海市蜃楼，
像从容不迫的霞光。
像八月，在收集
霞光长年堆积的热量。

冰驻足在日落的地方。
没有主人的房屋
在水中渐渐融化，
像落水的鸟巢漂浮。
道别的泪水未干，
整个黄昏在哭，
灵魂离开西方，
它在那里无事可做。

灵魂正在离开，
像在柠檬色的春天，
日暮的林中河湾
动身赶往夜晚。
像面对挪亚，灵魂
走向大洪水的腐殖质，
这无底的春天，
并不使它恐惧。

在它面前的区域，
呻吟无法被融入鞠躬，
从婢女的心头
也裁剪不出花边。

它的面前是霞光，
它和我的面前是原野，
像柠檬色的霞光，
春天淹没原野，
春天，无底的春天。

我为女性的命运所伤，
在幼小的年纪，
因此，诗人的足迹
只是女性命运的足迹，
我只要被它触及，
我们是它的空间，
我乐意化为乌有，
满怀革命意志。

这是古老的故事，
人们不会驾驭美，
他们莽撞地践踏
美之鲜活的蓓蕾。
恰在美之生活中，
藏有美女们的生命。
但懒汉迷惑美女，
恶棍培育她们。

创造的桂冠无法

让参与者心动，却陷入

隐瞒和虚夸的黑幕。

我们的醋意由此而生，

我们的复仇和嫉妒。

1932 年

帕斯捷尔纳克
抒情诗全集（下）

Борис Пастернак
Полное собрание стихотворений

[俄] 鲍里斯·帕斯捷尔纳克　著

刘文飞　译

北京联合出版公司
Beijing United Publishing Co.,Ltd.

雅众文化 出品

目 录

尤里·日瓦戈的诗（1946—1953）

天放晴时（1956—1959）

未曾收入诗集的诗作（1909—1958）

早班列车上

(1936—1944)

"我心仪演员的任性"

我心仪演员的任性，
他有执拗的缺陷：
不废话，躲避关注，
为自己的书感到羞怯。

可这张面孔众人熟悉。
他错过躲藏的一瞬。
即便藏身地下室，
也已无法独善其身。

命运无法被埋入黄土。
怎么办？他的声音
生前即已转为记忆，
起初朦胧，继而成名。

他是谁？在哪座舞台，
他获得迟到的经验？
他在与何人斗争？
与自己，与自己斗争。

如何能移居大西洋暖流，
铸就他的是大地的温暖。
防波堤外流逝的时间，
全都流入他的海湾。

他渴望自由和安宁，¹
岁月却在展翅高飞，
像工作室上方的云，
他的工作台已经驼背。

1935 年 12 月

1　普希金于 1834 年所作的《是时候了，我的朋友……》一诗
里有句："世上没有幸福，但有安宁和自由。"

"我在冬季步入"

我在冬季步入
梯弗里斯的傍晚。
声名远扬的温室，
身染感冒和风寒。

落叶迈着碎步奔跑。
风紧跟落叶赶到，
像一条长毛狗，
身披落叶梧桐的黄袍。

一切渐渐变得粗糙。
北方，黑色的懒汉，
悬挂起葡萄的枝叶，
在小酒馆的入口。

短暂的一天很快融化，
细碎的雪花撒了一地。
由于这潮湿的胳肢，
笑声显得不合时宜。

我喜欢它们，罪过，
雪花的营地，唇的寒意，
黑色天空，白色大地，
帽子，皮袄，烟囱冒气。

我喜欢暴风雪之前
安安静静的院落，
就像淘气的孩子们
在储藏室里捉迷藏，

我喜欢飞翔的乌云，
喜欢雪花的银丝线，
喜欢被烫发钳
卷成波浪的暴风雪。

但是在这南方，
置身风雪的震撼，
我在雪的圆环，
首次看到电弧的黑炭。

啊，怀着野兽的忧愁，
像树脂一样战栗，

柑橘用红色的蜡烛，
映亮橱窗的薄冰。

像在迷娘的故乡 [1]。
伴着歌德的催促，
无数彩灯闪亮，
在亚热带的山谷。

于是随身携带帽盒，
像一位女影星，
这真正的冬季，
突然朝我们走近。

蓬松的白发
头顶卖俏的黑毛皮，
几乎是从梦中，
把我们抛回童趣。

1936 年

---

1 迷娘是歌德的小说《威廉·迈斯特的学习时代》中的女主人
公，"迷娘的故乡"指意大利。

"简朴的房屋，一杯酒"

简朴的房屋，一杯酒，
素描上的黑色美酒。
豪宅取代斗室，
宫殿建在阁楼。

脚步声和涛声，
还有问候，痕迹全无。
被工作包围的
空气拱门里，是云母。

威严的声音像税吏，
把一切全部融化。
在它镀锡的喉头，
锡水正在流淌。

它还需要什么荣耀，
人间的地位和声誉，
当融合物用呼吸
把词语融合在一起？

它为此融合家具，

理智和良心，生活和友谊。

桌上的酒杯里有残酒，

生命不长，世界被忘记。

韵脚的锡锭像占卜的蜡，

时刻变换着面容。

像卧室里孩子的呼吸，

它在为孩子们热情祝福。

1936 年

"它耸立。世纪。格拉兑"

它耸立。世纪。格拉兑[1]。
山间有火把在闪亮。
是谁跟在它的身后，
把一列尖顶帽带入大堂？

世纪。一个又一个世纪。
随后会有其他世纪。
它怀着自己的理想，
对满弓的世纪耳语。

"我在世纪的生活不是随笔。
为此只能吞声忍气。
让我躲开批判的铁刷，
时间怜惜我的笔迹。

时代的入口已经封闭？
就算它是城堡，是殿堂，

1　格鲁吉亚库塔伊西附近一座建于 11—12 世纪的修道院。

我骑马来到近前，
在门前驻马勒缰。

不是琴师，不是陶罐，
我让马儿扬起前蹄，
兵营啊，为了能从
命运的高地看到你。

于是我一抖缰绳，
盲目向前冲去，
冲入你过道的宽广，
过道还在暗中静息。

像暴雨，在途中拥抱
生和机遇，死和激情，
你将越过智慧和土地，
像传说沉入永恒。

你的征途会改变地形。
在你铁掌的践踏下，
语言的巨浪涌起，
冲刷沉默的无语。

城市的屋顶像道路，

每间农舍的门洞，

门旁的每株白杨，

都会认出你的面孔。"

1936 年

致一位早逝者[1]

聋哑的单体，
天空，像在草原。
别后悔，别嫉妒，
睡吧，愿你安息。

就像巴黎嚼不烂
普鲁士的大炮，
你也不知死亡，
虽说你即将被焚烧。

革命的时代
重建人民的生活，
雷霆般的风暴
也将席卷其他国度。

世纪之书的声响，
盖过真理和谬误。

1　此诗悼念 1935 年 10 月 28 日自尽的诗人尼古拉·杰缅季耶夫
（1907—1935）。

我们置身这部大书，
是着重标出的斜体。

我们因此挣扎着，
走向生命的彼岸，
我们的灵魂和肉体，
构成此书的第二版。

但书中不会有我们。
再过五十个年头，
像树枝抽出新芽，
我们将再次复活。

新枝不会落叶，
树身的伤痕会愈合。
这么说，自杀
也是出路和救赎？

———

树上的初霜，
把密匝的枝丫
献给你的逝去，

虽然潦草却也得体。

赤杨弯曲的树枝，
像诗体的安魂曲。
一切都已结束，
你不再会急着开口。

现在天黑得很早，
可骑在马上的天空，
五点就领来它的卫队：
郊外、树林和水面。

从摆满花圈的房间，
能看到傍晚的院落，
星辰骑马出行，
开始它们的夜巡。

别了。新手的纯真
将评判我们所有人。
安息吧。睡吧。
愿大地别压得你太沉。

1936 年

"我没感觉到美"

我没感觉到美，
在克里米亚[1]和里维埃拉[2]，
我相信每一朵飞廉，
我爱溪流般的野花。

庸俗在贬低可怜的南方
它把这当成义务，
它像一堆苍蝇，
把南方诽谤和玷污。

可是与此同时，
世界潮湿的美丽，
也没有因为我们
被带上审判席。

1936 年夏

---

1 位于黑海北岸。
2 位于地中海沿岸。

"像一位司炉"

像一位司炉，
登上甲板歇息，
地里的烟草
在夜间散发香气。

芥菜从土壤
送出它的气味，
送给悬梯上悬挂的
水手服上的盐水。

国营农庄的园丁，
愈加翻来覆去，
在窝棚瞪大眼睛，
看着高高的天穹。

星夜，北风轻，
栅栏的杆头，
在树结间闪烁，
像葡萄的瞳孔。

银河和紫罗兰

被同一把喷壶浇灌，

过于靠近花朵，

眼睛被磨出老茧。

1936 年夏

"这样的人有福" [1]

这样的人有福，

他们是绝对的纯种，

他们的童年一直贫穷，

他们的血液融于民众。

我不在他们的行列，

但也不想为了进步，

从寄生虫的队伍

混入陌生的亲属。

自幼小的年纪，

祖国唱起这样的歌曲，

是否有相互的爱，

这与天空没有干系。

1　此诗曾令当时的苏联作协第一书记斯塔夫斯基反感，称其为
"对苏联人民的诽谤"，帕斯捷尔纳克被迫做出解释："第二节谈
的是语言，引起非议的第三节谈的是，没有人民的个体是虚幻的，
在其每次显现中，作者权和最初驱动力的功绩均属于人民。人民
是大师（木匠或车工），而作为艺术家的你只是材料。"

人民是无边际的房屋，
我们并未发觉，
这帐篷似的穹顶，
像空气绵延不绝。

人民像密林的深邃，
在很早的童年，
有人就在密林里
给事件和造物命名。

没有他们你一无所有。
他们用凿子修理
你的幻想和目的，
像对待他们的制品。

当他们穿过一切，
像全知全能的人，
面对强大的后坐力，
谁的心脏能完好无损？

无谓的遗产垃圾，
被他们收入名录，
他们从外部照亮我们，

用我们自身的内部。

他们烧毁偶像，
依据灵魂的模样，
为时代建造居所，
更洁净，也更明亮。

1936 年夏

"纳夫特卢克[1]的空间"

纳夫特卢克的空间

身披朦胧的云雾，

它自梦中起身，

认知的新奇把我伺候。

放弃最好的计划，

我拖拖拉拉上路，

一场雷雨冲刷了

通往别斯兰[2]的路途。

坡路变得柔软，

阿拉格瓦河[3]肿胀，

脱下系带的鞋子，

它在信马由缰。

在清晨的桥头，

1　格鲁吉亚首都（旧称"梯弗里斯"）郊外，火车站所在地。
2　高加索地区的一座城市。
3　高加索地区的一条河流。

在旧海关的所在，

我看见狂暴的库拉河，

它像在攻城拔寨。

1936 年夏

"人们不把任性"

人们不把任性

带过往昔的门口，

让我们拥抱吧，

帕奥洛[1]，在诗的开头！

我从未用提纲的权威，

欺负过亲朋好友，

您在那些岁月，

是我所爱的仅有。

我们走进刀枪市场，

皮革和马鞍的店铺，

到处都有您的气息，

在充当我的头目。

在爬满紫藤的露台，

我用露台的台阶

---

1 帕奥洛·亚什维里（1895—1937），格鲁吉亚诗人。

丈量您的故事，

我听得目瞪口呆。

我不懂您的诗句，

但我已爱上源头，

我不需翻译单词，

已弄懂您未来的译文。

1936 年夏

"我看见了秘密"

我看见了秘密，
梯弗里斯如何悬在山坡。
我看见远方和近处，
四周全是掩映的杏树。

它悬垂在斜坡上，
像一本有插图的书，
它用奇迹的语言写成，
用李子的画笔描图。

苹果树开满山坡，
大卫山的花园，
像金字塔高耸，
居高临下地俯瞰。

我看见松明的闪亮，
在木桶和夹竹桃之间，
我看见了黑夜，
这捧读旧书的人。

1936 年夏

"我记得肮脏的院落"

我记得肮脏的院落。
下方有一个酒窖，
上方，成堆的伪经
在请求自由和逍遥。

乌云挤作一堆，
眼睛无法让它停留，
一队妖怪鱼贯而行，
缓缓穿过迷雾。

在云朵的缺口，
透出白色的帽筒，
冰川的大车队，
在押解下缓慢运动。

但在有的时候，
面临大楼的房间，
高加索的山岭
也会别样地耸立。

南面的整个山坡，
镶着银色的边，
它注视窗户和阳台，
屋里正在炸油饼。

阿拉格瓦河对岸，
燃烧着的祭坛，
它似乎用寒意
浸透画廊的栏杆。

土地的气息飘扬，
在理想的状态，
它被吹向天空，
它被称作恶魔。

从多日的暴风雪
伸展出拥抱，
用地狱的双手，
灰岩叩问永恒。

1936 年夏

"天堂或许不会碰我"

天堂或许不会碰我，

在自由的微风。

我珍重另一种东西，

幸运儿的国度。

他们又瞎又聋，

他们在湖边居住，

这些人身边的幻想家

成了第五元素[1]。

他用射击的精准，

他用玩笑点缀

寒酸的马车，

没有围墙的茅屋。

当巨人般的山脊

挺直它的身段，

1　帕斯捷尔纳克曾对此做出解释："意大利人文主义者曾在水、
土、气、火这'四大元素'上又添加一个新的'第五元素'，即人。"

它的祝酒词

就是它的王冠。

1936 年夏

"比傍晚更暗"

比傍晚更暗，
比暴雨更响亮，
在深更半夜，
比牧羊人的歌更悲伤。

群山间，马群间，
在寒冷的月夜，
你与牧羊人相遇。
他就是巨石峭壁。

他就是邻村的故事。
你想听，就去探问。
用面孔、姓氏和生活，
他编成一条皮鞭。

他心里清楚：
没有任何势力
能让人民止步，
当他们步调统一。

                                    1936 年夏

"盐的不断拍溅"

盐的不断拍溅。
怪石嶙峋的峡谷。
浓密雪松的树干。
松树下的野餐桌。

新鲜的烤肉串
散发瀑布的气息，
瀑布就在不远处，
它震聋花园的耳朵。

滚烫的烤面包
有它倾塌的热气，
就像跌落的烛台
闪耀翻滚的火。

泉水从细缝挤出，
它们在窃窃私语，
烛光因此暗淡，
空气变得潮湿。

泉水悬垂在昏暗中，
像捻成的细绳，
它们的喧闹碰撞悬崖，
像烛台碰撞窗沿。

1936 年夏

"云杉的断枝"

云杉的断枝，

羊肠小道的尽头。

我们的桌边人很多，

餐具，星辰，蜡烛。

像热情的酒神赞歌，

猛然遮蔽一切，

花园里的灯火，

沐浴着塔比泽[1]。

他马上就要发言，

他用思想瞄准。

他使用的话语，

就采自这座峡谷。

他不断抽烟，

用手支撑下巴，

1　吉茨安·塔比泽（1895—1937），格鲁吉亚诗人，帕斯捷尔纳克的好友。

他像浮雕一样严肃，
像纯金一样纯洁。

他结实，褐发美男子，
但他也是凡人。
罗丹的巴尔扎克像，
就按这个形象雕成。

他被置于岩石，
以便让一切，
在一千次的岩层
更清晰地诞生。

他过度的天赋刚点燃，
像点燃一支蜡烛，
在黎明的灰色灰烬中，
他是宴席的火种。

1936 年夏

"在格鲁吉亚"

在格鲁吉亚，
不看重服装和外观。
世间有玫瑰。
我数不清花瓣。

哦玫瑰，像梦的流淌，
你缓慢的开放，
它与蔚蓝相关，
彩虹和宝石的蔚蓝。

水管上隐现
夜的测试的微光。
花园里的所有爆竹，
都不如你明亮。

暑热刚触及嘴唇，
你已身在高空，
一团丰满的花蕾，
像盛装的孔雀。

但夏天在冒险，
你也不失时机，
把变软的绸缎
成堆地丢弃。

————

我感觉高处恐怖，
狂野的捷列克河浑浊，
我爬进花的怀抱，
就像一只雄蜂。

1936 年夏

夏日

在我们春天的菜园，
篝火烧到天明，
土地肥沃的盛宴上，
是多神教的祭坛。

荒地彻夜烧烤，
清早腾起热浪，
整个大地都炽热，
像火热的暖炕。

我干起农活，
脱下身上的衬衣，
酷暑击打我的后背，
像在烧制陶器。

在温度更高的地方，
我会眯起眼睛，
我会从头到脚，
用一层陶釉护身。

黑夜步入我的阁楼，
把头探入厅堂，
它装满我，像装满水罐，
用清水和丁香。

夜从冷却的罐壁，
洗去最表的一层，
再把它交给
本地出生的女人。

被释放的逃走
一心渴望自由，
它躺下过夜，
在油漆过的橱柜。

1940 年，1942 年

松树

我们躺在草地上，
凤仙、菊花和睡莲，
脑袋枕着手臂，
我们仰望天空。

松林间的小道上，
草长得密不透风。
我俩交换一下眼神，
再换个姿势和场所。

我们于是被归入松树，
暂时赢得不朽，
我们摆脱死亡，
远离瘟疫和痛苦。

带着有意的单调，
稠密的湛蓝像机油，
在大地投下光斑，
斑驳了我们的衣袖。

我们分享松林的歇息，
伴着甲虫的蠕动，
呼吸柠檬和神香的混合，
这是松林的催眠术。

火红的树干刺入湛蓝，
在天空疯狂奔走，
我们用胳膊垫起脑袋，
久久不愿抽出双手。

我们的视野多宽广，
外在的一切多和蔼，
我始终有个错觉，
树干的顶端是大海。

海浪高过这些枝丫，
自礁石倾泻而下，
从被搅浑的海底，
抛出冰雹似的海虾。

傍晚，在拖船尾部，
晚霞在缓缓流动，

泛起一层鱼肝油，
又像琥珀般的薄雾。

夜幕降临，月光
渐渐埋葬一切痕迹，
用浪花的白色法术，
用海水的黑色魔力。

波浪更响，涌得更高，
人群挤在浮标上，
围着贴有海报的圆柱，
海报太远看不清楚。

1941 年

虚惊

木盆和木桶，
清早就有的忙乱，
多雨的日落，
潮湿的傍晚，

黑暗发出的叹息
含有吞下的泪水，
从十六公里外，
传来火车头的呼唤。

在花园和院落，
是早来的黑夜，
还有细小的损坏，
一切都像在九月。

呼号在白昼
掠过秋天的大地，
像对岸的墓地
传来忧伤的哭泣。

当寡妇的恸哭
越过了山冈，
我与她心心相印，
一起凝视死亡。

我看着前厅的窗外，
像每一年那样，
再一次延期到来，
我的最后时光。

冬天走下山冈，
扫清自己的路径，
穿透落叶的黄色恐惧，
它走向我的生存。

1941 年

初冬

打开门，一阵热气
从院落飘入厨房，
一切在瞬间变得陈旧，
像童年的那些晚上。

干燥、安静的天气。
室外五步的距离，
冬天害羞地站在门口，
还没拿定进门的主意。

冬天，一切又从头开始。
没有向导和拐杖，
白柳像盲人步入
十一月的白发远方。

河流结冰，垂柳冻僵，
深黑色的天空，
横卧赤裸的冰面，
像镜子放在梳妆台。

它面前的十字路口，
被雪覆盖了一半，
头戴星星的白桦，
对着这面镜子顾盼。

白桦在暗中猜忌，
在靠边的那幢别墅，
冬天充满各种奇迹，
像在白桦的顶部。

1944 年

霜[1]

萧条的落叶时节，
最后一群大雁。
何必情绪低落：
恐惧睁大了眼。

就让风戏弄花楸树，
睡前把它惊吓。
创世的法则不足信，
像结局圆满的童话。

你明早从睡梦醒来，
走向冬天的水面，
你又会停在水塔旁，
站得像一根木桩。

又是这白色的蚊蝇，

---

1 德米特里·贝科夫（1967—）在其《帕斯捷尔纳克传》（2005）中关于此诗写道："这是一首当之无愧的名诗，俄国文学中少有如此悦耳、精准的诗作。"

屋顶，圣诞老人，
烟囱，傻气的树林
身着小丑的装束。

转眼一切都结了冰，
像戴上齐眉的皮帽，
像蹑手蹑足的狼獾，
在树枝间偷窥。

你疑惑地继续前行，
小路潜入峡谷。
这里有霜的拱楼，
门上有参差的画图。

在雪的厚帘之后，
是哨所的墙壁，
小路，树林的边缘，
又见一片密林。

一片庄严的寂静
被装进了画框，
像为死去的睡公主

写下的四句诗行。[1]

静谧的白色王国，

让我一阵颤抖，

我在细语：“多谢，

你的赐予多于祈求。”

1941 年

1　指普希金的《死公主和七勇士的故事》中的四行诗：“在他们
面前，在忧伤的黑暗，/ 有一座水晶的棺木，/ 在这水晶的棺木中，
/ 公主做着永恒的梦。”（译者译）

城

厨房的冬天，彼得的歌声，
暴风雪，结冰的储藏室，
最终会让我们厌恶，
胜于苦涩的萝卜。

从树林到家没有通途，
四周是雪堆、死神和梦，
似乎这不是一个季节，
而是四季的灭亡和终结。

滑梯被冰层覆盖，
井口是上冻的圆圈。
寒冷像一块磁铁，
城市和温暖吸引我们！

然而这并非夸张，
冬季的乡村无法居住，
面对存在的不完善，
城市却无动于衷。

城市创造出千万惊奇，
它或许不怕寒冷。
因无数造访的灵魂而通灵，
它自身就像幽灵。

至少，当它面对
车站死胡同的木柴，
在黑夜闪亮的远方，
它像这样的精怪。

我少时也崇敬城市。
它的傲慢让我满足。
它把世代生活视为草图，
在它之前即已绘就。

用夜间的财富展览，
它模仿天上的星辰，
在我少年的幻想，
它占据了一片天空。

1940 年，1942 年

魔鬼华尔兹

听闻远方的波尔卡[1]，
我似乎透过锁孔看到：
灯被吹灭，椅子被移开，
灯芯的黑烟像蜜蜂缭绕，
面具和服装的蜂房在移动，
门缝后的枞树被点亮。

壮观的场景更有力，
胜过胴体、墨鱼和白粉，
胜过蓝、红、金色的狮子，
胜过各色舞者和客人，
胜过衬衣的飘舞，门的歌唱，
孩子的哭喊，母亲的笑声，
枣，书籍，游戏，糖果，
针，面包，跳跃，狂奔。

在这凶险甜腻的森林，
人与物平起平坐。
人们争先恐后去采集

---

1 捷克民间舞蹈。

这松林的可口果脯。
甜食吃够。出汗的枞树，
用胶和漆饮用暗处。

枞树在伸展，在流淌，
它用金属和玻璃制成。
油脂闪亮，松脂渗出，
像大厅里的星星，
把镜子彻底烧穿。昏暗。
客人们逐渐离开桌子，
一群疲倦的身影。
披巾，皮鞋，棉帽，
这些东西总要齐全!
窗户和房门要扣好。
气窗开向上层的房间。

冬季街道的蓝色恐惧。
鸡叫三遍前的时候。
气窗里出现穿堂风，
吹动火苗，蜡烛
一支接一支清晰地说:
噗噗。噗噗。噗噗噗。

1941 年

眼泪华尔兹

我立即爱上了它，
当它刚离开森林或风雪！
枝丫尚未克服羞怯。
懒惰的树条不慌不忙，
慢慢在体内输液，
像银色的丝线悬垂。
厚布床单蒙住树桩。

请给它镀金吧，为它祝福，
它不会眨眼，可害羞的它，
身着紫色箔片和蓝色珐琅，
会让你们终生难忘。
我立即爱上了它，
它置身暗影或蛛网！

星星和旗帜有待尝试，
葡萄酒装不进糖果盒。
蜡烛并非蜡烛，
甚至是肤霜，不是火。

这是激动不已的女演员，

与最亲的人一同庆贺。

我立即爱上了它，

与众多亲属看它演出！

苹果树结苹果，枞树结松果。[1]

但不是这棵。这一棵安静。

这一棵遗世独立。

这是被选中的宠女。

黄昏永远将它拉长。

它丝毫不怕那句谚语。

它非凡的命运已经决定：

身披苹果的金黄，如先知升天，

像火的客人飞上屋顶。

我立即爱上了它，

当枞树成为唯一的话题！

1941 年

1　这是一句俄国谚语。

早班列车上

今冬住在莫斯科郊外，
但出于办事的需要，
我经常要去城里，
顶着严寒、落雪和风暴。

走出家门的时候，
外面总是一片漆黑，
我把吱吱作响的脚步
撒进林间的黑暗。

在铁路道口，柳树
在旷野起身把我迎候。
在一月寒冷的凹处，
星辰耸立在高空。

通常走到小村旁，
有火车会把我超过，
是邮车或四十次快车，
我的车在六点二十五。

突然间光的狡猾皱纹，
收缩成圆环，像触角。
车灯像个庞然大物，
冲向被震聋的天桥。

在闷热的车厢里，
我的身心完全放松，
陷入天生弱点的爆发，
陷入自幼养成的习俗。

透过动荡的往事，
透过战争和贫穷，
我默默地认识俄罗斯，
她独一无二的面容。

压抑内心的崇敬，
我在欣赏地观察，
这里有农妇和村民，
也有学生和钳工。

他们的生活不富足，
却不因贫穷而低头，

他们像主人一样，
承受着新闻和简陋。

孩子们三五成群，
像在马车上落座，
他们摆出各种姿势，
像吃奶一样阅读。

黑暗渐渐变成白银，
莫斯科把我们迎候，
道别双重的世界，
我们走出地铁口。

晚辈们挤向栏杆，
他们周身散发芬芳，
是蜜糖饼干的甜蜜，
是稠李香皂的清香。

1941 年

又是春天

火车开走了。路基黢黑。
黑暗中我在何处寻路？
我才离开一昼夜，
此处已无法认出。
枕木上的铁轨沉默。
突然，一个新的感受：
拥挤，长舌妇的闲谈。
这幻觉是魔鬼的引诱？

我曾听见这些话语，
在去年的什么地方？
啊，是林间的小溪
又一次在夜间流淌。
是积水冲出了冰层，
就像往年一样。
这的确是新的奇迹，
又是春天，一如既往。

又是春天，又是春天，

这是春的魔法和奇迹，
柳树穿上春的坎肩，
肩膀、头巾、身段和后背。
这是悬崖旁的雪姑娘。
谷底的溪水永不停息，
像疯癫的饶舌鬼，
匆忙唠叨春的梦呓。

面对春天，激流填满障碍，
汇入水的大家族，
垂直的瀑布哗哗作响，
像明灯悬挂峭壁。
像牙齿被冻得打战，
带冰的溪水流进池塘，
又从池塘流入另一器皿。
春汛的话语是存在的梦呓。

1941 年

鹈鸟

在偏僻的铁路小站，
一片正午的宁静。
路基旁的灌木丛里，
几只鸟在无力地歌吟。

一望无际的原野，
像愿望一样炽热。
远处淡紫色的森林，
云朵竖起白发。

林间的道路，
像是树木的轭具。
深深的树坑里，
有兰花、积雪和腐叶。

或许，那些鹈鸟
就在这树坑里饮水，
再用它们膝盖的火与冰，
整天散布流言蜚语。

长音节，短音节，
热水浴，冷水浴。
它们源自这歌喉，
源自水洼镀锡的光泽。

土墩上有它们的村庄，
窗帘后面的张望，
房间角落里的絮语，
持续一天的聒噪。

在它们敞开的居所，
谜语在公然奔忙。
它们有神秘的钟表，
树枝的指针为它们歌唱。

这就是鸫鸟们隐秘的居所。
它们住在凌乱的松林，
就像艺术家的生活方式。
我也要把它们当作范例。

1941 年

可怕的童话

四周的一切会改变。
都城将被重构。
被惊醒的孩子的恐惧
永远得不到宽恕。

那布满脸庞的惊恐,
永远难以遗忘。
敌人要因此付出
一百倍的补偿。

记住敌人的扫射。
他们为所欲为,
如同希律在伯利恒, [1]
这笔账要彻底算清。

美好的新世纪必将来临。

---

1 《圣经·马太福音》第 2 章第 16 节:"希律见自己被博士愚弄,
就大大发怒,差人将伯利恒城里并四境所有的男孩,照着他向博
士仔细查问的时候,凡两岁以里的,都杀尽了。"

目击者会死亡。

年幼残疾者的痛苦，

却不会被人遗忘。

1941 年

孤苦的人

我们的花园很忧郁。
它一天比一天美丽。
住在今年的花园，
生活想必很富裕。

可是这位住户，
已不爱自己的住处。
他送走了家人，
敌人在抢夺国土。

妻子离去，他独自一人，
整天待在邻居家里，
似乎在邻居那里，
等待胜利的消息。

他常走进花园，
走向民防瞭望哨，
就这样看着日落，

看着斯摩棱斯克¹方向。

在傍晚的美景里，
公路蜿蜒，经过
维亚济马和格扎茨克，²
路上满是军用卡车。

他还不是老人，
不是青年的累赘，
他的那把猎枪，
比他更年少二十岁。

1941 年 7 月

1　俄罗斯古城，在第聂伯河畔。
2　这两座城市均在莫斯科以西，格扎茨克已更名为"加加林市"。

哨所

像母鸡落上栖架，
晚霞的影子在张望，
它在傍晚的门口，
望向门厅、过道和厨房。

过路人在门旁看见
一辆自行车和两杆枪，
他整一整那堆树枝，
那一堆防空的伪装。

他知道这和平的景象，
是骗局的遗迹。
夜间八门高炮的火力，
会让他的女伴们惊奇。

树木掩映掩蔽部。
两位妇人胆怯地探身，
听到掩体里的唠叨，
她们会问是否自己人。

这两位女市民偷偷归家，
像在严寒里缩紧身体。
机场余晖中的轰炸机，
将淡出她们的记忆。

她们将会看到，
像火焰映亮屋顶，
交叉的防空火力，
在瞄准夜空的魔鬼。

天空突然响起爆炸，
被炮火击中的窃贼，
像冒烟的劈柴，
在村庄上方燃尽。

1941 年

勇敢

不知姓名的英雄们，
在坚守被围困的城，
你们的美德高过词语，
我在心底守护你们。

昼夜不停的炮击，
听见死神的脚步声，
你们守在城郊的街垒，
盯着世纪的眼睛。

你们卧倒在路上，
在被炸毁的铁路旁，
询问援兵是否赶到，
不知战友身在何方。

然后，嚼着面包，
你们斗志昂扬，
越过满目疮痍的田地，
冲向烧焦的住房。

你们伸出灵巧的手，
不为献媚，不为夸奖，
带着行家的冷峻，
拿起你们的钢枪。

不仅有复仇的渴望，
还有射手冷静的目光，
洞穿敌人的身体，
像击中硬纸板靶标。

一种盲目的本能，
让你们陶醉和激动，
钻出深深的掩体，
你们向敌人猛冲。

耳畔的风暴在歌唱，
充满灵感的疯狂。
狂风呼啸把你们掩护，
用魔力把子弹阻挡。

你们于是成为另类，
不再被列为生者，

你们来到指挥员面前，
提出参战的请求。

你们觉得一切皆空！
宁愿在胜利后离去，
不愿在停滞中腐朽，
在囚禁中垂头丧气。

胜利者就这样诞生：
功勋把你们带向
雷神和雄鹰的居所，
在逝者的深渊之上。

1941 年

老公园

小男孩躺在小床，
风雪野兽般的呼啸。
八九群聒噪的乌鸦，
纷纷飞离树梢。

白衣医生为伤员
清洗昨日缝合的伤口。
病人在病房突然认出
童年的朋友，祖辈的屋。

他又到了这座老公园。
清晨会有的霜冻，
当人们开始热敷，
上层的窗玻璃会哭。

当下时代的声音，
还有当年的幻影，
与女护士的关怀共存，
女护士耐心温情。

人们在病房里走动。
开门关门的响声。
湖对岸的炮兵连，
大炮低沉地轰鸣。

低低的太阳在西沉。
太阳已浸入河湾，
再用长长的光芒
把遥远的远方刺穿。

片刻之后，从那里，
绿宝石的波浪涌起，
流向院落的凹坑，
就像置身神灯。

搏斗在加强剧痛，
风也在加强，像野兽，
八九只白嘴鸦飞过，
就像黑色的梅花九。

狂风摇晃着椴树，
风暴压弯它的根部，

在树枝的呻吟里，

病人把脚掌忘记。

公园因为传说衰老。

这里到过拿破仑，

斯拉夫派萨马林[1]，

在此活动，在此长眠。

十二月党人的后代，

俄国女英雄的外孙，[2]

他用法国手枪打乌鸦，

他也掌握了拉丁语。

如果精力足够，

他会像热情的外公，

校勘斯拉夫派祖先的作品，

把它们公之于众。

他也会写一部剧作，

1　萨马林（1819—1876），俄国哲学家、历史学家和社会活动家，斯拉夫派代表人物之一，他位于佩列捷尔金诺的庄园曾用作野战医院，但萨马林的墓地位于莫斯科的顿河修道院。

2　萨马林一家与特鲁别茨科伊公爵一家是亲戚，十二月党人谢尔盖·特鲁别茨科伊（1790—1862）被流放时，他的妻子叶卡捷琳娜自愿陪伴丈夫前往西伯利亚。

反映这场战争，

这病人躺在那里思考，

伴着森林的不停絮语。

他要在这部剧作，

使用外省人的话语，

把空前生活的非凡进程

带入和谐和明晰。

　　　　　　　　　　1941 年

冬日迫近

冬日迫近。又一次，
由于无常天空的任性，
每个偏僻的角落
都消失于难行的泥泞。

一座座小屋陷入湖泊。
屋顶的烟囱在冒烟。
泥路穿越寒冷的怀抱，
通向热爱生活的火焰。

严酷北方的居民，
头顶屋顶似的天幕，
你们这偏僻的洞穴，
写有"必胜"的字符。

我爱你们，这遥远的码头，
位于外省或乡间。
书籍越黑，翻阅越多，
它的美就越是亲切。

驱动沉重的大车，

铺开字母表的田垄，

俄罗斯像一本神奇的书，

被人读到了半中。

它突然被重新书写，

用最近的第一场暴雪，

它白得像手工刺绣，

雪橇绣出花体的字符。

银色坚果的十月。

霜冻锡箔似的亮闪。

柴可夫斯基的黄昏，

契诃夫和列维坦[1]的傍晚。

                                      1943 年 10 月

1　列维坦（1860—1900），俄国现实主义画家。

悼茨维塔耶娃[1]

阴雨天愁苦地绵延。
溪流悲哀地流淌，
流过门前的台阶，
流进我敞开的窗。

栅栏外的道路旁，
公共花园被淹没。
云伸展着躺在无序中，
像洞穴里的野兽。

落雨天我像在读一本书，
内容是大地和大地的妖娆。
我在封面上为你画图，
画了一只林中女妖[2]。

1　茨维塔耶娃于 1941 年 8 月 31 日在战时疏散地叶拉布加自缢
身亡。
2　在茨维塔耶娃的长诗《少女王》的结尾，女主人公把风称为
"林中女妖"。

唉，玛丽娜，早该如此，
这件事并不轻松，
在安魂曲中把你被弃的骨灰
从叶拉布加运出。

我在去年设想过
为你迁葬的仪式，
面对空旷河湾的积雪，
舢板在冰中越冬。

———

我至今仍难以想象，
你居然已经逝去，
像一位吝啬的百万富婆
置身于饥饿的姐妹。

我此刻能为你做什么？
请多少给一点讯息。
在你离去的沉默中，
藏有没说出口的怪罪。

失去永远是谜。

徒劳地追寻答案，

我苦于没有结果：

死亡没有轮廓。

这里什么都有，

捕风捉影，自欺欺人，

只有对复活的信仰，

才是天赐的索引。

冬天像奢华的丧宴：

我们走出住处，

给黄昏添加些干果，

斟一杯酒，还有蜜粥。

屋前的雪中有棵苹果树。

城市裹着雪的盖布——

这是你巨大的墓碑，

像我意识中的整个年头。

你转身面对上帝，

从大地向他飞去，

似乎在这片大地之上，

对你的总结尚未作出。

1943 年

工兵之死

我们关注表上的时间，
沿着斜坡向上爬行。
峭壁。神不知鬼不觉，
我们摸到敌军阵地前沿。

前后左右，直到断崖，
到处都是敌军阵地。
带刺的铁丝网像蛛网，
把阵地团团围起。

敌人不知我们的主意，
敌人看不透我们的内心。
他们在马厩里开炮，
把狂怒的炮火砸向祖沙河 [1]。

探照灯像圆规的腿，
把光芒射向拴马桩。

1　伏尔加河的支流奥卡河之支流。

泥土和泥泞像喷泉涌起，
直接的命中噗噗作响。

炮击的烟雾变得越红，
我们对弹片越漠视，
我们沉着冷静，
悄悄在做我们的事。

我有几位勇敢的人。
我知道自己的任务：
在铁丝网的密林打开通道，
为了明天发起的战斗。

一位工兵突然负伤。
他爬离敌军的前线，
他欠起身，疼痛难忍，
他倒入浓密的草丛。

他时而昏迷时而清醒，
他在山包观察四周，
在发黑的军装上，
他摸到领章下的伤口。

他想：糟糕，挂彩了，

他要在喀山¹乘船，

回萨拉普尔²看望妻儿，——

他一次次失去知觉。

生命中的一切都会耗尽，

所有情境都会出现，

但忘我之爱的痕迹，

永远不应被抹去。

伤员因剧痛嘴啃泥土，

不愿因叫喊暴露战友，

农民天生的坚韧，

在昏迷中依然保有。

他被抬走时还没牺牲。

他坚持着又活了一小时。

对岸的土虽然板结，

战友们仍为他挖出墓穴。

我们聚拢与他作别，

1　位于俄罗斯中部的历史文化名城。
2　乌拉尔以西的一座城市。

这损失让我们悲痛，

大炮喊叫起来，

用它的两千个喉咙。

钟表的齿轮在转动。

杠杆和皮带醒来。

汹涌的大军出发，

冲向烈士打通的道路。

战斗从突破口涌出，

涌向平坦的地方，

如同海水冲垮堤坝，

涌向城市和村庄。

步兵一队队前进，

像是烈士生前的部署。

短暂的几分钟过后，

扎维尔什耶[1]的敌军败走。

他们丢弃成堆的弹药，

冒着热气的汤锅，

---

1 系地名。

他们抢来的所有辎重，
还有帐篷、箱子和尸首。

沿着烈士开辟的路，
全军随后高奏凯歌。
在克城和普城的中间，[1]
越来越大的突破口。

我们如今来到戈梅利[2]，
在月圆之夜的森林，
我们不怜惜自己的精力，
在总攻前夜匍匐前行。

生与死是所有人的事情，
可是你想让生命不朽，
你用自己的牺牲画线，
画出通向光明和伟大的路。

1943 年 12 月

---

1 指克里沃罗日耶城和普罗波依斯克城，分别位于莫斯科以西
和以南。
2 现为白俄罗斯城市，位于第聂伯河左岸。

追击

我们追击敌人。
敌人逃跑。在那些日子，
我们痛击逃跑之敌，
大雨瓢泼，满地稀泥。

我们在大麻地里，
突如其来地现身，
敌人的坦克惊慌失措，
坠入湿滑的谷底。

我们粗野地骂娘，
如期捣毁敌人的巢穴，
我们击毙四百敌军，
然后投入新的追击。

我们得到各种消息，
敌人践踏人间的一切，
这些骗子发号施令，
奸淫烧杀，为非作歹。

每个人都有锥心的痛，
愤怒地追击敌人的队伍，
越过燃烧的废墟，
越过倾倒的树木。

树木倾倒，林中
燃起熊熊的烈火。
由于这疯狂的速度，
记忆变得一片模糊。

他们的罪孽无处掩藏。
我们永远不会忘记，
田野上标致的姑娘，
曾遭恶棍们凌辱。

为了死者脸上的手印，
无名指上的指环，
我们要让施暴者
给出百倍的偿还。

满怀祈祷般的愤怒，
离开可怜孩子的尸体，

越过壕沟和车辙，
我们把强盗追击。

乌云一阵阵伸展，
我们也乌云般地威风，
带着魔法和谈笑，
捣毁他们的毒蛇窝。

1944 年

侦察兵

天空湛蓝。一片寂静。
蝈蝈在草地叫鸣。
俯下身体，像低矮的荞麦，
侦察兵向村庄逼近。

他们总共三人，
他们勇敢到无所顾忌，
是祖国心底的祈祷，
使他们躲过被俘和枪击。

村庄成为敌人的老巢，
控制周围的平地。
草地一片金黄，
因为毛茛、茅草和金菊。

他们像客人或货郎，
莽撞地闯进村中。
他们为了制服野兽，

卧倒在邻近的草丛，

远处是花园，树木掩映，
黄毛的德国人聚在一起，
他们围在窗户旁，
围着一位小官吏。

侦察兵仔细观察，
再隐蔽，稍作思忖，
他们端起冲锋枪，
他们自信，面色阴沉。

没费太多力气，
村庄里一片惊慌。
被击中的马扬起前蹄，
洼地里躺有尸体。

爆破手一扬手臂，
军火库飞上天空，
敌人强大的火力，
开始与侦察兵对攻。

在平原那边的观察哨，
敌人的炮位被定标，
一位炮兵侦察兵，
为此潜入敌人的老巢。

————

战斗持续。持续太久，
让人失去了时间感。
六管火炮的炮弹，
用黑烟遮蔽天空。

像是傍晚。该吃晚饭。
掩体里有羊肉和菜汤。
可他们的日子已到头，
他们被震倒，负伤。

这蓝眼、褐眼的士兵，
他们摔倒在地上。
他们像被套上绳索，

拖到围墙后的指挥所。

制帽，嘴脸，香烟，
像扑向死尸的一群苍蝇。
第一个被审问的侦察兵，
突然走向最近的敌人。

他一脚踹向敌人，
夺过敌人的冲锋枪，
他用一阵扫射，
清除了该死的贼窝。

他突然被子弹击中。
侦察兵们又被包围。
两名幸存者挥挥手。
如今他们已难逃厄运。

————

屋顶的房梁在晃动，
像在回应它们的犹疑，

我们炮兵的炮火，
削平房子的屋顶。

房子燃烧。两位俘虏
在混乱中冲向出口，
他们跃入飞廉丛，
他们倒退着逃走。

敌人从地堡向他们射击。
转眼，一位战友牺牲。
第三位侦察兵冲向田野，
一只手摸索着揉眼睛。

依然是白昼，远方
被疯狂太阳的火焰笼罩。
可他惊奇的并非落日，
落日也没什么奥妙。

太阳渐渐坠入草丛，
这事并非无关紧要：
我们的队伍冲击村庄，

他们的脚下尘土飞扬。

忘记一切，忘记伤口，
他挥动手臂奔跑，
他在奔跑，去加入
战无不胜的步兵。

1944 年 1 月

一望无际

祝光荣者光荣
祝常胜者长寿!
人间的生活自由自在,
海面没有尽头。

俄罗斯的命运也无边,
超出梦中的幻想,
虽有空前的创新,
她永远一如既往。

在她的疆域里,
有她的诗人的歌唱,
有她的史学家的传说,
有她的军队的荣光。

有她海上舰队的闪耀,
有俄罗斯童话的库房,
有天空,有她自己,
有她的天才在飞翔。

星光中的纳希莫夫，

画框里的乌沙科夫，

就这样从世纪的深处，

打量这辽阔的国土。[1]

他们的一生是延续的功绩。

他们不怜惜身心，

他们像史诗的主题闪耀，

他们给出荣誉的象征。

他们的一生不会悠忽而过，

不会消失在远处。

他们的足迹不会磨灭，

在时间里，在水兵心头。

他们活着，生机勃勃，

不需言语便能调遣大军，

在骄傲船帆的激情中，

他们感觉到天赋的才能。

<hr>

1　以俄国海军上将纳希莫夫（1802—1855）和乌沙科夫（1744—1817）的名字命名的勋章于 1944 年 3 月 3 日设立，帕斯捷尔纳克应《红色舰队报》之约写下此诗，以示祝贺。

他们在海洋的战场，

冲出硝烟的幕布，

像箭矢飞向敌阵，

截断敌人的退路。

他们冲入溃逃的土耳其军。

夜晚之后就是黎明。

被击沉的土军舰船，

烟蒂似的在海湾阴燃。

力克所有的障碍，

旗舰战船迎风飞翔，

它挥舞张开的双翼，

如今已无任何阻挡。

1944 年 3 月

在下游[1]

淤泥河滩的黄色琥珀，

黑土的亮闪。

居民们修补渔具，农具，

小船，渡船。

夜晚的下游地区是惊喜，

明亮的霞光。

在浅滩上窃窃私语，

黑海的波浪。

鸟飞沼泽，鱼潜河底，

成群的河虾。

此岸是奥恰科夫，彼岸

是克里米亚。

尼古拉耶夫[2]下游是三角洲。

在云端之下，

草原以西是波浪和雾。

邻近敖德萨。

这是历史？什么风格？

1　此诗亦为《红色舰队报》约稿。
2　现为乌克兰南部城市。

在什么时候？

这生活、这历史可否回头？

这样的自由？

啊，多么怀念犁铧耕地，

犁铧的土地，

巴库[1]的大海，北方的南方，

全都彼此相依！

期待的瞬间已经出现，

就在拐角处。

远方有预感。就在今年，

把舰队祝贺。

1944 年 3 月

---

1 阿塞拜疆首都。

复活的壁画[1]

像以往，炮弹纷飞。
斯大林格勒的夜空，
裹着灰浆般的尸布
像在远方的高处飘浮。

大地轰鸣，像在怨诉
呼啸的炮弹之可恶，
烟雾缭绕，碎片纷飞，
战场像一座大香炉。

战斗间隙，冒着炮火，
他常去探望自己的兵，
他遵循自己的习惯，
有难以解释的印记。

他在哪儿能看到，

1　此诗写的是在斯大林格勒保卫战中牺牲的苏联英雄、苏军师
长古尔季耶夫（1891—1943）。为写此诗，帕斯捷尔纳克曾认真
阅读瓦西里·格罗斯曼所赠小说《生活与命运》。

千疮百孔的房子像刺猬？
之前炮击的证据，
让他感觉无比熟悉。

在黑色的窗框里，
四个指头的印记是何用意？
烈火和被毁的地板，
会让我们把何人忆起？

他突然忆起童年，童年，
修道院的花园，信众，
夜莺和模仿夜莺的人，
两种声音此起彼伏。

他用儿子的手臂拥抱母亲，
在钟楼的深色壁画里，
是天使长的长矛
把魔鬼赶入地狱。

小男孩披戴铠甲，
在想象中把母亲守护，
他奋勇冲向敌人，
带有纳粹党徽的魔鬼。

身旁是光荣的圣乔治，
骑马用长矛刺杀毒蛇。
睡莲在池塘开放，
狂欢让鸟儿迷醉。

祖国像森林的呼唤，
像反击的轰鸣声，
她奏起召唤的音乐，
她散发白桦幼苗的清新。

哦，他忆起林中的空地，
如今，他用命运的嘲弄，
践踏敌军的坦克！
那些坦克像有鳞的恶龙。

他越过大地的边界，
未来，像辽阔的天空，
已在汹涌，没有梦，
神奇的未来就在近处。

1944 年 3 月

胜利者[1]

你们是否还记得喉咙发干，
当恶的势力扬威耀武，
吼叫着向我们扑来，
秋天迈出考验的脚步？

但正义构成一道屏障，
任何铠甲都无法比拟。
列宁格勒的命运反映一切。
她是世人眼中的铜墙铁壁。

盼望的时刻终于到来：
她粉碎了敌人的包围。
整个世界聚在远处，
喜悦地看着她的脸庞。

她真伟大！不朽的命运！
她是传奇故事的一个环节！

1　此诗为列宁格勒围困战的胜利而作。

人间和天上的一切，

均被她经受和终结。

1944 年 1 月

春天

今春一切都很特别。
麻雀的叽喳更有神。
我甚至不用表达，
内心是多么明朗安宁。

想法和写法有所不同，
从被解放的疆域
传来有力的声音，
像合唱队中雄厚的男声。

祖国的春天呼吸，
涤荡空间里冬的遗迹，
抹去斯拉夫人
哭肿的乌黑眼圈。

所有的小草都准备生长，
古老布拉格的街道不作声，
一条比一条更曲折，
但都像峡谷一样在欢庆。

捷克、摩拉维亚和塞尔维亚，
它们的故事有春天的温情，
它们挣脱奴役的枷锁，
像鲜花钻出雪层。

一切都笼罩着神奇的雾，
就像墙壁上的纹饰，
在瓦西里升天大教堂[1]，
在贵族们镀金的内室。

对于一位熬夜的幻想者，
莫斯科比世间一切更亲密。
他是在自己的家里，
世纪的繁荣将始于此地。

1944 年 4 月

1　位于莫斯科市中心。

尤里·日瓦戈的诗 [1]

(1946—1953)

1　这组诗构成长篇小说《日瓦戈医生》的最后一章。

哈姆雷特

喧闹静了。我走上舞台。
我倚着木头门框，
在遥远的回声中捕捉
我的世纪的未来声响。

夜色盯着我看，
像一千个聚焦镜头。
我父亚伯，若有可能，
请免去这杯苦酒。[1]

我喜爱你固执的意图，
也同意扮演这角色。
此时却上演另一出戏，
请你这一回放过我。

可剧情已经设定，

---

[1] 这一句是对《圣经·马可福音》第 14 章第 36 节耶稣的话的改写，原文为："他说：'阿爸！父啊！在你凡事都能；求你将这杯撤去。然而不要从我的意思，只要从你的意思。'"

结局也无法更替。

我孤身一人沉入虚伪。

度过一生，绝非走过一片田地。

1946 年

三月

太阳晒得人大汗淋漓。
变傻的峡谷在发怒。
像壮实的女工喂牲口,
春天的事情很棘手。

积雪得了贫血症,
在青筋般的枝头萎缩。
牛棚里却生机盎然,
草叉的坚齿显出健康。

这些夜晚,白昼和夜晚!
正午水滴的声响,
不眠的流水在唠叨,
屋檐的冰溜营养不良!

马厩和牛棚全都敞开。
鸽子在雪地啄燕麦,
粪肥散发浓烈的气味,
它在催生、养育一切。

1946 年

604

在受难周[1]

四周仍是夜的黑暗。

人间仍未破晓，

天上的星辰无数，

颗颗像白昼闪耀，

如果大地可能，

它会在梦中错过复活节，

伴着赞美诗的声音。

四周仍是夜的黑暗。

世间依然很早，

广场像永恒一样静卧，

从路口到街角；

距离黎明和温暖，

还有千年之遥。

大地仍旧赤身裸体，

它在夜间没有地方

1　受难周即复活节前的一周。

可以撞响大钟，
伴奏歌者的歌唱。

从受难周的周四，
直到受难周的周六，
河水冲蚀河岸，
卷起一个个漩涡。

森林仍旧衣不遮体，
在基督受难的时辰，
成群的松树挺立，
就像祈祷者的队形。

在城里，像集会，
在不大的地方，
裸体的树木在张望，
望向教堂的围墙。

它们的目光充满恐惧。
它们的担忧不足为奇。
花园探出围墙，
大地的构造在动摇：
因为它们在安葬上帝。

它们看到祭坛的门开启，
黑色的头巾和成排的蜡烛，
一张张哭泣的脸庞，——
十字架游行的队伍，
抬着圣像突然迎面走出，
大门旁的两株白桦，
应该闪开，让出道路。

队伍沿着路边，
把院落绕过，
他们从室外带入
春天和春的谈吐，
还有圣饼的味道，
还有春的热度。

三月抛撒雪花，
撒向教堂前的残疾人，
似乎有人走出，
打开手中的圣盒，
把一切赠予信众。

歌声持续到黎明，

一番尽情的恸哭，

赞美诗和使徒传

从教堂悄悄走出，

走向路灯下的空处。

所有的造物在午夜静息，[1]

听见春的声响，

只待天气晴朗，

死神就会被战胜，

凭借复活的力量。

1946 年

1　此句是对受难周周六祷告词开头的改写，原句为："愿所有的肉体静息。"

白夜

我似乎看到遥远的时光，
彼得堡的一幢楼房。
你是生在库尔斯克[1]的女学生，
是草原小地主的姑娘。

你很漂亮，有很多崇拜者。
我俩在这个白夜，
挤坐在你的窗台，
从你的高楼俯看一切。

路灯像煤气的蝴蝶，
清晨显露最初的颤抖。
我悄悄对你说的话，
多像沉睡的远处！

我们俩同样胆怯，
把同一个秘密信赖，

1　俄罗斯西部城市。

就像辽阔的涅瓦河畔，
彼得堡全景似的展开。

在远处，在茂密的林区，
在这春天的白夜，
夜莺的响亮赞美，
响彻森林的地界。

兴奋的鸟鸣在滚动。
一只弱小鸟儿的声音，
激起喜悦和慌乱，
在这诱惑的密林。

夜像赤足的女香客，
沿着栅栏走向那里，
被偷听的谈话之足迹，
离开窗台随她而去。

在清晰交谈的回音里，
在栅栏围起的花园，
苹果树枝和樱桃树枝，
换上白色花朵的外衣。

白色的树木像幽灵，

成群结队涌上道路，

像是在送别白夜，

这白夜饱经世故。

1953 年

春天的泥泞

落日的余晖已燃尽，
有一人骑马缓行，
踏着乌拉尔密林的泥路，
他走向遥远的小村。

马儿东倒西歪，
泉水发出的叮咚，
伴着马蹄的响声，
一路追随在身后。

当骑手放松缰绳，
骑在马上缓行，
春汛滚滚而来，
附近全是水的奏鸣。

有人在笑，有人在哭，
石头撞碎了石头，
连根拔起的树桩，
坠入水中的漩涡。

而在落日的火场，
在遥远的黑色树影，
一只夜莺在狂叫，
像是洪亮的警钟声。

一株柳树斜立在那里，
把寡妇的头巾垂向山谷，
就像古时的夜莺强盗，
它能吹响七棵橡树。

这番热情投向哪里，
哪场灾难，哪位情人？
他在密林里开枪，
把巨大的霰弹射向何人？

也许，他像林妖，
步出逃亡囚犯的棚窝，
走向本地游击队，
骑兵或步兵的哨所。

大地和天空，森林和田野，
捕捉这少有的声响，

这比例均等的构成：

痛苦、幸福和疯狂。

1953 年

表白

生活无缘无故地返回，
一如当初奇特地中止。
我又来在这古老的街道，
也在夏日的这个时辰。

人依旧，心事依旧，
落日的余晖尚未变凉，
一如当年死亡的黄昏，
匆忙投射在跑马场的高墙。

妇人们仍在夜间行走，
她们的服装很廉价。
之后在屋顶的铁皮上，
阁楼把她们钉上十字架。

其中一位步态疲惫，
缓慢地迈过门槛，
再从半地下室走出，
斜着从院落横穿。

我又在准备托词，
我依旧对一切无所谓。
那位女邻居绕过后院，
让我们独自相对。

————————

你别哭，别噘起肿胀的嘴，
别让嘴唇出现皱纹。
你会触痛春天的热病
已经结痂的伤痕。

请把手从我胸口拿开，
我们是有电流的电线。
很快，它会让我俩
再一次偶然地相见。

岁月流逝，你会结婚，
你会忘记不如意。
做个女人，是伟大的一步，
失去理智，是英雄壮举。

面对奇迹般的女人的手，
面对后背、肩膀和脖颈，
我要永远地膜拜，
带着奴仆的忠诚。

黑夜用忧伤的铁环，
把我紧紧地束缚，
可世间的离心力更强大，
决裂的激情在招呼。

1947 年

城里的夏日

压低声音的交谈，
带着热情的着急，
头发绾到头顶，
在脑后结成发髻。

这女人像戴着头盔，
戴着沉重的头冠，
她仰着头张望，
发辫全都披散。

室外闷热的夜，
预示一场暴雨。
行人们各自归家，
沙沙作响的步履。

时断时续的雷声，
在空中猛烈响起，
窗户上的帘布，
在风吹中摇曳。

四周一片静谧，
但是依然湿闷，
闪电依然在探寻，
在天空中探寻。

在这场夜雨之后，
当灿烂的早晨，
再次放射出暑热，
烤干街道的水坑，

古老的、芬芳的、
永不褪色的椴树，
睁着眼，眉头紧锁，
因为它们还没睡够。

1953 年

风

我死了，你还活着。

风在怨诉、哭泣，

吹动树林和别墅。

不是每一棵松树，

而是所有的树木，

所有无边的远方，

像平静港湾的帆船，

在水面轻轻摇曳。

这并非出于勇敢，

也不因为无名的怒气，

是为了在忧伤中寻找词语，

为你写一首摇篮曲。

1953 年

啤酒花

青藤缠绕的柳树下，
我们寻找躲雨的地方。
我们肩头披着雨衣，
我的双臂把你拥抱。

我错了。缠绕树丛的
并非青藤，是啤酒花[1]。
最好就把这件雨衣
展开铺在我们身下。

1953 年

<hr />

1 俄语中的"啤酒花"一词另有"醉意"之意。

初秋

醋栗的叶子质感粗糙。
屋里的笑声震响窗玻璃。
人们切菜、发面、撒胡椒，
把香料放进醋汁里。

森林像个搞笑的人，
把这喧闹扔向高坡，
被阳光烤焦的榛子树，
像是被篝火烧过。

这里的路通向山沟，
这里有枯树残枝，
秋天像捡破烂的女人，
把一切都扫进谷底。

宇宙原本更简单，
不似智者的猜度，
树林蔓延水中，
一切都到了尽头。

当你眼前一切燃尽，

你也只能干瞪眼，

秋天的白色雾霭，

像蛛网挂在窗前。

从花园的栅栏探出，

小道消失在白桦树林。

屋里有笑声和主人的阔论，

远方也有同样的声音。

1946 年

婚礼

客人们迈过院门，
前来参加宴席，
他们带着手风琴，
彻夜待在新娘家里。

主人的门蒙着毡布，
门后依然传出响声，
直到早晨七点，
喧闹方才静音。

清晨，想睡，
想再睡一小会，
手风琴再次响起，
琴声源自婚礼。

手风琴手
再次拉起琴，
掌声，项链闪亮，
狂欢的喧闹声。

一次，又一次，
民谣和谚语，
从宴席飞走，
飞向就寝的邻居。

雪白的姑娘，
伴着喧闹和欢呼，
又扭动腰身，
孔雀似的跳舞。

她频频颔首，
不时挥动右手，
在地面上舞动，
孔雀似的跳舞。

热情的嬉闹，
环舞者的踏步，
突然钻进地面，
像落入水中。

喧闹的院落醒来。

事务性的回音
被掺入交谈
和一阵阵笑声。

一群鸽子飞起，
飞出鸽子窝，
像一阵灰色的旋风，
飞向无垠的高空。

像是人们在朦胧中
放飞这群鸽子，
让它们追随婚礼，
希望岁月长久。

生活只是一个瞬间，
只是在他人身上
溶解我们自己，
无论是在哪座村庄。

生活只是这场婚礼，
它从楼下破窗而入，

只是歌，只是梦，

只是一只灰鸽子。

1953 年

秋天

我让家人四散而去，
所有亲友久未聚首，
我心中和大自然的一切，
充满一如既往的孤独。

你我在此栖身护林棚，
森林里孤寂、荒芜。
如民歌所唱，荒草
已长满一多半小路。[1]

此时在忧伤地打量我们，
这原木小屋的四壁。
我们并未许诺排除障碍，
我们将公开死去。

一点坐下，两点多起身，
我在读书，你在刺绣，
黎明时分我们并未发现，

1　这是对乌拉尔地区一首民歌歌词的改写。

我们如何不再接吻。

落叶啊，你们更多地飘落，
更肆无忌惮地喧闹，
请你们用今日的忧伤
压过昨日痛苦的杯盏。

倾心，依恋，美！
让我们潜入九月的喧嚣！
请你沉浸于秋的絮语！
屏住呼吸，或呆若木鸡！

像树林脱下树叶，
你脱下你的裙子，
当你投入我的怀抱，
身着丝绸流苏的睡衣。

当生活比痛苦更难熬，
你就是死亡脚步的福音，
美的根基是勇敢，
这让我们彼此接近。

1949 年

童话

很久很久之前，
在神奇的地方，
骑士越过草原，
马踏遍地的牛蒡。

他赶去参加战斗，
透过草原的尘土，
对面的黑森林，
现身在远处。

心儿满是忧伤，
不免心烦意乱，
千万别去饮马，
快系紧马鞍。

骑士不听劝阻，
一路策马狂奔，
奔向林中的小丘，
就像一阵狂风。

绕过一座山冈，
冲进一道峡谷，
穿过林中空地，
翻越一座山头。

走进一处凹地，
沿着林中小路，
跟随野兽的足迹，
他看到饮水处。

他没听见呼唤，
他没听从嗅觉，
牵马走下陡岸，
他在溪边饮马。

————

溪边有个山洞，
洞前有处浅滩，
似有硫黄的烈火，
映亮洞穴的入口。

火红的烟雾
遮挡住视线，
遥远的松林
发出一阵召唤。

骑士身体一抖，
骑士策马伏鞍，
直线越过山谷，
迎向那声呼喊。

骑士定睛细看，
骑士手握长矛，
他看到龙的脑袋，
龙的尾巴和鳞片。

它嘴里喷火，
火光把四周映亮，
它盘成三圈，
缠住一位姑娘。

这一条毒蛇
把脖子昂起，
像皮鞭的末梢，

搭在姑娘的肩头。

这是当地的风俗，
抓到美女俘虏，
要作为战利品，
交给林中的怪兽。

此地的居民，
用这笔付出，
从毒蛇处赎回
自己的茅屋。

缠住姑娘的胳膊，
缠住她的喉头，
毒蛇获得供奉，
整日将她折磨。

骑士看了看天空，
心中默念祷告，
他准备投入战斗，
端起他的长矛。

———

紧闭的双目。
高空。云朵。
岁月和世纪。
浅滩。水。河流。

头盔被击穿，
骑士被打倒在地。
忠诚的战马，
把毒蛇踩踏。

战马和龙的尸体，
并列在沙地。
姑娘惊慌失措，
骑士依然昏迷。

正午的天空明亮，
蔚蓝显出温柔。
她是谁？公爵小姐？
大地的女儿？公主？

过度的幸福，
泪水流成三条河，

心灵被支配，
听任忘却和梦。

身体似已康复，
却又似血管凝固，
由于精疲力竭，
由于失血过多。

但他俩的心在跳动。
时而他，时而她，
挣扎着苏醒，
然后再沉入梦境。

紧闭的双目。
高空。云朵。
岁月和世纪。
浅滩。水。河流。

1953 年

八月

像在诚实地履行诺言，
太阳清早就开始渗透，
倾斜的金黄色光带，
在窗帘和沙发间驻留。

阳光用炽热的赭红，
覆盖附近的树林和房屋，
覆盖我的床铺，泪湿的枕头，
还有书架后的墙角。

我在回忆，枕头
为何稍稍有些潮湿。
我梦见你们为我送葬，
排着队在林中行走。

你们三三两两地行走，
突然有人想起来，
今天是基督变容节，

是俄历八月初六。[1]

通常就在这一天，
无火的光始自变容山，
明朗的秋天像征兆，
吸引众人的目光。

你们穿过一小片杨树，
凋零、赤裸的杨树在战栗，
你们走进墓地金黄的树林，
树林发亮像印花的姜饼。

树林的树冠已静息，
天空是它庄重的邻居，
远方传来雄鸡的歌唱，
彼此的呼应经久不息。

死神站在乡村墓地，
像林中的土地测量员，
为了按我的身材挖墓坑，
它打量着我死去的脸。

1　俄历 1903 年 8 月 6 日，帕斯捷尔纳克恰在这天从马上摔下，但大难不死。

所有人都真切地感到，
身旁有个平静的声音。
那是我先前的预言，
没有被黄土填埋。

"别了，变容节的湛蓝，
第二救主节的金黄，
请用最后的女性爱抚，
减轻我遭难时的痛苦。

"别了，不合时宜的岁月，
再见，敢于向屈辱的深渊
发出挑战的女士！
我，就是你的战场。

"别了，翅膀的舒展，
自由顽强的飞翔，
语言呈现的世界形象，
还有创作，奇迹的创造。"

1953 年

冬夜[1]

风雪在大地飘飞，
覆盖所有落角。
蜡烛在桌上燃烧，
蜡烛在燃烧。

像夏日的蚊蝇，
飞向火光，
雪花在院中飘，
飘向窗框。

风雪在窗上描绘
圆圈和箭头。[2]
蜡烛在桌上燃烧，
蜡烛在燃烧。

1　小说《日瓦戈医生》曾题为《蜡烛在燃烧》。《圣经·马太福音》第 5 章第 14—15 节："你们是世上的光。城造在山上，是不能隐藏的。人点灯，不放在斗底下，是放在灯台上，就照亮一家的人。"
2　分别象征女性和男性。

被映亮的天花板

有几道暗影，

重叠的手，重叠的腿，

重叠的命运。

两只皮鞋落地，

砸在地板上。

蜡烛在烛台上流泪，

滴落在衣裳。

雪雾掩盖了一切，

一片苍茫。

蜡烛在桌上燃烧，

蜡烛在燃烧。

角落的风吹向蜡烛，

诱惑的热度

像天使伸展翅膀，

构成十字架。

风雪飘落整个二月，

时明时暗，

蜡烛在桌上燃烧，

蜡烛在燃烧。

1946 年

离别

男人在门口张望，
他的家他已不熟悉。
他的离去像逃亡。
家里一片狼藉。

房间里混乱不堪。
他难以觉察毁坏程度，
由于涌出的泪水，
由于偏头痛发作。

他一早就感觉耳鸣。
他是清醒还是做梦？
他的脑中为何始终萦绕
关于大海的念头？

透过结霜的窗户，
看不清外面的世界，
无法排遣的忧伤，
酷似海洋的荒原。

他无比真爱
她的每一个特征，
就像海岸亲近大海，
用它整个海岸线。

就像风暴之后，
波浪淹没芦苇，
她的五官和身姿，
已经沉入他的心底。

在荒谬的生活里，
在漂泊的岁月，
命运的波浪托起她，
把她送到他身边。

越过无数障碍，
经受种种危险，
波浪，波浪托起她，
一直送到他的面前。

如今她已离去，
或许无可奈何！

离别让他俩痛苦，
思念伤筋动骨。

这男人打量四周：
她在离去的时候，
打开橱柜的抽屉，
翻动所有衣物。

他来回走动，
在天黑前整理橱柜，
捡起凌乱的衣物，
还有裁衣的纸样。

他突然碰到刺绣，
绣针还留在那里，
他突然见到全部的她，
他在轻声地哭泣。

1953 年

相见

落雪撒满道路，
覆盖倾斜的屋顶。
我要去活动腿脚，
却见你站在门前。

你身穿薄大衣，
没有帽子和雨靴，
你在与激动抗争，
嘴里嚼着湿雪。

成排的树木和栅栏
步入远方的昏暗。
你独自站在角落，
四周雪花旋转。

水滴从头巾落下，
沿衣袖流到袖口，
头发上的水珠
像露水一样闪烁。

一绺金色的头发
映亮整个的你：
面容、头巾和身体，
还有这件薄大衣。

雪在睫毛上融化，
你的眼睛满含愁苦，
你的颜容协调，
像是一整块雕塑。

像是有一块铁，
浸透黑色的颜料，
把你的形象
绘在我的心头。

你温柔的面容
永远烙在我心中，
因此无暇旁顾，
世间有多么残酷。

因此这风雪之夜
便分裂为两半，

我无法在你我之间
画出一条界线。

当我们已不在人世，
以往所有的年头
只剩下闲言碎语，
我们是谁，来自何处？

1949 年

圣诞之星

冬天驻足。
风从草原吹来。
一个婴儿感觉寒冷，
在山坡的洞穴。

犍牛的呼吸温暖他。
一群家畜
挤在洞穴里，
马槽上方飘着温暖的雾。

抖落皮袄上沾的草屑，
拂去草籽，
牧人们自峭壁
睡意惺忪地望着夜的远地。

远处是雪封的田野和墓地，
围墙和墓碑，
雪堆中的车辙，
墓地上方布满星辰的天空。

近旁有一颗神秘的星，
它比哨所窗口的油灯
还要腼腆，
它闪烁着走向伯利恒 [1]。

它像草垛一样燃烧，
远离天空和上帝，
像火灾的反光，
像火中的村庄，谷场的火。

它像草垛一样燃烧，
缓缓升空，
置身整个宇宙，
宇宙因这颗新星而激动。

星的上方火光越来越旺，
它富有含义，
三位占星师
急忙回应罕见火光的呼吁。

他们身后是骆驼运来的馈赠。

1　巴勒斯坦南部城市。

套着挽具的驴一头比一头小，
迈着碎步走下山去。
远处后来出现的一切，
像是未来奇异的幻象。
所有世纪的思想，所有理想和世界，
所有画廊和博物馆的未来，
所有仙女的淘气和巫师的事业，
所有世间的枞树，所有儿童的梦。
所有燃烧蜡烛的颤抖，所有彩带，
所有彩色装饰的华美……
……草原吹来的风越来越凶猛……
……所有的苹果，所有的金球。

池塘的一角被杨树掩映，
另一部分却看得很清，
透过鸟窝和树顶。
牧人们看得清楚，
驴和骆驼沿着堤坝前行。

"我们一起去，去朝拜奇迹。"
牧人们说着，掩了掩皮衣。

雪地上的行走让人冒汗。
赤足的脚印像云母，

穿越林中空地通往小屋。
牧羊犬在星光下低吼，
冲着足迹，像冲着残存的烛光。

寒冷的夜像童话，
有人离开厚厚的雪堆，
悄悄加入他们的队伍。
狗慢慢地走，担心地环顾，
它们依偎着牧人，在等待灾祸。

这条路上，这个地方，
几位天使也在人群中行走。
没有肉身的他们无影无形，
脚印却留下行踪。

众人围住一块石头。
天亮了。雪松的树干显露。
"你们是谁？"马利亚问。
"我们是牧人，天上的使节，
来到这里把你俩歌颂。"
"不能都进去。请在门前稍候。"

黎明前灰烬般的雾霭中，
赶牲口的和放羊的挤在一起，

步行的和骑马的相互争吵，
原木凿成的水槽旁，
驴在尥蹶子，骆驼在嚎叫。

天亮了。黎明像清除灰尘，
从天空扫去最后的星辰。
马利亚拦住众多访客，
只让占星师走进山洞。

他睡在橡木马槽里，浑身闪亮，
像照进树洞的月光。
驴的嘴唇和牛的鼻子
充作羊皮袄，披在他身上。

人们漫不经心地细语，
置身畜棚似的阴影。
突然有人暗中一推占星师，
让他稍稍离开马槽一旁，
他回头一看：圣诞之星像客人，
正在门口把圣女打量。

1947 年

黎明

你阐释了我命中的一切。
然后是战争，是毁灭，
于是很久很久，
关于你音信全无。[1]

过了很多很多年头，
你的声音再次让我惊心。
我整夜阅读你的约言，
像昏迷后再次苏醒。

我愿意走向人群，
投入他们清晨的活跃。
我要让所有人下跪，
我准备粉碎一切。

我顺着楼梯奔跑，

1　原文中的"你"以大写字母开头，应指上帝。

像是第一次出门，

来到积雪的街道，

来到死寂的马路。

起床，亮灯，舒服，

喝完茶去赶电车。

几分钟的时间，

城市的变化天翻地覆。

用密密飘落的雪花，

风雪在门洞里织网，

为了避免迟到，

人们吃喝匆忙。

我对他们感同身受，

如同身披他们的衣裳，

我像早晨皱着眉头，

我在融化，像雪花一样。

无名的人和宅家的人，

孩子和树，与我在一起，

我被他们所征服，

这也正是我的胜利。

1947 年

奇迹[1]

他自维菲尼亚[2]走向耶路撒冷，
因预感的忧郁黯然伤神。

峭壁上有刺的灌木已烧光，
近处的茅屋不见炊烟，
空气灼热，芦苇静立不动，
死海也静得一如从前。

怀着海水般苦涩的痛苦，
伴着一小团云彩赶路，
沿尘土飞扬的路走向旅店，
他要进城会见聚集的门徒。

他深深沉入自己的思绪，

1　此诗情节出自《圣经》中耶稣对无花果树的诅咒，见《圣经·马可福音》第 11 章第 12—14 节："第二天，他们从伯大尼出来，耶稣饿了。远远地看见一棵无花果树，树上有叶子，就往那里去，或者在树上可以找着什么。到了树下，竟找不着什么，不过有叶子，因为不是收无花果的时候。耶稣就对树说：'从今以后，永没有人吃你的果子。'"
2　黑海南岸地区。

忧郁的原野也散发苦艾的味道。
一片寂静。仅有他伫立，
四周的土地昏迷般卧倒。
一切相混：暑热和荒漠，
蜥蜴、泉水和溪流。

不远处有棵无花果树，
没有果实，只有树叶和树枝。
他对树说："你有何用？
你的模样怎能让我欢喜？

我饥渴难耐，你却有花无果，
遇见花岗岩也胜似与你相遇。
唉，你真平庸，令人遗憾，
你就这样站着吧，直到死去。"

谴责的战栗掠过树身，
像闪电的火花掠过避雷针。
无花果树化成一堆灰烬。

树叶、树枝、树根和树干，
若在此时拥有片刻自由，
定会干预大自然的规律。

但奇迹就是奇迹，奇迹就是上帝。

当我们心慌意乱，奇迹

便会瞬间降临，出其不意。

1947 年

大地

春天蛮横无理，
闯入莫斯科的宅院。
蛾子从衣橱后飞出，
趴在夏季的帽子上，
人们把皮袄放入木箱。

在木头搁架上，
放着几只花盆，
紫罗兰，桂竹香，
房间呼吸着自由，
阁楼散发灰尘的气味。

街道漫不经心，
带着近视的窗框，
白夜和落日
在河边相望。

在走廊可以听见
旷野发生的动静，

四月和水滴
在进行偶然的谈心。
关于人类的苦难,
四月知道成千的故事,
霞光在栅栏上冷却,
在拉长这种叙述。

仍是火与恐惧的混合,
在户外,在舒适的家中,
哪里的空气都不自在。
仍是稀疏的柳条,
仍是白色的花蕾待放,
在窗口,在路口,
在街道,在作坊。

雾中的远方为何哭泣,
腐殖质为何散发苦涩?
这正是我的使命,
让距离不再相思,
让城外的大地
不再孤苦伶仃。

在早春,朋友们

因此与我聚首。

我们的晚会是道别，

我们的欢宴是遗嘱，

好让苦难的暗流

焚烧存在的冷酷。

1947 年

受难日[1]

当他在最后一周，
走进耶路撒冷，
颂歌声迎面响起，
人们持枝随他而行。

一天比一天严峻可怖。
爱无法打动人心。
眉头轻蔑地一皱，
后记和结局已来临。

像铅一般沉重，
天空压向庭院。
法利赛人在寻找罪证，
像狐狸在他面前谗言。[2]

寺院的黑暗势力，

1　此诗取材于《圣经》。
2　见《圣经·马太福音》第 22 章第 15—22 节。法利赛人想陷害耶稣，就试探地问他，纳税给该撒是否可以，耶稣回答："该撒的物当归给该撒，神的物当归给神。"

把他交给败类审判，

人们同样热情地诅咒他，

一如之前把他称赞。

附近聚集一群人，

从门里向外窥探，

他们拥挤着等待结局，

前前后后乱窜。

附近的人窃窃私语，

流言在四面响起。

逃向埃及，童年像梦，

已经被人们回忆。

记起荒野之上，

壮观的山坡和悬崖，

撒旦在悬崖诱惑他，

许以控制全球的权杖。

记起卡昂的婚宴，

记起神奇的餐桌。[1]

1　见《圣经·约翰福音》第 2 章第 1—11 节，耶稣在宴席上把
水变成酒。

记起大海，他走向小船，

在雾海上如履平地。[1]

穷人聚集在茅舍，

举着蜡烛走下地窖，

蜡烛突然在惊恐中熄灭，

当逝者复活起身……[2]

1949 年

---

1 见《圣经·马太福音》第 14 章第 22—32 节"耶稣履海"的故事。
2 见《圣经·约翰福音》第 11 章第 43—44 节"主叫拉撒路复活"的故事。

抹大拉

一

入夜，我的恶魔到来，

我在偿还我的过去。

放荡的回忆涌现，

把我的内心鞭笞。

我曾是男性欲望的奴隶，

是魔鬼附体的女郎，

大街是我的福地。

再过上几分钟，

坟墓的寂静将来临。

但是在此之前，

在走到尽头之前，

我在你面前打破生活，

像打破装香膏的玉瓶。[1]

1　见《圣经·马可福音》第 14 章第 3 节："耶稣在伯大尼长大麻疯的西门家里坐席的时候，有一个女人拿着一玉瓶至贵的真哪哒香膏来，打破玉瓶，把膏浇在耶稣的头上。"

哦，我的导师和救主，

我如今会身在何处，

若在夜晚的桌旁，

永恒并未把我等候，

像我布下的情网里，

一位新的客户？

请你解释，什么是罪，

是死亡、地狱和硫黄火，

当我在众人面前与你合体，

像新枝与树木合体，

满怀无尽的忧愁。

我主耶稣，当我

跪倒在你的脚旁，

我或许是在学习

拥抱四棱的十字架，

我失去知觉，扑向遗体，

我准备把你安葬。

1949 年

二

人们在节日前扫除。

我躲开这片繁忙，

我用小罐里的宁静，

洗濯你圣洁的脚掌。[1]

我没发现你脚上穿鞋，

泪水模糊我的视线。

纷披的头发像帘布，

遮挡住我的双目。

用衣襟托住你的脚，

我在流泪，我主耶稣，

我用声音的项链缠绕它，

把它埋进我斗篷似的头发。

我清晰地看见未来，

---

1 《圣经·约翰福音》第 11 章第 2 节等处写到抹大拉用香膏抹主，用头发擦他的脚。

仿佛你已让未来停步。

我如今能够预言，

如同女神们的占卜。

教堂的帷幕明天落下，[1]

我们被推倒一边，

大地在脚下晃动，

或许由于对我的怜悯。

押送的队列在变化，

骑手们开始散去。

这座十字架将冲向天空，

像龙卷风冲入暴雨。

这样的力量留给何人，

还有世界的广袤和痛苦？

人间确有诸多灵魂和生命？

诸多村庄、河流和树林？

待这三昼夜过后，

1　见《圣经·马太福音》第 27 章第 51 节"耶稣死的景象"。

人们将步入这虚空，

在这可怕的间隔，

我将成长到复活。

1949 年

客西马尼园[1]

遥远星辰的闪耀
冷漠地把路口映亮。
道路围绕橄榄山，
汲沦溪在山下流淌。[2]

草地被截去一半。
草地那边就是银河。
银灰色的橄榄树，
似在远方的空中移动。

路的尽头是花园和份地。
他让学生们留在墙外：
"我心里甚是忧伤，
你们在这里等候，警醒。"[3]

1　位于耶路撒冷附近，耶稣在此祷告时被捕。
2　橄榄山位于耶路撒冷，为基督教圣地；汲沦溪位于橄榄山与耶路撒冷之间。
3　见《圣经·马可福音》第14章第34节，耶稣进客西马尼园祷告前对门徒说："我心里甚是忧伤，几乎要死；你们在这里等候，警醒。"

他不假思索地回绝，

像回绝借贷之物，

回绝全能，回绝显灵，

他如今像我们都是凡人。

如今，夜的远方

似是毁灭和虚无的国度。

宇宙的广袤荒无人烟，

只有花园才是住处。

看着这黑色的深渊，

这无始无终的虚无，

为躲过这死亡的杯盏，

他一身汗血，在祈求圣父。[1]

他用祈祷减轻疲惫，

之后他走出围墙。

昏昏欲睡的学生们，

在路边的草丛卧躺。

他唤醒学生："主让你们

---

1 见《圣经·路加福音》第 22 章第 44 节："耶稣极其伤痛，祷
告更加恳切，汗珠如大血点，滴在地上。"

与我同在，你们却在安歇。
人类之子的钟已敲响。
人被卖在罪人手里。"

他刚说完，不知自何处，
出现一群奴隶和流浪汉，
火把，刀剑，犹大领头，
嘴边带着出卖的吻。

彼得拔剑抵挡暴徒，
削掉一位暴徒的耳朵。
可他听见："刀剑无法解决争端。
人啊，放下你的刀剑。

难道圣父不会给我派来
黑压压的快马大军？
难以伤到我的毫毛，
敌人逃得无踪无影。

但是生命之书
已写到最神圣的部分。
如今该让写就的篇章
变成现实。阿门。

瞧，世纪的进程像寓言，
会在行进中燃烧。
我会在自愿的苦难中死去，
为了它可怕的崇高。

我死去，在第三日复活，
像木筏在河流漂流，
像船队，由我审判，
世纪自黑暗向我漂浮。"

1949 年

天放晴时

(1956—1959)

> 一本书就是一座大墓地，其中许多墓碑上的名字已模糊不清，难以辨识。
>
> ——马塞尔·普鲁斯特 [1]

1　引自普鲁斯特《追忆似水年华》第七部，原文为法文。

"我想在万物之中"

我想在万物之中
探清实质。
工作，一生的道路，
心的骚动。

探清逝去岁月的真谛，
探清原因，
探清基础和根本，
探清核心。

命运和事件的线索
始终把握，
生活，思考，感受，爱，
完成发现。

哦，只要我还拥有
残存的天赋，
我就要写一首短诗，
谈激情的本质。

谈不公正，谈罪行，
谈逃亡和追捕，
谈仓促偶然的事情，
谈手掌和肘部。

要总结激情的规律
和它的开始，
要重复激情的姓氏
缩写的形式。

我会打理诗句像打理花园。
园中的椴树
浑身颤抖地开出花朵，
一棵接着一棵。

我会把玫瑰花香带入诗句，
薄荷的气味，
草场、青草和割草的气味，
暴风雨的轰鸣。

肖邦当年就曾如此，
创造活的奇迹，

把村庄、公园、森林和墓地
都写入练习曲。

终于赢得的胜利，
是游戏和苦难，
是紧绷的弓箭，
弦已拉满。

1956 年

"做个名人并不体面"

做个名人并不体面。
这并不能让人高升。
无须积攒档案，
面对手稿胆战心惊。

创作的目的是奉献自我，
而非谈资和名望。
耻辱的是，无足轻重，
却被众人挂在嘴上。

活着不要滥竽充数，
活着是为了在生命终点，
引来空间的关爱，
听见未来的呼唤。

要在命运中留白，
而不是留下白纸，
要在书页边标注
一生的章节和位置。

埋首于默默无闻，
藏起你的脚步，
就像一片区域在夜晚
藏身漫天的浓雾。

别人在走你的路，
循着新鲜的足迹，
可你却不必区分
失败和胜利的差异。

一点也不要退让，
要保持自己的颜面，
要保持活力，活力，
直到生命的终点。

1956 年

灵魂

我的灵魂啊，悲情女，
你操心我的所有熟人，
你成为一座合葬墓，
葬着被活活折磨死的人。

给他们的尸体撒防腐剂，
为他们献上诗句，
用悲痛的竖琴
为他们而哭泣，

在我们这自私的年代，
你捍卫良心和恐惧，
你挺立，就像
容纳他们骨灰的容器。

他们痛苦的总和
使你低下头颅。
你身上的气味，
像停尸房和墓地的尘土。

我的灵魂啊，大墓地，
你像一座磨坊，
把这里所见的一切
全都变成混合的肉酱。

请你继续碾磨，
磨碎我的所有往事，
用不了四十年，
就变成墓地的腐殖质。

1956 年

夏娃

水边立着几棵树，
正午从陡峭的岸
把云投入池塘，
像撒下一张渔网。

天空像渔网下沉，
一群游泳的人，
男人、女人和孩童，
游入这网状的天空。

五六位游泳的女人，
悄悄走到岸上，
她们在岸边的沙地，
拧干她们的泳装。

在手中扭动的泳衣，
像爬行的黄颔蛇，
那条诱惑的蛇，
似藏身这潮湿的织物。

哦女人，你的模样和目光，
绝不会让我步入死路。
你就像一阵激动，
突然涌上喉头。

你像是被草草造就，
像另一组诗中的诗句，
像是真的在梦中，
从我的肋骨长出。

你立即挣脱双臂，
你设法躲开拥抱，
你就是慌乱和担心，
是男人紧缩的心脏。

1956 年

684

无题

亲爱的，你平常很安静，
如今却是燃烧的火。
让我把你的美丽
关进一首诗的黑屋。

看，全都在变容，
因为火红的灯罩，
我们的身体和影子，
小屋、窗边和墙角。

你坐在沙发上，
像土耳其人盘起腿。
无论明处还是暗处，
你总像孩子发表议论。

你在沉思，把衣裙上
掉落的珠子穿成一串，
你的面容过于忧郁，
你的谈吐过于大胆。

你说得对，爱情一词很庸俗。

我要想出另一个单词。

只要你愿意，为了你，

我要改称整个世界，所有词语。

你忧郁的面容

在显露你情感的矿藏，

你心灵隐含的光？

你的眼中为何满是忧伤？

1956 年

转变

我很早就依恋穷人，
不是出于崇高的观点，
是因为在穷人那里，
生活没有阅兵和盛典。

虽然我熟悉权贵，
熟悉彬彬有礼的人，
我却是寄生虫的死敌，
是乞丐们的友人。

我曾竭尽全力，
与劳动者结下友谊，
我因此被视为坏人，
也因此赢得声誉。

没有装修的地下室，
没有窗帘的阁楼，
不需要语言的粉饰，
这样的生活真实可触。

我也从此变坏，

当时代被邪病感染，

痛苦被当成耻辱，

市民和乐天派的痉挛。

我早已不再相信

我相信过的所有人。

我也失去了人性，

当所有人都成为非人……

1956 年

林中的春天

绝望的严寒
拖延冰雪的溶解。
春天比往年来得晚，
但也突如其来。

公鸡一早就发情，
母鸡无路可走。
松树转脸向南，
冲太阳皱起眉头。

尽管阳光晒出热气，
但是一连数周，
黑色的冰层
依然把道路束缚。

林中有废弃的松针，
积雪依然覆盖。
化了雪的地方，
一半雪水一半阳光。

乌云像是绒毛，

面对春天的泥泞，

天空卡在树顶的枝丫，

热得无法移动。

1956 年

七月

幻影在家中徘徊。
头顶整天有脚步声。
阁楼有阴影闪现。
家神在家中徘徊。

它闯入每个地方，
它妨碍每件事情，
它会扯下桌布，
身披长衫走近床铺。

它不在门口擦脚底，
就跟随一阵穿堂风，
搂着窗帘像搂着舞女，
飞旋着直抵天棚。

这个粗鲁的淘气鬼，
这个幽灵和双重人是谁?
这是我们新来的住户，
是我们的避暑客人。

我们把整座房子租给它，
让它做短暂的歇息。
七月带着雷雨，七月的空气，
租下我们的所有房间。

七月的衣服上沾着
蒲公英和牛蒡的绒毛，
七月穿过窗子回家，
一直在大声喊叫。

草原上披头散发的家伙，
散发椴树和青草的气息，
干草和土茴香的味道，
这七月草场的空气。

1956 年

采蘑菇

我们去采蘑菇。
公路。森林。水沟。
道路指示牌，
时而指左，时而指右。

从宽阔的公路，
我们走入密林。
踩着没脚的露水，
我们四处搜寻。

太阳透过密林，
从林边洒来光柱，
照射灌木丛下
各式各样的蘑菇。

蘑菇藏在树桩后，
树桩上落有一只鸟。
为了不至于迷路，
我们的影子做路标。

九月里的时间，
度量起来很短：
穿透树林的晚霞，
我们似不及观看。

筐子已满载，
篮子也已装满。
美味的牛肝菌
占有其中一半。

我们离去。背后，
森林像墙壁伫立，
在大地的美丽中，
白昼在林地猝然灭熄。

1956 年

寂静

阳光穿透了森林。
光线像直立的尘柱。
有人断言，驼鹿
从这里走出了路口。

林中有沉默和寂静，
仿佛在这死寂的幽谷，
迷惑生活的并非阳光，
而是另一种因素。

果然如此，不远处，
灌木中站着一头母鹿。
树木在它面前发呆。
林中因此悄无声息。

母鹿啃食林间的嫩叶，
啃得树身嘎嘎作响。
挂在枝头的橡实，
拍打母鹿的脊梁。

蝴蝶花，金丝桃，
菊花、兰花、翅蓟花，
受到占卜的欺骗，
围着灌木丛看热闹。

林中唯一的小溪，
在峡谷悦耳地流淌，
它的歌声时高时低，
歌唱这不寻常的地方。

歌声响彻林间谷地，
在整片林场回荡，
它仿佛想用人的词语，
道出内心的渴望。

1957 年

干草垛

红色的蜻蜓翻飞，
雄蜂在每个角落飞舞，
女社员们在大车上笑，
割草人扛着镰刀走过。

趁着天气晴好，
人们翻晒青饲料，
日落前堆起干草垛，
草垛像房子一样高。

夕阳下的干草垛，
形状就像大车店，
黑夜会在这里过夜，
躺向三叶草的床垫。

凌晨，当夜色变淡，
草垛像干草房耸立，
路过的月亮躲进来，
在干草垛里过夜。

一辆又一辆大车，
在暗中碾过草场。
头发上沾着干草屑，
黑夜在过夜处起床。

高天在正午再次泛蓝，
草垛又像云朵一样，
大地又像茴香酒，
再一次散发浓香。

1957 年

椴树林荫道[1]

大门有半圆的拱顶。

山坡，草地，森林，麦地。

院内有一幢漂亮的楼，

有园子的昏暗和寒意。

那里有几抱粗的椴树，

在林荫道的暗影里张罗，

它们的树冠彼此接触，

把它们的两百岁生日庆贺。

它们在高处构成拱门。

低处是草地和花圃，

几条正确的小道，

在花圃中笔直地穿过。

椴树下，像在地洞，

1　诗中所描写的林荫道位于"乌兹科耶"疗养院，这里曾是俄国哲学家特鲁别茨科伊的庄园。

沙土上不见一星反光，

只有远处的出口，

像隧道的尽头在闪亮。

但开花的季节到来，

椴树系着腰带般的院墙，

它们抛撒一片树荫，

抛撒无法抵御的芬芳。

头戴凉帽在树下散步，

每个人都会深深地呼吸，

呼吸这费解的气息，

只有蜜蜂才懂的气息。

这气息俘获心灵，

它在这些瞬间编纂

一本书的主题和内容，

花园和花坛就是封面。

在一棵巨大的老树，

被雨水点燃的花朵，

遮蔽建筑的顶部，

像烛泪一样闪烁。

1957 年

天放晴时

硕大的湖像一只盘子，
云朵聚集在湖畔，
那巨大的白色堆积，
如同冷酷的冰川。

随着光照的更替，
森林变换着色调，
时而燃烧，时而披上
烟尘似的黑袍。

当绵延的雨季过去，
湛蓝在云间闪亮，
突围的天空多么喜庆，
草地充满着欢畅！

吹拂远方的风静了，
阳光洒向大地。
树叶绿得透明，
像拼画的彩色玻璃。

在教堂窗边的壁画上，

神父，修士，沙皇，

戴着闪烁的失眠之冠，

就这样朝外把永恒张望。

这大地的辽阔，

如同教堂的内部；

窗旁，我时而能听到

合唱曲遥远的回响。

自然，世界，宇宙的密室，

我将久久地服务于你，

置身隐秘的颤抖，

噙着幸福的泪滴。

1956 年

粮食

你五十年积累结论，
却不把结论写进笔记本，
你应该懂得一些道理，
既然你并非残疾人。

你懂得劳作的幸福，
成功的规律和秘密。
你懂得偷闲该受诅咒，
幸福源自建立功绩。

你懂得茂密的植物王国，
强大的动物王国，
在等候祭坛和天启，
在等待英雄和勇士。

你懂得，在命运的长河，
粮食就是第一个天启，
祖先在数百年间培育，
是赠给后人的厚礼。

你懂得，黑麦地和小麦地，
不仅是收获的约言，
但你的祖先记录了你，
在这书页似的麦田。

你懂得这就是祖先的话语，
是他空前的创举，
置身尘世的轮转，
诞生、悲伤和死去。

1956 年

秋天的森林

秋天的森林头发茂密。
林中有暗影、梦境和宁静。
松鼠、猫头鹰和啄木鸟，
都无法把它的梦惊醒。

太阳沿着秋天的小径，
在傍晚时分走进森林，
它担心地四下一看，
看林中是否藏有陷阱。

林中有泥塘、沼泽和杨树，
有青苔，有赤杨林，
在林中沼泽的另一边，
村里的公鸡在打鸣。

公鸡高声喊叫一阵，
又重新久久地沉寂，
它似乎陷入了沉思，
思考这领唱有何意义。

但在远处的某个角落，
一位邻居喔喔啼鸣。
公鸡鸣叫做出回答，
就像站岗的哨兵。

它似乎激起了回声。
瞧，一只又一只公鸡，
用路标般的嗓音，
把东西南北标明。

伴着公鸡的呼应，
森林会闪开通道，
它会再一次感觉陌生，
看见田野、蓝天和远方。

1956 年

初寒

在寒冷清晨的雾中，
太阳像冒烟的火柱。
像是一张糟糕的照片，
我的身影也很模糊。

当太阳尚未步出昏暗，
照耀池塘后的草地，
远处塘边的树木，
很难看清我的身躯。

过路人后来才清楚，
他在雾中走过的路途。
严寒像鸡皮疙瘩覆盖，
空气虚假，像涂了脂粉。

像踩着铺地的芦席，
脚踏小路上的白霜。
土地散发土豆秧的味道，
它在急不可耐地变凉。

1957 年

夜的风

歌声和醉汉的喧闹已静息。
明天一早就得起身。
农舍的灯火熄灭。
浪荡的青年返回家庭。

只有风在胡乱游走，
沿着那条长草的小路，
它曾与归家的青年同行，
在那场晚会结束之后。

它在门前低下了头。
它不喜欢夜间的混乱。
它试图与黑夜和解，
结束它们之间的争端。

它们面前是花园的栅栏。
双方争执，无法安静。
几棵树木聚在路上，
开始分析双方的争论。

1957 年

金色的秋天

秋天。童话的宫殿，
敞向所有人的视线。
林间的条条小道，
出神地凝视湖泊。

像在举办画展：
一个又一个展厅，
榆树、杨树、白蜡树，
镀着罕见的黄金。

椴树组成的金环，
像新娘戴的冠冕。
透明的婚礼面纱，
掩映白桦的脸。

沟壑和洼处的土地，
覆着厚厚的落叶。
侧房置身黄色的槭树，
就像镶入镀金的画框。

九月里的树木
结伴站在晚霞里，
夕阳在树干上
留下琥珀色的印记。

不可能走进峡谷，
却不让人知道：
因为每走一步，
落叶都发出喧闹。

林中小路的尽头，
陡坡处有回声传来，
晚霞樱桃色的胶水，
凝固成一个色块。

秋天。古老的角落，
藏着衣服、武器和旧书，
严寒躲在那里，
查阅藏品的目录。

1956 年

阴雨天

雨水把道路变成沼泽。
风切割沼泽的玻璃。
风摘下柳树的头巾，
剃光柳树的头皮。

树叶重重摔落地面。
人们从葬礼返回。
拖拉机在挥汗耕地，
拖着八个圆耙盘。

落叶飞进池塘，
像被翻耕的黑土，
随着汹涌的涟漪，
像舰船列队漂浮。

雨滴透过筛子飞溅。
寒意越来越浓。
似乎羞愧覆盖一切，
似乎秋天里也有耻辱。

似乎丢丑和凌辱，

就在成群的落叶和乌鸦，

就在雨水和飓风，

飓风在四面八方抽打。

1956 年

小草与石头[1]

幻想与现实走近，
花岗岩与植物走近，
波兰和格鲁吉亚走近，
这使它们成为亲戚。

像在春天的报喜节，
神的赐予两国都得到，
借助每道石缝的泥土，
借助每堵墙下的小草。

这些许诺得到接受，
借助自然和双手的劳作，
各种各样的艺术，
手艺和科学的进步。

借助生命和绿荫的幼芽，
借助古迹的废墟，

1　此诗为纪念波兰诗人密茨凯维奇（1798—1855）逝世一百周年而作。

借助每道细缝的泥土，
借助每堵墙下的小草。

借助勤勉和闲散的遗迹，
借助交谈和泉水潺潺，
借助各种各样的话语，
借助不着边际的空谈。

借助两米多高的小麦，
麦穗比头顶还高，
借助每道石缝的泥土，
借助倾斜地板下的小草。

借助芬芳浓密的青藤，
数百年在灌木中攀缘，
它们拥抱往日的伟岸，
拥抱未来的美丽。

借助一簇簇丁香，
紫色和白色的对比，
在倾塌的城堡，
它们背衬着墙壁。

那里的人们与诗亲近，

那里的自然与人为邻，

泥土在每个石槽，

每家门前的小草。

在格鲁吉亚的皇宫，

女皇和王子们的话语，

神秘地呼应密茨凯维奇，

融入他高傲的竖琴。

1956 年

夜[1]

夜行色匆匆，

夜缓缓消融，

飞行员飞上云端，

在沉睡的世界上空。

他沉入雾海，

消失于流云，

成为织物上的十字，

床单上的标记。

他下方是夜酒吧，

是异国的城市，

是兵营和司炉，

是车站和列车。

机翼的影子

完整地躺入乌云。

1　帕斯捷尔纳克在阅读法国作家圣-埃克苏佩里（1900—1944）的小说《夜航》（1931）之后写成此诗。

紧紧挤作一团，
那些漫游的天体。

可怕的倾斜，
银河调转航向，
转向未知的区域，
转向陌生的宇宙。

在这无际的空间，
五大洲灯火闪耀。
在地下室和锅炉房，
锅炉工没在睡觉。

在巴黎的屋顶下，
金星或火星在张望，
看看有哪出新戏
预告在海报上。

在漂亮的远处，
也有人没有入睡，
在古老的阁楼，
瓦片覆盖楼顶。

他仰望行星，
仿佛这天穹
就是他的对象，
他在彻夜研究。

别睡，别睡，工作吧，
请你别间断劳动，
别睡，与睡意抗争，
像飞行员，像星星。

别睡，别睡，艺术家，
请你别沉于睡梦。
你被抵押给了永恒，
你是时间的俘虏。

1956 年

风
（关于勃洛克的四个片段）

谁该活着，该受赞扬，
谁该死去，该受侮辱，
只有我们的马屁精，
这些有权势的人才清楚。

或许没有人知道，
普希金是否还受尊重，
如果没有他们撰写
照耀一切的博士论文。

可是万幸，勃洛克
是另一篇不同的文章。
他没有认我们为子孙，
没有走下西奈[1]的山冈。

他永在流派和体系之外，
他不因教学大纲出名，

---

[1] 宗教圣地，位于埃及。

他不是手工的制作，

无人把他强加给我们。

——————

他像风。像风，

他曾在庄园里呼啸，

当车手费尔卡，

赶着六驾马车飞跑。

雅各宾党人的外公[1]，

水晶心灵的激进派，

风一样的外孙，

也有着永远的胸怀。

这阵风吹过腰间，

吹进心灵，岁月流长，

无论名声好坏，

留在诗中，被人歌唱。

——————

1　勃洛克的外公别克托夫（1825—1902）是彼得堡大学教授、植物学家、社会活动家。

这阵风吹遍四方。

家中林中雨中，在僻乡，

在第三卷的诗中，[1]

在《十二个》[2]，在死亡。

————

宽阔，宽阔，宽阔，

溪流和草场宽阔地伸展。

割草的时节，紧张，

四周一片忙乱，

溪流边的割草人，

无暇四下顾盼。

勃洛克也想割草，

这小少爷抓起镰刀。

他差点儿伤到刺猬，

他割伤两条蝰蛇。

---

1 勃洛克在生前编成一部三卷选集，其中第三卷收录了他 1907—1916 年间的诗作，是他成熟时期的作品。
2 勃洛克 1918 年所作长诗。

可他并未做完功课。

责备：你是懒鬼！

哦童年！哦学校的懵懂！

哦割草女工和仆人的歌！

乌云从东方飞向傍晚。

北方和南方被笼罩。

剧烈的风提前吹来，

突然扑向苔草，

扑向河湾锋利的深处，

扑向割草人的镰刀。

哦童年！哦学校的懵懂！

哦割草女工和仆人的歌！

宽阔，宽阔，宽阔，

溪流和草场宽阔地伸展。

————

地平线凶险又突然，

霞光满身瘀斑，

像没有愈合的挠痕，
像割草人腿上的血印。

天空的伤口无数，
这暴雨和不幸的前兆，
沼泽散发水的气息，
散发铁和铁锈的味道。

林间，路上，峡谷，
在乡镇或小村里，
乌云中的曲线，
向大地预示坏天气。

当硕大都城的上空，
天边像铁锈一样深红，
这个强国会有变故，
飓风会光顾这个国度。

勃洛克在天上看见云纹。
天空在向他预示，
会有大雷雨，坏天气，

会有大风暴，龙卷风。

勃洛克等待这风暴和震荡。
风暴烈焰般的笔迹，
带着对结局的恐惧和渴望，
躺入他的生活和诗句。

1956 年

道路

越过堤坝，探入深谷，
拐弯之后的直线，
道路蜿蜒像飘带，
永不停歇地向前。

遵循透视的原理，
弯曲的公路，
奔向路边的原野，
没有泥泞和尘土。

道路跑过堤坝，
未把身旁的池塘打量，
一窝幼小的雏鸭，
正在横渡池塘。

时而下山，时而上坡，
笔直的大路向前飞奔，
始终向上，向着远方，
似乎只是为了生存。

越过千万个幻影，
越过地点和时间，
越过阻碍和补贴，
它在奔向终点。

无论做客还是在家，
它的终点始终一样：
经受一切，走过一切，
像走过的路在复苏远方。

1957 年

在医院[1]

人们像站在橱窗前，
几乎堵塞人行道。
担架被塞进汽车，
医士跳进驾驶室。

救护车掠过街道、
门洞和看热闹的人群，
掠过街上夜的忙乱，
闪着灯钻进黑暗。

民警、街道和人脸，
在街灯的光照中闪过。
女护士摇晃着身体，
举着一瓶氯化铵。

雨，接诊室的安静中，

---

[1] 此诗所记为帕斯捷尔纳克 1952 年 10 月 20 日因心梗住院的感受。

排水管发出闷响，

有人在填写登记表，

一行接着一行。

他被放在入口旁。

大楼里人满为患，

一阵阵碘酒的气味，

从外面飘进窗户。

正方形的窗户拥抱

花园和天空的一角。

一位新病人在端详

病房、地板和病号服。

女护士频频摇头，

她的询问突然让他明白，

他未必能活着走出

这次遭遇的灾害。

于是他充满感激，

看一眼窗外的墙，

墙壁上满是星火，
像被城里的火灾映亮。

城门被火光染红，
在城市的反光中，
枫树用多结的树枝
向病人鞠躬道别。

"主啊，你的安排
很完美。"病人在想，
"床，人，墙壁，
死亡的夜，夜的城。

我服下安眠药，
扯着头巾哭泣。
主啊，激动的泪水
使我无法看清你。

昏暗的光照着病床，
我心里感觉甜蜜，
我意识到我和我的命运，

皆为你无价的赐予。

在病榻上弥留，

我感觉到你温暖的手。

你握着我像握着制品，

藏进宝盒像藏起钻戒。"

1956 年

音乐

楼房像瞭望塔耸立。
沿着狭窄的旋梯，
两位力士在抬钢琴，
像把大钟抬进钟楼。

他们抬着钢琴上楼，
俯瞰广阔的城市大海，
像把镌刻遗训的石碑，
抬向乱石嶙峋的高台。

客厅里的乐器，
喧哗吵闹中的城市，
像沉入湖水般的传说，
在水下依然如故。

这六层楼的住户，
在阳台打量大地，
他仿佛手握大地，
把大地合理地治理。

他返回室内演奏，

不是他人的歌剧，

是自己的思想和赞歌，

弥撒的音乐，森林的絮语。

激越的即兴曲带来黑夜，

火焰和消防桶的轰鸣，

雨中的林荫道，车轮声声，

街道的生活，独居者的命运。

在深夜的烛光下，

取代往日的天真，

肖邦在黑色的谱架，

记录自己的梦境。

或像瓦尔基里的飞行[1]，

沿着城市住宅的屋顶，

超越人间四代人，

像雷霆一样轰鸣。

---

1 又译作"女武神的飞行"，是德国作曲家瓦格纳（1813—1883）的歌剧《尼伯龙根的指环》中的片段。

或像柴可夫斯基，

用保罗和弗兰切斯卡 [1] 的命运，

伴着地狱般的响动，

感动音乐学院的大厅。

1956 年

1　指柴可夫斯基根据但丁《神曲·地狱篇》第五歌改编的交响幻想曲《保罗和弗兰切斯卡》(1876)。

间歇过后

就在三个月之前，
最初几场暴风雪，
对我们不设防的花园
发起袭击，十分猖獗。

我立刻在心里思忖，
我要像隐士藏匿，
我要用描写冬天的诗，
充实我春天的诗集。

可是像阻塞的积雪，
琐事堆成了山。
与计划南辕北辙，
冬天已过去一半。

于是我才明白，
冬天在雪落时分，
为何在花园窥探室内，
用雪花刺破暗影。

它对我细语："赶紧！"
用冻得发白的嘴唇，
而我笨拙地敷衍，
同时削着铅笔。

我在冬天的清晨，
在书桌的灯下磨蹭，
冬天现身又离去，
像莫名其妙的提醒。

1957 年

初雪

风雪在门外肆虐，
把一切完全覆盖。
女报贩满身雪花，
小报亭被掩埋。

在我们漫长的一生，
我们不止一次感觉，
仿佛为了转移视线，
雪花从秘境飘来。

这顽固的隐瞒者，
披着白色的流苏，
多么频繁，它领我们
从郊外返回住处！

一切都隐入白絮，
雪花遮挡眼睛，
暗影像个醉鬼，
摸索着走进院门。

737

这匆忙的动作：
仿佛有什么人，
不得不再一次
隐藏什么罪行。

1956 年

雪在飘落

雪在飘落，雪在飘落，
老鹳草的花朵
探出窗框，探向
风雪中的白色星星。

雪在飘落，全都慌乱，
黑色楼梯的台阶，
十字路口的拐角，
全都飞了起来。

雪在飘落，雪在飘落，
似乎落的不是白絮，
是天空降临地面，
身披满是补丁的外衣。

似乎像个怪人，
天空走下阁楼，
现身楼梯顶端的平台，
悄悄地像在捉迷藏。

因为生活不会等待。
一转眼已是圣诞。
短暂的间歇过后，
瞧，又将是新年。

雪在飘落，密密麻麻，
或许是时间在行走，
与雪花迈着同样的脚步，
同样的节奏，同样的慵懒，
或者同样的速度？

或许，一年接着一年，
就像雪在飘落，
或像长诗中的词语？

雪在飘落，雪在飘落，
雪在飘落，全都慌乱：
被染白的行人，
被惊呆的植物，
十字路口的拐弯。

1957 年

雪地上的脚印

落日斜照的原野上，
有几行姑娘的脚印。
是姑娘们的毡靴踩出，
从村镇到另一个村镇。

婴儿依偎着妈妈。
太阳光像柠檬汁，
流进一个个坑凹，
光的水洼冻成了冰。

它会凝固，像蛋液
流出破碎的蛋壳，
雪橇用一道蓝线，
切割小道上的冰坑。

月亮像奶油中的薄饼，
一直在滑向一旁。
雪橇在身后追赶，
却够不着这个圆面包。

1958 年

风雪过后

在平息的风雪之后，
四周一片宁静。
我在闲暇时偷听
河对岸儿童的声音。

我也许不对，我错了，
我失明，失去理智。
冬天仰面跌倒在地，
像石膏做成的白色女尸。

天空在欣赏死人雕塑，
死人们紧闭双目。
雪覆盖一切：院落，木屑，
树上的每朵幼芽。

河面的冰，道口和站台，
森林、铁轨、路基和沟壕，
构成无可指责的形状，
没有高低，没有棱角。

夜，我不及入梦，
清醒地自沙发跃起，
把整个世界置入白纸，
在诗的国度栖居。

树墩和树根被雕塑，
还有河岸的灌木丛，
屋顶的海洋跃然纸上，
雪覆盖整个世界，整座城。

1957 年

狂欢

城市。冬季的天空。
黑暗。门洞。
教堂里亮着灯，
礼拜在进行中。

祷告者的额头，
法衣和老太婆的上装，
都被下方的烛光
微微地映亮。

室外的暴风雪
把一切混为一体，
它不让任何人
拼命挤到一起。

暴风雪的号叫
淹没了万物：
挖掘机和起重机，
监狱、工地和高楼。

广告牌的圆柱上
残留着剧院的节目，
林荫道的树木
像银色的雕塑。

每一步都有
伟大时代的留痕，
在拥挤，在忙乱，
在雪地的轮胎辙印，

在观点的转变，
历次转折的表征，
在我们熟悉的好人，
在铁塔和天线的乌云，

在建筑立面，在服装，
在没有夸张的简朴，
在让我们感动的
那些交谈和思想。

在生活的双重意义，
生活看似贫乏，

但遭受的损失，

就是生活的伟大。

————

各种牌子的轿车，

亮着前灯前行，

它们驶向剧院，

车灯晃到行人。

倒卖戏票的黄牛，

像风雪中的幽灵，

他们毫无目的，

围在剧院的门口。

众人鱼贯而入，

像穿过一列军阵，

他们急急忙忙，

去看《斯图亚特》。[1]

年轻人手持字条，

1　1955 年秋，帕斯捷尔纳克为莫斯科艺术剧院翻译了席勒的悲剧《玛利亚·斯图亚特》。

顺利买到戏票，

他们向伟大的女演员

送上炙热的问好。

————

门外还在争吵，

可黑暗之中，

舞台上的画布

已渐渐显露。

像是逃出舞蹈，

离开环绕的舞者，

苏格兰的女王[1]，

突然现身舞台。

她富有生命和自由，

她的胸口有尖刺，

监狱的拱顶

---

1 "苏格兰的女王"即玛利亚·斯图亚特（1542—1587），她一出生便继承苏格兰王位，17岁成为法国王后，18岁寡居后回到苏格兰，后遭到苏格兰贵族反对被逼退位，逃往英国寻求庇护，却成为天主教和新教之争的牺牲品，被英国女王软禁20年后杀害，成为欧洲历史上第一位被推上断头台的君主。

未能将她杀死。

她自打出生，
就是这样的尤物，
要去伤男人的心，
用女性的温柔。

也许正是因此，
像烈焰熊熊，
这母亲的女儿，
惨遭刽子手砍头。

穿着灰蓝的裙子，
她坐在桌子旁边，
明亮的脚灯，
映亮她的裙摆。

这风骚女毫不动心，
面对狂热的朝拜，
面对巴黎和龙萨[1]，
面对诗句和舞台。

1　龙萨（1524—1585），法国诗人。

面对死刑判决，
她为何还要吃住，
还要壕沟和堡垒，
反光镜中的火？

这女主角的结局，
却将从此被颂扬，
被流言环绕，
直到时间终老。

————

同样的疯狂冒险，
同样的欢乐和痛苦，
让角色和演员合体，
让演员和角色统一。

首演的疯狂，
仿佛穿越世纪，
帮助这死去的女人
自桎梏逃离。

要有多少勇气，
才能扮演世纪，
像峡谷的表演，
像河流的表演，

像钻石的表演，
像葡萄酒的表演，
像时而会有的
无法拒绝的表演，

像一位少年，
身穿条纹白裙，
戴着假发辫，
扮演普通市民。

————

我们又置身风雪，
风雪始终未停，
教堂的祭坛有光，
礼拜正在进行。

有冬季的天空，

有贯通的院落，
山一样的彩饰下，
摆放必需品的窗口。

这里宴会，那里畅饮，
命名日的酒席。
毛皮大衣外翻，
衣领也被竖起。

从前门步入客厅，
笑声伴着讨论。
三篮子丁香。
仙客来花像冰。

餐厅摆满蔬菜，
鱼子酱堆成小山，
鲑鱼、鲱鱼和奶酪，
摆入淡紫的餐盘。

餐巾窸窣作响，
调料味道浓烈，
各种颜色的葡萄酒，
各种品牌的伏特加。

伴着嘈杂的交谈，
吊灯用光线淹没
肩膀、后背和胸部，
耳朵上的耳环。

这些嘴巴的轮廓，
这些手臂的无情，
这些嘴唇的善良，
都比霰弹更致命。

————

看着这些奇迹，
像看着一位狂人，
他默不作声地喝酒，
一直喝到黎明。

那些平庸的人，
已在为他流泪。
他毫无醉意，
喝到第十六杯。

他一直想要获取
被称为哑巴的权利，
他在女人间很机灵，
他在男人间很孤僻。

————————

他三次离婚，
已经斑白双鬓，
同龄女子们的生活，
只有他能佐证。

女友们的礼物，
他接收过来，
他也回赠她们，
用整个世界。

对于第一位女性，
他斩断了缰绳，
他当时的举动，
有多么的愚蠢！

客人中有位女舞者，

面带忧郁的深情。
他俩并肩而坐，
就是一对双重人。

她也可能躺下，
伴着众人的欢呼，
像没有侍从的女王，
接受落下的斧头。

他把自己的女王
领向楼梯口，
好让她喘口气，
离开滚烫的火炉。

盛开的菊花，
乐意被严寒冰封。
可是该回去了，
返回拥挤和憋闷。

小吃部满是烟蒂，
烟草落入茶杯。
桌上满是糖纸。
黎明渐渐现身。

他为她系鞋带，
这芭蕾舞女，
像一根弹簧，
紧绷她的身体。

他俩从早晨起，
形成独特的秩序，
此时他们两人，
就像一对兄妹。

他在客厅跪下，
跪在她的面前。
墙外有人在察看，
监视他俩的场景。

当恶人们用滚烫的手，
握住活的巫术，
怜悯、良心和恐惧，
对他们有何用处？

海水没过他俩膝盖，
他俩被疯狂左右，

他俩短暂的相处，

胜过整个宇宙。

————

夜间的花在清晨入睡，

浇水也难以浇透，

即使浇上一桶。

它们耳中有三两个片段，

源自电话机的歌声，

一连三十次歌唱。

花园的花如此熟睡，

沉湎夜间的幻想。

它们已经忘记

一小时前的丑陋。

泥土的构成不懂肮脏。

花的芬芳净化一切，

花香四溢，与花瓶中的

十朵玫瑰没有干系。

夜间的庆典结束。

玩笑和把戏被遗忘。

盘子在厨房洗净。

无人记得任何过往。

1957 年

在拐角

一只小鸟在枝头鸣叫，
在树林的入口，
它在警惕地守卫，
叫得动听轻柔。

在松林的前厅，
它在啼鸣，在唱歌，
仿佛是在守护
森林洞穴的入口。

它身下是树丫和残枝，
它头上是乌云，
在林中的峡谷，在拐角，
是泉水和峭壁。

树墩和树段堆积，
枯木横卧。
睡莲在水中盛开，
顶着沼泽的寒风。

小鸟相信自己的声音，
像相信誓言，
它不会让任何外人
越过门线。

————

在拐角，在森林峡谷
幽深的去处，
已备好我的未来，
比抵押更可信。

你别与它争论，
别将它抚爱。
它像松林一样伸展，
越深入，就越展开。

1956 年 3 月

全都应验

道路全都变成稀粥。
我在路边行走。
我搓揉冰和泥，像揉面，
我在稀泥中挪步。

一只乌鸦聒噪着飞过，
像空无一人的桦树林。
像未完工的建筑，
它空空如也地升空。

我透过乌鸦的飞翔，
看清未来生活的全部。
生活中所有的细节，
百分之百地应验。

我走进森林，我不着急。
雪面在一层层下沉。
我像鸟一样会听到回声，
整个世界给我指路。

在泡涨的地面，
露出赤裸的黏土，
小鸟悄悄啼鸣，
带有几秒钟空白。

像在偷听八音盒，
森林在偷听鸟鸣，
森林大声发出呼应，
久久等待声音消隐。

于是我听见，五里外，
在远处的土地测量架旁，
响起清脆的脚步声，
树枝滴水，雪从屋檐跌落。

1958 年 3 月

耕作

惯常的区域有何变化？
天地之间抹去界限。
耕地无垠伸展，
像跳棋的棋盘。

翻耙过的原野，
平整地躺在远方，
似乎削平了山头，
或是清扫了平原。

这些天，一口气，
地边的树开始泛绿，
吐出最初的绿叶，
挺起笔直的身体。

白桦淡绿的颜色，
耕地淡灰的色调，
是世间最纯的色彩，
胜过槭树的新苗。

1958 年 5 月

旅程

列车全速奔驰，
车轮驱动火车头。
四周是芬芳的松林，
前方还有风景，
山坡长满白桦树。

铁路奔跑，伸出电线杆，
吹起女检票员的鬓发，
空气变得苦涩，
因为落在路边的煤渣。

气缸和活塞在发疯，
连杆的螺母在闪光，
一只苍蝇飞过，
把影子投在路基上。

机车气喘吁吁，
把烟雾的帽子歪戴，
森林挺立像在过去，

像在豌豆王时代[1]，

并未觉察混乱，

一直瞌睡到现在。

在那遥远的地方，

矗立一座座城市，

列车一如既往，

在傍晚疲惫地抵达，

把新来者运到旧站房。

车站广场人流如织，

旅客们涌入站房，

工人，看守，售票员，

列车员和押运员在场。

于是它越加隐蔽，

走向曲折的街道，

扬起彼此叠摞的

巨石碎成的石子，

海报，橱窗，屋顶，烟囱，

旅店，剧院，俱乐部，

1　豌豆王是俄国民间传说中的人物，"豌豆王时代"指很久以前。

764

林荫道，花园，椴树，
院落，大门，门牌号，
门洞，楼梯，居室，
所有的激情都在游戏，
以改造世界的名义。

1958 年 7 月

童年的女性

我至今记得，在童年，
我常把身体探出窗外，
胡同就像采石场，
正午的树下一片黢黑。

人行道，马路，地下室，
左侧的教堂和穹顶，
被两棵杨树的影子笼罩，
从墙边直到街角。

篱笆外的几条小道，
通向荒芜的花园，
女性力量的存在，
使生活成为谜语。

熟人去见附近的女孩，
女友们成群来访，
盛开的稠李花，
用树叶擦洗窗框。

成年的女性发怒，
口无遮拦地骂人，
立在门前，像大树
立在城市花坛边缘。

我愁眉不展，不得不
忍受女性皮鞭似的碎语，
理解激情像理解科学，
理解求爱像理解功绩。

我们消失在彼岸，
她们全都一闪而过，
我对她们心怀感激，
我对她们欠下债务。

1958 年 7 月

雷雨之后

空气有消逝雷雨的气息。
万物复兴，像在天堂。
丁香敞开紫色的花束，
尽情吸入一股清凉。

天气的变化让万物勃兴。
雨水注满屋顶的水槽，
但过道比天空还要明亮，
蓝天在乌云背后闪耀。

艺术家的手更加有力，
洗去万物的灰尘和泥泞。
生活、现实和历史，
步出他的染坊时焕然一新。

关于半个世纪的记忆，
像一场雷雨退去。
世纪步出记忆的监护。
该为未来开辟道路。

为新生活扫清障碍，

不靠震荡和转折，

要靠天启和暴雨，

靠燃烧心灵的大度。

1958 年 7 月

冬天的节日

未来已不够用。
旧的、新的都不多。
该让永恒立在屋中,
像圣诞节的枞树。

让女主人为枞树穿衣,
缀上散落的星星,
让兄弟姐妹聚集,
把新年之夜欢庆。

无论试多少条项链,
无论你如何梳妆,
这棵枞树依然如故,
还是半裸的模样。

它比烟囱工更脏,
它的头发竖立,
身穿数条喇叭裙,
它像小姐一样骄傲。

脸色变得越来越僵，
颤抖掠过蜡烛，
一道道点燃的烛光，
卖俏地紧闭双唇。

————

黑夜一直忙到天亮。
房子在鼾声中摇晃，
像简陋的茅屋，
柜门嘎嘎作响。

昏暗一次次降临，
白昼的身高在缩短，
留宿的客人晚起，
错过早餐，在吃午饭。

太阳像个醉鬼下山，
怀有明显的目标，
从远处把手伸进窗口，
伸向酒杯和面包。

瞧这个丑八怪，

浮肿的脸拱着积雪，

泛出红莓酒的颜色，

它下沉，燃尽，熄灭。

1959 年 1 月

诺贝尔奖[1]

我是被围捕的野兽。

远处有人、自由和灯火，

我身后却是追捕声，

我没有逃走的路！

密林，池塘的边缘，

砍伐的云杉原木。

四周的路全被切断。

随它去吧，我不在乎。

我究竟做了什么坏事，

我是凶手还是恶棍？

我竟迫使整个世界

来哭泣我美丽的祖国。

但行将就木的我，

相信那样一个时辰：

---

1 1958 年，帕斯捷尔纳克获诺贝尔文学奖，但在苏联官方和社会的压力下被迫拒绝受奖。

善的精神必将战胜

强大的卑鄙和怨恨。

1959 年 1 月

大千世界

傍晚的影子比头发更细，
在树木后拉得很长。
女邮递员递我一包邮件，
在林间的道路上。[1]

踏着猫的脚印，
踏着狐狸的脚印，
我带着信件回到家里，
释放我的欢欣。

国家和边界，山和湖，
道道海峡，片片大陆，
讨论，总结，评论，
孩子、青年和老人。

可敬的男人信件啊！
你们中没有这样的信，

1　帕斯捷尔纳克晚年收到来自全苏和世界各地的大量来信，平均每天有 20 封左右。

干巴巴的作证思想，
显不出什么智慧。

可爱的女士信件啊！
我也从云间坠落。
我此刻向你们宣誓：
我永远属于你们。

而你们，集邮者们！
不需花费什么气力，
哦，便能获得大礼，
如果你们处于我的逆境！

1959 年 1 月

仅有的日子[1]

在许多个冬季，
我记得冬至的日子，
每一天都不可重复，
却又无数次重复。

日子排成队伍，
渐渐构成次序，
那些仅有的日子，
仿佛时间已停息。

我记住所有的日子：
冬季过了一半，
道路潮湿，屋顶滴水，
太阳在冰上取暖。

相爱的人像在梦中，
急切地相互渴求，

---

1 此为帕斯捷尔纳克最后一首完整的诗。

在树木的高处，
鸟窝热得汗流。

睡意惺忪的指针
懒得在表盘上转动，
一日长于百年，
拥抱没有结束。

1959 年 1 月

未曾收入诗集的诗作 [1]

（1909—1958）

"黄昏……像玫瑰的侍卫"

黄昏……像玫瑰的侍卫，
他们的长矛和头巾。
黄昏，是行吟诗人，
步入忧伤，步入竖琴。

黄昏，玫瑰的侍卫，
他们的弯路在重复，
他们稍作延误，
让骑士的斗篷越过斜坡。

两匹小马轮流骑，
傍晚骑的马更勤奋。
这匹和那匹。夜晚
把它们裹入昏暗的织物。

这匹和那匹。红色的
马掌践踏着蒿草。
沉入黑暗。蒿草
扑灭两个人的心跳。

1909 年

"我沉湎关于自己的沉思"

我沉湎关于自己的沉思，

像沉湎石膏面具。

这是死亡：在命运中凝固，

命运里有石膏工。

面模。因为这沉思，

我痛苦地理解生活。

关于自己的沉思像风帽，

在任性的春天发黑。

1910 年

"挣脱的大地的踏板"

挣脱的大地的踏板，

它失去你的秘密，

像磨坊召唤的远方，

在凶险的荒年。

1910 年

"挤眉弄眼的落日"

挤眉弄眼的落日，

在讽刺饥饿的大地。

哦，春天的雾

在嘲笑我孤苦的命运。

1910 年

"春天又在太阳穴跳动"

春天又在太阳穴跳动，
积雪被大地蚀穿，
荒芜的傍晚被鸟磨损，
自高空滴落寂静。

斋期的钟声再次敲响，
用一滴空心的水滴，
白桦树再次落泪，
面对远方过冬的耕地。

万籁俱寂！直到某人的心
打破无人的空寂，
直到哭够的小门
推开荒芜的压抑。

1910 年

"因为失眠而贪婪疯狂"

因为失眠而贪婪疯狂，
像干渴的喉头，
瞳孔贴着窗框的泥土，
冲动地折断天竺葵。

小窗像寒冷的城市
死寂：喉咙被呛。
没有夜：夜在燃烧，
像引导播种的太阳。

1910 年

马路上的贝多芬

石头在化雪的地面燃烧，
霞光多么善言！
街上有一人，另一人，
在吹灭石头的火焰。

邻居钻出原木堆，
时而这样移动地板，
突然……贝多芬在广场
拖拽奏鸣曲的镣铐。

窗子关闭。幼芽消失。
鬓角的上方是春天。
交响乐团的考试，
截断了十字架和叫喊。

1911 年（？）

"如果上帝是脱落的链锤"

如果上帝是脱落的链锤，
往事是破碎心灵的绷带，
而你，爱情，请撕开白昼，
放松往事，听不到碎裂。

抑或你以为，因为疏离，
白昼强大粗鲁，不信杜撰。
但你不知道：肉体只是
诸神的模具，或创世的废料，
或是《圣经》饱满的片段。

我记得，傍晚如何比对
你的衣裳和开放的天空。
那天空由希腊人发掘。
哦，残废的天空嘲笑我，
说我是个无知之徒，
说它推翻肉体，比忧伤有力。

1911 年（？）

787

"我还是个孩子，当夕阳"

我还是个孩子，当夕阳

抹平所有同一血脉的对象，

除草女工们成排推进，

是炫目光照中的国王。

她们像骑士的长矛称霸，

她们在解放舞蹈的不朽，

让舞蹈摆脱恭顺正教的尘土。

啊，我善于奇怪地怜惜

水池里姑娘们交叉的双足。

1911 年（？）

春天

阴暗的走廊有麻疹。
行人的脸是雪的种粒；
褐色霞光的地狱之火，
在花斑母马的头顶燃起。

刺骨的城市是清泉，
从清泉般的天空流出，
哀悼的封漆在竞赛。
马车的皮帮在闪烁。

1910—1912 年间

"宽恕吧！悲哀的怪事"

宽恕吧！悲哀的怪事
充满我们童年后的生活，
我们就像沉寂的空气，
注定遭受可怕的雷雨。

最荒谬的举动，
最疯狂的审判，
就是判自杀者死刑，
救活他，再将他活埋。

1910—1912 年间

"我思念失去的恶"

我思念失去的恶，

思念忏悔和雪橇，

思念失去的新婚大地，

思念可恶的解冻季节。

思念一分为二的白昼，

思念被歌声推倒的围墙，

思念修士的痛苦，

他若想修得脱俗的模样。

思念耸立的教堂穹顶，

歌声嘶哑的屋顶

和你歌唱的小屋。还有暗影……

1910—1912 年间

大车队的城市

城市像大车队沾满焦油，
空中飘浮惺忪的云朵，
等高的钟楼伸出前臂，
像是在给云朵指路。

1910—1912 年间

"风琴、公鸡、鞑靼人的喊声"

风琴、公鸡、鞑靼人的喊声，

还是慢性感冒的鼻音，

喊声清晰："准备，准备。"

显然：整装的大地覆盖沥青，

显然：我全然不知，

你为何提前卷起衣袖。

女士：纯洁的朋友们，

像长诗《克里斯特贝尔》[1] 的地图。

军刀像冰窟窿的边缘，

在囚犯身边闪着寒光。

1910—1912 年间

---

1 《克里斯特贝尔》是英国诗人柯尔律治的长诗，作于 1797—1800 年间。

"他们身后有五位瞎眼哨兵"

他们身后有五位瞎眼哨兵，
相互依靠，黏在一起，
盲人们像在扁担上迈步，
紧紧抓住向导的手。

没有远方和方向的盲人，
像旅伴锁骨上方的夜。
星座和乌鸦的皇冠，
莫非就是喷火的枪口？

1910—1912 年间

"恐怖，与他的灵魂一起漂浮"

恐怖，与他的灵魂一起漂浮，
与这灵魂一起忍受痛苦，
恐怖，作为左撇子，
代理人在困境中被捕。

小心，渔具已经区分
星光的浑浊和海水的浑浊，
激情就以这样的边界，
步入该诅咒的混沌。

恐怖，在海底回忆，
在海底，一切永远可怜，
在云端可以看见
你没有沉没的手杖。

他清楚。沉默的大陆
不懂无边大海的怨诉。
他站在甲板之上，
把血流如注的死亡交给大陆。

有人常在海上划桨，

他数百次地转述，

再一次向高空介绍

他忧伤、饶舌的棺木。

1910—1912 年间

"雪花掠过沉睡的穿衣镜"

雪花掠过沉睡的穿衣镜，
逐渐抵达育儿室，
松树坚果镀金层的颤抖，
或许会听从雪花的旨意。

哦，身穿锦缎的榛子林，
披上这沙沙作响的白布，
这外来声响被掺入天使的沉默，
掺入珠串和马刺的声响。

哦，蓝色珠串像第一件首饰，
献身于蜡烛和华尔兹舞，
如此寂静，男孩头戴睡帽，
如此寂静……

1910—1912 年间

"朋友，在你的头顶"

朋友，在你的头顶，
愿桂冠和乌云，房屋
没有痛苦的闪亮恐惧，
都与七管排箫的呻吟相聚。

1910—1912 年间

"空洞的拥抱"

空洞的拥抱，

敞开怀抱的疯狂钟表，

松散的落雪，

被撬开的无色门栓。

空洞的拥抱到八点，

它们大声飘落，

像先前的无雪，

像失去风雪的人们。

空洞。哦，众人是否离去，

落雪是否来访……

1910—1912 年间

"像少年扁平的胸口"

像少年扁平的胸口，
春季的夜空。
我和大地，我们
强烈反对夜的临近。

我和路口一体，
相信我，天空是男孩，
亚马孙女人的响亮法律，
像淡黄色的夜晚。

1910—1912 年间

"云的空间是十二月的矿井"

云的空间是十二月的矿井，
让倾斜的建筑负重。
路灯照例用雪橇的忧郁做弦，
用诱惑的灯光做弓。

一如既往，冬天演奏黑暗，
乐手疯癫，睡意惺忪，
一如既往，冬天鼓足气，
挥撒黄昏的尘土。

一如既往，马脸的细雨稀疏，
像雪花编织的藩篱，
一如既往，悲伤又短暂，
街道的磷光被风雪洗去。

一如既往，拖长声音相聚，
那些被煤气熏糊涂的路口，
一如既往，失眠少年的影子，
把锐利的浮雕刺入墙壁。

（唉，像旧货商缝合墙的阴影。）

一如既往，巨大的皮袄下，

有被煤气点燃的脸庞，

群鸟带走麻脸的天空，

把多叉钟声的老橡树

连根拔除，一如既往。

不连贯乌云的矿井在鸣响，

在松散而嘈杂地爬行，

王座像吃奶的胡同俯下身，

像一位奶娘，一如既往。

突然出现可怕的交换，

天空消失，比街道出汗更安静，

身形高大的老爷爬上墙，

像教堂传来的钟声。

每个明眼人都知道：

没有喧嚣和冲击的黄昏，

撬开空屋似的心灵。

心灵是带有小孔的浅盘，

飓风在舔食这张盘。

哦不！灵魂是絮语的港湾，

它在偏袒地抱怨，

他和做客的海洋均遭驱赶。

1910—1912 年间

"要在诗中与谁相见"

要在诗中与谁相见？
诗句的篱笆是小路。
树林里依然有等待，
但听不见秘密的音步。

土色的脸，蜜蜂的脸，
如同猛兽在积攒宝物……

1910—1912 年间

"沉默！童年的天赋"

沉默！童年的天赋
被强制禁锢，岁月流逝。
兄弟，面对教堂前的残疾人，
我们要膜拜，匍匐在地。

我们膜拜残疾的醉汉，
他们玩笑地抬起手掌，
他们也是我们的同类，
点燃起我们的热望。

他们用斑驳的皮肤，
驱赶没有实现的梦呓，
匆忙不安的施舍，
带有青春岁月的痕迹。

黑白双方的六个兵，
开始我们的对弈。
我们因为嘲笑而膜拜，
膜拜精神贫乏的内心。

1910—1912 年间

"如果爱情与我一起"

如果爱情与我一起，
分享往日的变故，
颤动的玻璃窗旁，
你我的面容会凝固。

照耀我吧，屋顶的早晨，
照耀我吧，床头的圣像，
爱情废墟上的空城，
像颤抖的芦苇一样，

灯芯为何人熄灭，
它沐浴黎明天空的晨光，
被远方映红的公鸡，
在把它的荒原歌唱。

1910—1912 年间

806

"无色的雨……"

无色的雨……像没落的罗马贵族,
他的心因为叙述而阴沉……
还有阳光……因为无名雨滴的歌声、
石板的哭泣获得百倍酬金。

啊,雨和阳光……奇特的兄弟!
一位不动,一位流浪……
一位与大地热烈拥抱,
另一位的美丽新娘在何方?

雨停下,光着脑袋思考,
把忧郁的草原扛在肩膀。
阳光立起白昼,像立起羊拐子,
用肮脏的光线将它们击倒。

1912 年

"他听到磨刀石的怨诉"

他听到磨刀石的怨诉，

　　当它在磨镰刀。

他听到……果壳掉落……

　　时钟在走动。

不，不是时钟……

　　是水井的吊桶，

响彻爱哭村庄的北方，

　　在昏睡之中，

时间像旗杆一样开心，

　　在风中呻吟，

它像变浅星星的涟漪，

　　荡漾到清晨。

牧人们释放出

　　潮湿芦笛的呻吟，

公鸡们在鞠躬，

　　匍匐在大地。

1912 年

哀歌之三

从前，像被击倒的保龄球，
白昼的十二点躺在雪地。
我看见门第的瞬间在逃走，
每个黄昏都是包围我的正午。

您和您瞄准的眼睛，
迷失在偶然游戏的荒地。
如今您残忍的拒绝，
撼动未来之沉默的麻痹。

别了。随它去！我献身奇迹。
您重组岁月吧，我追随世纪。
别了。随它去。如今我从那里，
开始摧毁被封圣的日期。

1912 年（？）

"它们在镜中没有期限"

它们在镜中没有期限，

我的面容，命运的面容，

我从虚空步出，

是个缺失的自我！

周围是我的岁月，

它们被命运磨损，

被安装给城市，

服从你，被你抛弃……

1912 年

"即便两颗心相交"

即便两颗心相交，
我也不会成为你的边界，
躲开你，像林中空地
跳入黑夜，躲开门前台阶。

唉，女人般的行走很可怕！
大地最后的歌声，
会在途中发生改变，
它知道这些旅程的命运。

1912 年

"在自己搅动的漩涡"

在自己搅动的漩涡，

像倒置的烛台，

瀑布燃烧又熄灭，

伴随悲伤定音鼓的颤抖。

像热气球的暗影，

驾着一艘大船，

圣哥达山口像灰色幽灵，

把峡谷带入自己的夜晚。

1912 年

圣马可广场[1]

我躺着，陪同我无声的生活，
陪同无法揉皱的云。
大海起身出门，像母亲，
她的摇篮已经多余。

因为礁石和沙滩，
缀满寡妇的泪水。
海底的话语，就是
海底送葬的脚步声。

狗的吠声装不进灰色的月，
像装不进陈旧的铠甲，
几只牛犊浮肿得像雾，
渔夫出门走向草原。

哦，在与狗的争论中，
他真魁梧。他真魁梧？

1　此诗原题为意大利语 "PLAZZA S. MARCO"。圣马可广场
位于意大利威尼斯，帕斯捷尔纳克于 1912 年 8 月到访过此地。

很快你就会听见，

他的桨声把海浪盖住。

1912 年

"瞧，他是哲学博士"

瞧，他是哲学博士，
他该做哲学的兽医。
面对每门课程的巨人，
都从黑格尔和咖啡长成。

我喜爱所有精神乞丐，
嚼过的土豆有何意义？
可为何要用这份食物，
去弄脏德国的知识？

1912 年

"就让这艾蒿的黎明"

就让这艾蒿的黎明

逐年苦涩，逐年无底，

但让倒在你指尖的柔板，

荡起更死寂的涟漪。

但我们活着为了壁画，

订购壁画为墓地 [1]……

1912—1913 年间

1　原文中"墓地"一词用的是意大利语"Santo Campo"。

教学[1]

致 Л.维索茨卡娅[2]

我们想抱住往事，
像搂着朋友的幽灵。[3]

我教你一种幸福，
温情无法将它代替。
你随意主宰我吧，
我有牧人顺从助手的忧郁。

当阴天用露出的白发，
祝福你的疲惫不堪，
请你在每个入睡的举动中，
投入双倍的复活热情。

受骗的回声，当你醒来，
请重复你梦见的忧郁，
回声的忧伤比笑声更放肆，

1　此诗原题用的是法文"ENSEIGNEMENT"。
2　Л. 维索茨卡娅是帕斯捷尔纳克当年的恋人伊达·维索茨卡娅的妹妹。
3　这两句诗引自丘特切夫的《闪烁》（1825）一诗。

它是每个雄辩家的桂冠。

逝去的瞬间被抛弃，你在离去，
他带着狗的恭顺在等你，
但请在你岁月的星座做保镖，
回来吧，随星座歌唱的轴心旋转。

我教你一种快乐，
如何满足每一种渴求，
别离开已建成的太平间，
请永远陪伴那里的所有。

1912—1913 年间

"我置身腮帮的源头"

永远属于你。[1]

——新年电报，1913 年

我置身腮帮的源头，
我被抛到笑的源头。
太阳穴高悬我的头顶，
还有蜡烛分裂的回声。

哦，只有在沙地，
无人能把我捡起并消耗，
浅滩亲吻着歌唱，
只歌唱消耗的白昼。

我就像罗马的废墟，
不朽是因为残疾，
永远对我喧嚣吧，
哦，你这拍岸的前臂。

1913 年

1　此句在原文中为法文 "Resté dans ton étreinté"。

"做自己的田地"

做自己的田地；起先，

是无法辨认的秋播地。

透过梦境听见，

干涸的黑麦空间的间隔，

悲哀地撞碎在地。

做自己的田地；日益寻常，

闷热事件的界限，

知道已经太迟……

1913 年

"每走一步我都双手抱头"

每走一步我都双手抱头——
你无处不在，无处不在。
在你的脚边，秋天的锡
不让车轮轰鸣起来。

你是菊花背后灰色的黄昏，
是选中沙滩上的空地，
你用耸立的圆柱，
不让忧伤止息。

我送别窗外的寒鸦，
迅速淡忘它们的队伍，
我因蔚蓝的线条止步，
我在其中再次把你认出。

1913 年

"秋天的云被工整地"

秋天的云被工整地
带入粗糙的苔藓。
萧条在路上劫掠
昨夜远去的梦境。

云杉树林变黑，
像一群被剃度的养女，
田野不停地抽搐，
像奔走的淡黄色蜥蜴。

哦，风中帚石南的烂衫，
哦，放肆空间的溃烂，
标记桦树内心的岸边，
用一个个充血的鸡冠。

1913 年

"用第四维度吓人"

用第四维度吓人，
用毒药预告死亡，
心脏溢出了船舷，
灵魂却在增长，增长。

我思考这漂流，
这喷涌而出的幸福，
我思考，更幸福的，
是击退阴雨天的花朵。

在那天，双瓣的花冠，
把迷恋托付给无名氏，
鲜花的喇叭口，
会道出他替代的激情。

伴着自己的呓语，
我觉出神秘多瓣花的声响，
我的花冠，你无形无影，
在界外宣告消息。

1913 年

致勃布罗夫

（题《云中双子星》一书）[1]

幻想家，当你的手上，

阳光因导火索点燃而暗淡，

使命便会向你提供

藏身的据点……

1913 年 12 月 20 日

1　此诗写在帕斯捷尔纳克赠给勃布罗夫的诗集《云中双子星》上。

喘息

离开诗句！你去断定，
天空是否照例回报，
用严厉墙壁闪烁的水滴，
天空是否仍旧为大地包围？

像百年前，世上还有陆地，
雨水拉长像兵营。
像百年前，恐吓节日的旗杆，
广场的风挥动鞭绳。

如果像在过去，傍晚的铅
与斑点的边沿没有分界，
傍晚的忧伤算不得新鲜，
诗的世纪如今走向终结。

1913 年（？）

"或许，如今在城市上空"

或许，如今在城市上空，
一扇窗户在云端闪亮，
窗下的城市没分成两半，
窗户像城市的心脏。

1913 年（？）

"今日悲痛城的郊区"

今日悲痛城的郊区，
两步开外，就在附近，
在对面，背负双峰，
在它多云的眼睛。

在风的栽种之下，
水的巨石漂出花园，
但这驼背人的压迫，
放过微亮的市中心。

云端的远方不用
水的草皮掩饰苍白面容，
驼背人却像一丛珊瑚，
向没有树叶的天空垂首。

哦，被砍掉头颅的躯干，
像奇怪的枕头，
它像仆人一般，
捧着约翰的古老面孔。

1913 年（？）

"我不属于你们"

我不属于你们，我是草民们
无忧无虑的大胆兄弟。
民众们晚祷的闲暇——
我讨厌的大门的守门人，

我在门前放弃专断，
我出售女奴的忧愁。
她们被替换徽章的微光，
警惕地照耀我的灵魂。

敞开通风口的小孔，
用窗外的都城祝福，
直到最后一笔进项，
把我仅有的慰藉付出。

1913 年（？）

"出门，出门，出门！"

出门，出门，出门！
沉重的门栓哗啦一响。
啊，我可以忧郁不已，
再一次成为悲伤。

当冒名王子的梦
尚未变成胡闹，
母亲没有遇见情人，
还像复活的贵妇。

购买来的微笑，
没离开我的脸庞，
虽然节制却又剧烈，
心在敲打自己的霞光。

1913 年（？）

题彼得拉克诗集[1]

因这褪色的封面烫金，
因这蒙尘的书瓤金边，
请您原谅，这是陈旧的
十四世纪的天空色彩。

在天使、宾客和午休的时日，
您俯身温暖的窗台，
会在尘土中发现彼得拉克，
会淡忘周围的一切……

闪电发出红色的光，
俯瞰傍晚永恒的歌唱，
就像他的故乡阿雷佐[2]，
群山上的天空在闪亮！

1914 年 3 月 25 日

1　帕斯捷尔纳克于 1914 年 3 月 25 日将一部 1904 年出版的德
文版彼得拉克诗集赠予亨利埃塔·伦茨，并写下这首题诗。亨
利埃塔·伦茨是俄国学者、革命活动家米哈伊尔·伦茨（1872—
1907）的遗孀。
2　意大利中部城市。

茨冈人

用黝黑躲避光线，
大车上的镰刀不值钱，
摩尔达维亚人的马车，
碾过松软的春播地。

萨格勒布的儿女变懒，
还有农妇和农夫：
大地穿鞋，天空在套马，
大地下绊，大地在卸套！

姑娘，姑娘，你献身于
你青春童贞的苦修同行，
用你疲倦的肌肉，
你合起你的手掌。

你被溶解的锡灌醉，
是否会裹上下流的前襟，
如果他在亲吻的癫痫，
用太阳的颧骨扯破衬衣。

相隔千里。从酷热的高塔

伸出手，一粒又一粒，

太阳喂养有病的长尾猴，

用铃铛飞扬的表皮。

1914 年

德国银[1]

是孔雀石中的教堂宠儿，
还是白银中的可爱山坡，
浅水般的德国银，
带来钟楼多瓣的空音。

河岸在昏暗中呆立，
俯瞰闪着微光的运河，
因此，没有回声的桥，
醉醺醺地面对深水。

像蓬头的鹦鹉伤心，
因宫廷的桦皮书心碎，
烧毁的内城布满树脂，
就像呆滞的胭脂。

在地基深厚的城墙下，
越过沟壑，在赤足的棱堡，

1　一种铜锌镍合金。

桥梁像花花公子，
追逐道路的肩章。

高塔和高塔结为兄弟，
相亲相爱，雷声隆隆，
像瓦罐讥笑黑话，
空洞的钟在诉说。

1914 年

伊凡大钟楼

字母 T 和 P 挺立大地，
皇宫的顶端高耸，
身披黑色的盔甲，
武士在挖掘泉水。

自它叶片般的铁钟，
都城响起一片钟鸣，
字母 T 和字母 P，
给都城带来马蹄声。

在凹陷的谷底，
出于贪吃的寒冷，
在半张薄饼之后，
白云揉皱一张整饼。

它的手指在引导
蓝天中鸟的歌声，
亲吻之中，有绿藻和林地
在收割搬运，书写叫喊。

空中的书吏师傅，

把蔚蓝藏进林地。

眼罩，交谈，圆环……

但字母 T 和 P 最坚挺。

1914 年

"春天，你是太阳穴上矿井的潮湿"

春天，你是太阳穴上矿井的潮湿。
彩色陶罐装满矿石的偏头痛。
冰在衰弱。但风信子的气味，
像它盛开的矿石的痛苦。

光线以楔形相聚。这楔形
从肋下平常地冲出，
像椴树叶和披巾的下摆，
破破烂烂像雨的响声。

空旷的天空始自何处，
无论何时何地，没有喘息，
世纪叩响门，让大地闯入
脚步和视线，梦境和声音！

跟随它的脚步，每个傍晚，
在夜的坎坷中艰难前行，
这锈迹斑斑的古老都城，
像被斩成两段的锁链。

它在鸣响，只有囚犯的
镣铐在走动时会如此鸣响，
它在鸣响，借着黑暗的掩护，
朝着市郊铁路小站的方向。

1915 年

"忧伤，疯狂的忧伤"

忧伤，疯狂的忧伤，

忧伤三两次跳跃，

抵达窗户的边框，

窗框挂着蜘蛛网。

忧伤打碎窗玻璃，

像湿貂皮奔向远方，

夜的森林在那里呻吟，

像月光下平坦的山冈，

摇摇晃晃，不张嘴，

身披斑驳的灰色月光。

穿过一丛大翅蓟，

被灼伤的忧伤后退而行；

橡树的树洞愁眉不展，

这里依旧有黄色的恐惧，

灰色的月亮微笑着，

用橡树堵住嘴巴。

为了反射同样的微笑，
成千的人默不作声，
关于轻率暴躁的夜晚，
关于多云傲慢的夜晚。

树叶嗅着空气，
身上滚过一阵颤抖，
针叶林难题的鼻孔，
激起天空的放纵。

只有它们透明的稀薄
才知道天空的放纵，
相邻的北方与它们相关，
常造访它们的淫窝。

头发蓬乱，悄悄侧身，
忧伤三两次跳跃，
一身黢黑地抵达
匆忙刺入峰顶的树枝。

罂粟的寂静在聚集，
那是一整条蓝色的河，
忧伤漂浮，像林中的哭丧女，
用哭声覆盖一切。

夜晚在世间孤独行走，
沿着消失的界线，
乳白色夜晚的初雪在世间
为孤独的树枝授粉。

忧伤在枝头留下印记，
请别用满月把印记带走，
印记举起貂的前爪，
在向满月致意。

忧伤在空中挥舞爪子，
竭尽全力地挪进夜晚，
从最后的树枝向星星祷告，
希望能拔出爪子里的尖刺。

———

我希望它能被拔出。玻璃工，
请把它嵌入我灵魂的枪眼，
这枪眼以尘世女人的名义，
刺鼻地渗入照片。

1915 年

"谢肉节[1]一周的晴朗"

谢肉节一周的晴朗，

微笑着渐渐离去，

雪橇、眼睛和云杉，

全都吃饱了积雪。

白天，我们做雪球，

常常用潮湿的新雪，

月亮飞上蓝天，

像我们扔出的雪球。

严寒紧贴天空，

像贴着腮帮的冰块，

我俩身穿驼毛毛衣，

我俩一起滑雪。

滑雪板的下面，

镶有火红的马鬃，

1　又称"送冬节""烤薄饼周"，俄罗斯传统节日，有烤面饼、歌舞、游戏、溜冰、滑雪、捆扎并焚烧玩偶等习俗。谢肉节亦代表了对春天的憧憬与希望。

雪中的蓝色村庄，
屋顶被镶上阳光。

栅栏妨碍我们飞驰，
落枝妨碍我们飞驰，
钟声像晶莹的蜜糖，
流进我们的心房。

远方熄灭，落枝
从障碍变成了营地，
我们的两个影子，
友好地倒在雪地。

躲开身着羽绒的人，
躲开紧裹羽绒的人，
黄昏溜过像飞奔的猫，
一只毛色灰暗的猫。

我们欢笑，因为
雪花混淆了眼睛和眉毛，
因为蓝天像信鸽，
给我们衔来健康。

1916 年

843

"已被投入忧伤的档案"

已被投入忧伤的档案，
这新住户的最后傍晚。
窗口为他的旅行箱，
系上血红的行李牌。

比整理行装更宿命，
是出行前的可怕征兆：
镜子自书桌跌落，
纸张像一堆垃圾落地，

晚霞在地板舔镜面，
一如之前在书桌上舔。
哦真幸运，镜子完整，
我用镜子送行，它没杀人。[1]

1916 年

1　镜子破碎被视为凶兆，可诗人发现跌落在地的镜子居然完好无损，故言"它没杀人"。

献诗两首[1]

一

当我在杯光斛影中，
被你的天使们引荐，
松针的影子刺入地毯，
圣诞前夜愁眉苦脸，——

烛光散发忧伤，
自天花板流泻，
眼睛的这一瞬间为我引来
所有眼睛的所有瞬间。

超越物质化的呓语，
当周围再无食物，
我将不会觉得，
会有任何需求。

1　第一首献给阿谢耶夫，第二首献给娜杰日达·西尼亚科娃。

二

我对你说：西伯利亚
和这霜花在别处。
牙买加朗姆酒像姜汁，
像黄色印度纸的热病。

我对你说：请喝一口，
以确信我没做梦，
我和你在一起，
我躲进你睫毛的阴影。

我对你说：这群人
想象不出灵魂，
请召唤灵魂，召唤我，
我们在台上演出。

我对你说：像头颅，
在一盆鲜血中漂荡，
你漂进我的颤抖，
漂进所有幻想的红市场。

846

我对你说：肉体

陷入遗忘，它的罪过

不在于你的贫穷，

在于你觊觎他人的财富。

1916 年

"如果不是这些人"

如果不是这些人，

是谁在黄昏扩展专栏，

在宇宙的羊皮纸上，

起草起义的秘密创意。

也许是在磨蹭，

在如今变得更近的时代，

文字像朦胧的宣传，

森林比社革党[1]人看得更清。

1917 年

---

1 "社革党"即俄国社会革命党。

录自《一千零一夜》

微不足道！他的气质中，
根本找不到那样的天赋，
以便用开始厌倦的失眠，
遥远地把他的梦驱除。

以便给树木灵感，追问琴键，
我们的天使何以不幸，
由于没有天赋，他的欲望
不会碍事，向自己挑衅。

1917 年

"大脑混乱"[1]

大脑混乱。真的？在医院？

护士们都不在？

她们躺下睡了，脱去衣衫。

扳机夺去人命。

是谁造出这些水兵？

是谁建成落地窗的城？

是谁给出造物主的夜，垃圾的夜？

是谁炮制的精神和姓名？

只是你吗，充满激情，

你这不朽、坚定的精神，

你超然尘世，参与了

两人对两人的事件？

这两人，两件蓝色海魂衫。

---

1 此诗可能在写一桩刺杀案，1918 年 1 月 7—8 日深夜，起义
水兵在彼得格勒一家医院枪杀了俄国立宪会议的两位委员申加
廖夫（1869—1918）和科科什金（1871—1918）。

微不足道。血迹。
既然"世界变得拥挤",
干吗用生命诱惑他们?

————————

莫大的讽刺。哦蠢人们!
请你们现出真面目。
你们闪耀吧!让我们畅饮!
喝什么?喝鲜血?我们不喝。

难道不是生命请求你们翱翔?
不是生命召唤你们高飞?
在谎言和恶的作用下,
血管崩裂散发血腥味。

1918 年

俄国革命

多么开心，在三月把你呼吸，
在院子里听见，伴着雪花和松针，
迎着清晨的阳光，不见脸庞、
姓名和党派，你的气息摧毁坚冰。

似乎云朵在飘，飘向西方，
飘向离家的人，伴着雪花和松针，
带走像溪水潺潺、像太阳惺忪的气味，
这里的所有忧伤，你的整个俄罗斯。

温暖的水滴清早洞穿水槽旁的沙土，
白嘴鸦和温暖的钟声在鸣响，
宣告你，宣告你这位外国女郎[1]，
在我们这里找到称心的地方。

宣告这所有大革命中最光明的革命，
不让鲜血流淌，她看上克里姆林宫，

---

1 "外国女郎"指革命。

宣告这里的人能喝到热茶。

多么开心，把你的色彩呼吸！

夜晚神圣就像地洞的烟熏痕迹，

在大斋期最后几日的寂静。

听见草地和树林，听不见维尔纳[1]，

基督的社会主义开怀呼吸。

天色昏暗……在遥远的异邦，

汉诺威[2]人和预备役士兵们，

匆忙用铅块封住车厢的门。

机车喘息。白昼歌唱，像蜜蜂乱飞。

这里一片宁静，像在洞穴核心。

听见心跳。寂静中仿佛感觉：

特快列车在远方疾驶，铅封摇晃，

国家仿佛听到扳机扣响。

他冲上车，坐下："上帝保佑。"

见到祖国他喊道："没什么看的，见鬼！

1　即维尔纳·桑巴特（1863—1941），德国社会学家、经济学家、
思想家，曾接近马克思主义。
2　德国北部城市。

我们到家了，点火吧，罗斯将被消灭！
统一尚未完成；用人体铸成铁轨！

你全速飞奔！你冒烟，你径自碾压！
只要我们完好，只要还有轴心。
这里不是外国，碾压吧，这是我们家乡。
这里一切熟悉，碾压吧，不必难为情！"

————

如今你是暴动。如今你是炉火。
锅炉房的烟，向着锅炉的顶部，
爆炸前的地狱用波罗的海大盆泼出
人血、脑浆和醉酒水兵的呕吐物。

1918 年

浮士德的爱情

所有路灯，所有店铺的猩红热，

所有槭树的白细布，

自不久前起，

用蛛网扎紧一扇窗户。

所有餐厅的台布。思想的

橱柜和石膏的所有尺寸。所有兵营。

无误幻想的所有安息日。

自不久前起，

涌向帕尔马的紫罗兰 [1]。

所有呛人的魔法焦油。博士和狗。

所有号角轰鸣的内涵，

号角让午夜晕眩，从昨日

直到不幸的女短衫。

所有七月的灰烬，所有炽铁的绿荫，

---

1 "帕尔马的紫罗兰"在原文中用的是法语 "Violette de Parme"。

855

额头的油脂；医治的天空

滑落的纱布。关于盖伦[1]的一切，

由魔鬼用阿拉伯语尖叫，

    由天才悄声细语。

所有画像的所有油彩；所有圆软帽，

一切像烧焦的瓶塞，像魔鬼用手涂抹。

把长袜踩入石灰浆的

    诗人们，

    怪人们。

    自不久前开头。

1918 年或 1919 年

1　盖伦（129—199），古罗马医学家。

生活

你¹复归荣誉，你撒满松针，
　　地板的蜡和女官的脚步声
滴落你身，在礼物的颜料气味中，
　　我逐渐变得愚钝。

灯下翻开扉页，老鼠出场，
　　核桃、马车和舞会，
色彩的味道从此留住，
　　纸上的胶层也不干枯。

浮士德的长衫，玛格丽特
　　柔软的丝绸内衣，
孩子们泪眼婆娑，因为比捷帕什²的
　　童话散发着香气。

1918 年或 1919 年

1　指生活。
2　比捷帕什（1832—1904），彼得堡的童书出版商。

房子里的摇晃

（限韵打油诗）[1]

感觉不到摇晃的后果，
窗玻璃顽皮地撞击。
摇晃着碰响台布，
礼貌从盘子流溢。
报纸漂浮。

            报道泡汤。
被开水洗礼的《塔木德》，
坦然地把此事张望。
它知道限韵诗难写。
经书难懂，是地板
一跃而起去找车夫？
不是地板还会是谁？
我笑得双手捧腹。
六月发愁风的稀有，
分水岭在花园的高处，
杨树伸出带刺的手，
已经或即将脱去夜的衣服。

                    1919 年

1　在 1919 年春与马雅可夫斯基、雅各布森、赫列勃尼科夫等人
进行的一场根据给定的韵脚作诗的游戏中，帕斯捷尔纳克写成
此诗。

致勃里克[1]

（在诗集《生活是我的姐妹》手稿上的题诗）

愿十月琐事的韵律，

成为飞行的韵律，

从糊涂鬼的国度，

飞向惠特曼的家乡。

当彩色近卫军的头盔，

在我们这里闪亮，

愿你脸色红润，

像芝加哥的霞光。

1919 年

1　莉莉娅·勃里克（1891—1978）曾为马雅可夫斯基女友。1919 年秋，勃里克拟去美国，帕斯捷尔纳克赠她诗集《生活是我的姐妹》手稿，并题此诗，但勃里克之后并未成行。

"你指望结果的纯洁高尚"

你指望结果的
　　　纯洁高尚，
你自在吧，癫狂吧，
　　　仅此而已。

我们谨慎，我们被困：
　　　我们吞食
非人打击的重复，
　　　勉为其力。

我们到来，带着世纪的点名，
　　　我们离去。
"这颗心。""在开始。"
　　　"我们标记。"

1919 年

灵魂的声音

请把一切置入尺度，
请收集一切温暖，
一声声号叫，
把他撕成碎片。

走开，别费劲。
你抓紧，我来抽。
你扯断，糟糕：
针线开始缝补。

人啊！不恐惧？
无事可做。
我是灵魂。
你是冒失鬼！

我需要花边，
我需要衣裙？
人啊，你敢吗？
那你就会丧命！

我想法大胆，
瞪大了眼睛：
"这是我说的。"
"不，我的话语。"

我高过你们，
高出一头，
我不常见，
也不是没有。

1920 年

一首诗

一首诗？孩子们！
你们是否知道诗的色调，
在心灵的每个角落，
它的记者都没在睡觉？

他们在给你们写信："周三。
基瓦奇[1]。被水声吵醒，
我起床，黎明赶来点头，
碰响椅子上的画布。

勉强睁开疲倦的眼，
喧嚣震聋了露台，
林地的潮湿纸板，
被利爪似的轰鸣击穿。

从上方的水盆跌落，
滚过一道道坎，

---

1 俄罗斯卡累利阿境内的风景名胜区，有欧洲第二大瀑布。

绵连的湖面上，

布满瀑布的冷汗。"

1921 年

致阿德尔森[1]

真是神奇，一些诗句残忍，
另一些诗句难懂，
真是神奇，这首诗
没有缘由地美丽。

它不知何时现身，
也不知来自哪里，
它不无神奇地点燃，
没有危害地灭熄。

在父亲的铅笔下，
在夜间的画像里，
您三分之二的脸庞，
就闪现这样的神奇。

1921 年 11 月于莫斯科

1　此诗写于斯特拉·阿德尔森的生日，帕斯捷尔纳克的父亲曾
为斯特拉·阿德尔森画过肖像。

饥饿

一

你在梦中呓语，夫人，
如果你的梦的确恐惧，
梦乡就是宁静迈步的地方，
寂静敲响耕地的晶石。

在相隔万里的地方，
但丁的地狱成为乐土，
死者的王国成为家园，
你在那里呻吟，铺好床铺。

二

你要怕我，像怕十字军骑士，
你要听我，像听可怕的蒙古人，
我在深夜用上衣的下摆，
触及这些描写饥饿的诗句。

我在清晨没有换衣，

没有泼洒动词的石碳酸，

也没有把书写饥饿的墨水

泼向大门的打算。

这些痛苦没有名称，

我本该事先清楚，

可是我却找寻它们，

这努力因此成为耻辱。

1922 年

"三点三刻的常客"

三点三刻的常客
留下的笔记，
当花园的黎明转身，
不对人，对着雕塑。

通向各处的路，
显得更加朦胧，
超过通向椴树心脏的路，
椴树被露水和关注包裹。

不久前的黎明还记得，
那个瞬间很艳丽，
当我将我们书籍的软弱
与朝霞作比。

记得更清楚，超过
谄媚，超过冰和谎言
所有韵脚的无助，
把我拖进了虎钳。

可是奇怪，苹果树

被宅子的重轭压弯，

苹果树的梦，

被这些虎钳夹出紫斑。

1922 年

致马雅可夫斯基

您忙于我们的平衡，

忙于国民经委[1]的悲剧，

您像飞翔的荷兰人号[2]，

歌唱着俯瞰每个诗句。

当您张开翅膀，

与我船帮挨着船帮，

咆哮的德维纳河，

掀起粗麻布似的风暴。

您是在描写石油？

我有些惊慌失措，

我想找一位内科医生，

他可以还给您愤怒。

我知道您的路由衷，

1　即最高国民经济委员会。

2　欧洲传说中一艘永远无法返乡、无法靠岸的幽灵船，又译作"漂泊的荷兰人号"。

可在您真诚的路程，

您为何会被领至

养老院的拱门？

1922 年

三角轨道站¹

致扎尔舒比娜²

怪人在生活中用什么糊口，

每日为着微薄的收入，

把喧嚣深渊之上的阁楼出租，

租给从波兹南³赶来的落日？

他把玫瑰和木樨草，

装进绵延数里的篮子，

鲜艳的铁路信号旗，

媲美散发汽油味的远方雪地。

屋顶、烟囱和凤仙花的手里

不是黄昏，而是化妆笔。

地铁从昏暗中蹿出，

一张怪脸乘着烟的翅膀飞驰。

1923 年 1 月 30 日于柏林

---

1 柏林一座地铁站，此诗原题用的是德文 "Gleisdreieck"。

2 娜杰日达·扎尔舒比娜是柏林格尔热宾出版社秘书，帕斯捷尔纳克的诗集《生活是我的姐妹》由这家出版社首版。

3 波兰中西部城市。

海上的平静

在时间之外燃烧的正午，
在一个最好的闲暇，
我做了一个运动着的梦——
一连串慵懒中的往事。

手枪装填地下室的清凉，
一座座拱门点燃硝石，
用浓密的焰火致敬
正午走进门来的客人。

这座大楼的房间窗口，
每个角度都是盲区，
只有时间之外的水和天，
不见熟悉生活的痕迹。

渴求未知的自由天地，
我冲出低矮的房间。

枉然！紫色的庄园背后，

办公室的天窗之下，
旷野像白色的带子，
步入百里外的黑色寂静。

西行的一百里路，
泛起草莓的波浪，
螺旋桨像一把大勺，
舀起这琥珀的波光。

那里在相互清洗，
海底泥沙激荡，
像浮到水面的草莓，
卷起完整的波浪。

1923 年

飞行

悬崖之上，诗啊，你蚂蚁般
贪婪的激情呆若木鸡，
当你发现，大海跌跌撞撞，
怒吼着在沙滩撞出火星。

飓风只有一个职责：
在拐角杀死忧郁，
然后赶紧憋住气，
忧郁似乎不难处理。

向下飞奔吧，不管下坡多滑，
那里挂着避暑女客的内衣，
你会明白，很少好处，
若用韵脚去折磨忧郁。

不张望，不选择时间，
完全沉湎于自己，
意外，却使出吃奶的力，
海浪飞进女人的怀里。

哪里是乳房，是水花四溅的手？

拍打小船的是液体的冰。

海浪错误地浇湿土地……

这幸福，名叫飞行。

1923 年

秋天

你吓坏了我的女友，
十月，你让她们惊慌，
人行道上不再有菊花，
马路也害怕护窗。

肺结核紧捂胸口，
一只拳头攥着雪。
你看见了吧，它需要
把雪花塞进肺叶。

你在看？快跟过去，
抓住它，狠狠心，
使劲夺取手镯，
手镯是九月的遗赠。

1923 年

冬的来临

远方在颤动。它没有遮挡。
窗框还在坚持。
一旦把窗帘扯下，
冬天的泼洒便无阻碍。

林中的树枝说起鬼话，
远方在颤动，旷野在泼洒。
在所有图纸下方，
黑夜把名字签下。

楼下聚起一群贫民，
灰衣的十一月在喘息，
待钢琴的声音响起，
我会对你把这一切提起。

一有机会，肖邦
就会再次违背诺许，
他将以疯狂结束，
以取代自制力的谣曲。

1923 年

第七层楼

唉，哑巴把我们比作飞鸟，
也是白白费神！
瞧，对正方形的酷爱，
造就冬季的城。

时钟在嘀嗒，潮虫们
在倾听、冷却、爬行，
想象，就意味着敞开，
这是大地的幸运。

清晨，当你的脑袋
倚靠院落的昏暗，
我觉出那里有多少木柴，
用喉咙，不用窗台。

我们自何处借用外貌？
你的目光对此沉默不语。
楼下的无烟煤，
向我道明我的无法安慰。

1923 年

抖擞

在寒冷的晴天，像吹响树叶，
石墨恶意的闪亮在游玩，
我听不见脚步，呼唤自己的年纪，
用蛀虫在环境里养成的坏习惯。

我们比赛什么，我们被从昏暗
成群抛到蓝天，天才把鸟儿驱赶，
地平线用单筒望远镜呼喊，
我们比赛什么，如果不是比眼力？

可怕的蛇咝咝作响。安静的靶场，
似乎并不比被缚的天空更宜居，
它在飘浮，飘浮，催促天空，
点亮路灯的远方赶紧现身。

心啊，你正在骑着远方飞驰，
因为众多淹没的屋顶而呛水。
你也想背负诗句旅行，
让诗句为风景再添一个尖顶。

1923 年

五月一日

哦城市！哦没有答案的习题集，
哦算不清的宽度，无解的密码！
哦屋顶！体味滚烫的风，
草地上的进行曲，马路狂欢！

在五一，用那个早晨的那轮太阳，
你们一早就让楼房精疲力竭，
请用早班电车之前的草地，
除却吃人盛宴和损失的霉菌。

让蓝天带着关门店铺的寒意
追逐，在叮当作响的分界线，
像消失的雪花说着呓语，
对着与词语无关的泥泞发言。

说第四等级[1]之后不会再有
第五等级，没有退路，

1　即无产阶级。

说真的幸运，人与人之间
不会再有新的藩篱和分组。

说你不是局部，不是顺便，
今天与工人一起，结队成群，
我们把人类当作上帝。
这将是最后的决定性斗争。[1]

1923 年

---

1 对《国际歌》中一句歌词的改写。

旋转木马[1]

槭树的树叶沙沙响，
这个夏日真美好。
夏日早晨快起床，
无人愿把懒汉当。

不忘带上三明治，
还有苹果和大面包。
只要报出车站名，
电车立刻就开跑。

人们在出城的地方，
全都换乘另一车辆。
旋转木马一身白，
耸立在远处河面上。

芳香的菟丝子草，
长得有半人高，

1　此为一首童诗，刊于《新鲁滨逊》杂志 1925 年第 9 期。

我们跳进沟壑，
不分年长年少。

沟壑那边是广场，
旗帜，儿童游戏，
木头的马儿在飞奔，
并未把尘土扬起。

黑马鬃，长马尾，
额发、鬃毛和尾巴，
从地面跃上高空，
又从空中落下。

木马越转越慢，
越转越慢，停住。
这股旋风有屋顶，
屋顶中央有圆柱。

撑开四周的树枝，
木马已被压弯。
木马承受重力，
帆布棚也被抻宽。

像在车工车间，
孩子脚踢木马，
响声趾高气扬，
比打门球声音更大。

在停车场的汽车旁，
人们在嗑瓜子。
手摇风琴上的木偶，
戴着钟形的帽子。

他在晃动像淋浴，
晃动拨浪鼓的小槌，
晃动拨浪鼓的流苏，
他的小手和瘸腿。

刚一转动木柄，
脚踝就嘎嘎直叫，
他开心地爆裂，
铜零件显得可笑。

他像拉车的马，
身背轭具三套，
他鼓掌，弹响手指，

犹犹豫豫地倒脚。

鬈发、鬃毛和花边，
沉入无底的白昼，
还有木马和彩饰，
还有小车的车斗。

左边树林，右边池塘，
迎着旋转木马飞翔，
它们被欢乐感染，
挽起彼此的臂膀。

从路口到树林有急弯，
我们相聚，我们旋转，
让孩子们开心，
左边树林，右边池塘。

跑开，再回来，
飞过，又在身旁，
一次又一次，
左边树林，右边池塘。

这股旋风有屋顶，

屋顶中央有圆柱。

木马越转越慢，

越转越慢，停住！

1925 年

动物园[1]

动物园坐落在公园。

我们得到免费票。

出口的拱门被围住，

售票处旁有警察。

大门就像是山洞。

过了拐角就看到，

在那堆石灰岩背后，

池塘迎风泛银波。

一阵奇怪的颤抖，

掠过整个池塘。

美洲狮的远处吼叫，

汇入嘈杂的喧闹。

这吼声传遍公园，

天空越来越热，

可是动物园里，

不见一片白云。

1　这也是一首童诗，曾由莫斯科国家出版社于 1929 年出版插图单行本。

像是好心的邻居，
棕熊与孩子们交谈，
赤裸着的熊掌，
踩得石板嘎嘎响。

还有三只大白熊，
只穿一身内衣，
跑过瓷砖过道，
一家三口在一起。
它们吼叫，嬉戏。
裤子在水中脱落，
它们毛茸茸的马裤，
却不沾一星水滴。

狐狸在排泄之前，
要斜眼闻闻地面。
大灰狼在磨牙，
就像门锁嘎嘎响。
它们因贪婪而健壮，
眼里充满寒光，
母狼发怒，当有人
取笑狼崽的模样。

母狮不停走动，

来回丈量地板，

掉头接着掉头，

向前向后，向前向后。

嘴巴碰到栏杆，

像被绳子拴住；

铁棍组成的拦网，

随它前后浮动。

同样闪亮的铁网，

把雪豹装进牢笼，

同样一座兽笼，

激起黑豹的疯狂，

羊驼走近，屈膝，

它比贵妇更有教养，

可它突然跑开，

带着轻蔑和紧张。

面对愚蠢骄傲的爆发，

这沙漠之舟眼含忧伤：

"他们不会欺负老人。"

骆驼合理地心想。

人群在它身下走过。

把腰身缩成弧线，
它像一艘小船，
漂浮在人海之上。

像农妇的筒裙，
雉鸡园色彩妖娆。
这里落满金箔，
白银和钢在闪耀。
像滚烫的油烟发亮，
戴着深蓝色纱巾，
孔雀像夜一样神秘，
缓慢地走来走去。
它在鸽子笼后熄灭，
然后走出，黑尾巴
比夜空还要开阔，
缀满喷泉似的流星！

鹦鹉推开水碗，
啄了几颗谷粒，
它留下一把谷壳，
厌恶地清理鸟喙。
在动物园的花园，
因为俏皮话说得多，

白鹦鹉的舌头变黑，
就像一颗咖啡豆。
它们与波斯的丁香，
竞赛羽毛的鲜亮。
与其在鸟笼显摆，
不如在温室开放。

这才是动物园里
红屁股的宠儿，
龇牙咧嘴的狒狒，
面带静静的疯狂。
它时而祈求食物，
像个猴子那样，
时而挥舞小拳头，
挠挠腮帮和肩膀，
时而像狮子狗转圈，
时而像好汉一样，
它在峭壁上飞舞，
像体操选手挂在树上。

边沿厚重的大盆，
装满腐烂的鱼肉。
我们听说这是淤泥，

淤泥里藏着尼罗鳄。
如果它不是太小，
它的模样会更吓人。
这未成年的爬行动物，
也不喜欢这样的命运。

我们赶过某人，
我们紧跟他人，
我们看到一块招牌，
上面写着"大象"。
庞然大物在瞌睡，
像大车停在干草房。
象牙顶到天花板。
干草被卷进护网。
这巨兽转过身体，
卷起地面的谷糠，
象舍和房梁轻颤，
它推开干草和护网。

沉重的铁环锁住脚掌，
象鼻摇摆，铁链作响，
它在石板上踱步，
把圆圈画在天上。

有什么在地上扇动：
或是两片破旧的象耳，
像马车的外罩，
或是一堆干草。

该回家了。多么可惜！
多少奇景还没看到！
我们只看了三分之一。
一次也不可能看好。
最后一次，电车的哐当
汇进鹰的鸣叫，
最后一次，狮子的嚎叫
融入电车的喧嚣。

1925 年

"不是听歌剧的农民"[1]

不是听歌剧的农民，
玛丽娜，我们去哪里？
公众的游园活动，
土地的种种觊觎。

如何在此安心做事，
既然走着不同的路，
像罗马枢密院里的马，
我们是孩子中的野蛮人！

我们在林地间行走。
被推下众多舞台。
一些人道出祝愿，
一些人任意嘲讽。

你听，只有我们能给他们
朗读来自彼岸的诗句，

1　此诗写给茨维塔耶娃。

就像佛经和《圣经》的作者，
瘟疫流行时的宴席。

但请你别穿厚底靴，
也别爬进排气管。
华丽的渣滓能有何结果？
你无法把它们写进棺木。

你仍是完好无损的疆域，
死神是你的笔名。
不能投降。请你
别用这笔名发表作品。

1926 年 4 月 11 日

献诗[1]

手和脚的闪动，然后，
"抓住它，穿过时间的黑暗！
快！比号角更响地喊！否则，
我闯进树枝的梦，开始追赶。"

但号角摧毁岁月潮湿的美，
而自然的岁月，像林中的叶。
寂静笼罩，每个树桩都是萨杜恩[2]：
旋转的年龄，圆圆的年轮。

他该以诗句游进时间的黑洞。
树洞和嘴巴里有那样的宝物。
让喊声响彻整个山川，
那自然的呻吟，像林中的叶。

---

1 此诗写给茨维塔耶娃，见帕斯捷尔纳克于 1926 年 5 月 29 日写给茨维塔耶娃的信。这是帕斯捷尔纳克为他的长诗《施密特中尉》写的献诗，他把这部长诗献给茨维塔耶娃，但长诗后来出版时，这首献诗被删去。此诗是一首贯顶诗，在原文中，每行首字母纵向连成一句话："献给玛丽娜·茨维塔耶娃。"译文无法传达。
2 古罗马神话中的农神。

世纪啊，为何没有围猎的爱好？
请用树叶和树桩，用树枝的梦，
用风和绿草回答她和我。

1926 年 5 月 18 日

"泰晤士河上的事件"[1]

泰晤士河上的事件，沿着排气管，
你放出一连串要求吧！
哦未来！哦，撞击风门的精神！
你独自汹涌吧，但别煽风，要干燥！

呼啸的排气口！哦，牵引力的牵引力！
你将报纸揉成一小团，
吸入，吐出，再把它吐到街上，
让它任凭时间处置。

今天是周日，图章休息，
我也无处可抄袭颂歌。
科尔佐夫[2]本会把你塞进表格的虎钳，
但节日里的《星火》没有生意。
瞧，汹涌的拍岸浪，今天你我独处，
这可不能把我责怪。

1　此诗写 1926 年 5 月的英国工人大罢工，此诗见帕斯捷尔纳克于 1926 年 5 月 19 日写给茨维塔耶娃的信。
2　科尔佐夫（1898—1942?），《星火》杂志主编。

沥青路闪烁，马蹄声响，云朵在追逐。
辕杆和马的流淌中是世纪的奔跑和流淌。
一切都喘息飞驰，像抹香鲸，目标一闪。
岁月将岁月摞在人行道上。

急躁的掌声顺着书架往上爬。
岁月放平世纪，抓着阄看游戏从谁开头。
时代的脸庞就是你的形象，你不是小溪，
而是一串手工放飞的圆箍。

————

泰晤士河上的事件，你是痴情山冈
表面的花体字，你是冰川冲来的破折号。
你在建造柱子，历史啊，在岁月的移动中，
我将相遇一天，在这一天我与她相逢。

1926 年 5 月 19 日

历史

当松树致命的断裂声，
用喧闹的树林掩埋腐殖质，
历史，你站在我面前，
像未被砍伐的另一片密林！

细密交错的神经千年沉睡，
但一百年会有一两回，
在此打猎，抓捕偷猎者，
带着砍伐者的斧头。

用柳条的欢闹淹没四周，
官员的、可怕的躯体
开始出现在树林上空，
护林人的勋章和木头。

结实的体格脚步咚咚，
霞光中的森林从梦中起身，
残疾人的笑容飘在天上，
肥厚的腮帮像中国灯笼。

我们不喜欢对吼。

我们欣赏余晖，而他，

他五颜六色，像痛风患者，

亮得像僵死的彩灯。

1927 年

严寒

小澡堂的烟囱冒烟，
烟雾泛白的两侧，
在出口似白云，
裹着皮袄和头巾，

院落把心灵所有的热，
注入小径、足迹和雪堆，
肌腱的寒意汹涌，
尖叫的舌头低垂。

光线砍削，旋风钻孔，
空气像锯子一样锐利，
像一条冷冻鲟鱼，
原野泛白，行人如织。

冰刀，劈柴，云杉，瞬间，
灯火，激动，时间，
寂静蜷曲在高空，
像鲟鱼的脊筋。

1927

致克鲁乔内赫[1]

韵脚于我是第一桩手艺，

我用它们做酒，用它们烤饼。

我从前折磨它们，现在受它们折磨，

我可怜它们：背靠背被捆，

我之后不是让它们免除兵役，

克鲁乔内赫，不是给你新兵！

有什么用？西伯利亚外号

坚硬易碎，是所有人的绊脚。

比如，我揉皱稿纸，

我放走、再粘上各种韵脚。

不，（怎样的支气管！），

那个不朽的韵脚会马上咽气。

而且并不难，触犯动物世界，

驯服的和难以驯服的动物，

让我俩沿着兽崽的路线前行。

1　克鲁乔内赫（1886—1968），俄国未来派诗人、文学评论家。

于是，彻底清空牲口棚，

克鲁乔内赫，我们会成为养马人？

1928 年 1 月 5 日

手艺

当我完工，推开座椅，
纸张高喊着克服睡梦。
纸张在呓语，半睡半醒，
落入期待和雨的掌控。

你用它编不出丑角的故事。
诗人需要让它更温暖。
它昏睡了，卷起身体，
沉得就像焚毁的舰船。

我授意它看看钟表，
想象为钟表的恐惧做担保，
冬季在书房的窗外点燃，
心急的冰发出绿色的尖叫。

银行和车站的大钟，
吸入街道的黑暗和落雪，
在报时、跳跃、颤动。
它们抬起指针，指向七点。

在这忘却事件的深夜，

我授意纸张醒来，

戴上棉帽，走出昏睡，

走向他人，走向后代。

1928 年或 1929 年

"转瞬即逝的雪"[1]

转瞬即逝的雪，鹅卵石显露，
四月的雪，粗心大意的雪！
飘吧，融化吧，大地像糖粉甜圈，
一簇灯火，像美食家的烫伤。

自天空飘落吧，剥夺树木的重量，
去抚弄白桦吧，晃动拖把。
鉴赏家们一窍不通，
敌人会两手空空地撤走。

每分钟都可能说出蠢话。
别了，责备和称颂！
而你，你这不朽的意外，
还在期待怎样的出口？

在夏日这野蛮的落雪，
又是诗人的惊慌，

---

1 此诗也是一首献给茨维塔耶娃的贯顶诗。原诗各行首字母纵
向组成一句话："献给玛丽娜·茨维塔耶娃。"

这里有更多的真实？

……有谁知道？

1929 年

"我希望生活更甜蜜？"

我希望生活更甜蜜？

不，我完全不愿意；

我只渴求逃出

半睡半醒和半途而废。

我自何处汲取力量，

如果在伊尔宾的夜，

我的梦境难以容纳

完整一生的收集？

 1

屋里将空无一人，

只有黄昏留守。

灰色的日子在窗外闪现，

透过敞开的帘布。

1　这是勃拉姆斯第 117 号间奏曲的开头。

雪花静卧，它会看见：

蓝天和阳光，静谧和平整。

我们将获得宽恕，

我们将信仰、生活和等候。

1931 年

"未来！云朵凌乱的腰身！"

未来！云朵凌乱的腰身！

白发的帽！年轻的雷雨！

     天堂的年度苹果，

     当我成为上帝。

这我已体验。我叛变。

这我已知道。我尝过。

锐利的夏日。无云的暑热。

滚烫的蕨草。万籁俱寂。

苍蝇不落。野兽无力。

鸟儿不飞，炎热的夏季。

树叶不响，墙一般的棕榈。

蕨草和棕榈，还有树。

这是处女树，禁忌树，

刺入暑热，像一篮苹果，

像负伤的阴影。

墙一般的棕榈："好吧，

不管怎样，我要过去。"

棕榈树似墙，还有人，

有人像力量、渴望和痛苦，

有人像笑声和穿堂的寒风，

像手掌抚过额头和头发，

像熨斗熨烫水洼，像条蛇。

松树的蓝色线条。万籁俱寂。

蕨草和墙一般的棕榈。

1931 年

致科尔涅耶夫[1]

当您与埃里温作战，

天赋把我背叛。

我在众目睽睽之下，

像个傻瓜一头汗。

1931 年 8 月 20 日

1　科尔涅耶夫（1896—1958），苏联出版家、诗人、翻译家。帕斯捷尔纳克有一次与友人一同来到科尔涅耶夫主持的出版社，科尔涅耶夫向帕斯捷尔纳克索诗，帕斯捷尔纳克很踌躇，此时科尔涅耶夫接到埃里温打来的长途电话，在科尔涅耶夫打电话时，帕斯捷尔纳克写成此诗。

题楚科卡拉纪念册[1]

从前东游西走，

如今无法躲避，

我对楚科卡拉的奉献，

既像家长又很幼稚。

两者一直合体，

似应把两者分开，

受到父亲的欣赏，

受到儿子的爱戴。

一个偶遇的粗人，

致敬芬兰湾海岸

养育出的恒星，

---

1 "楚科卡拉"（Чукоккала）是诗人科尔涅伊·楚科夫斯基于
1914—1969 年间编的一本手稿集，他请来访的作家、诗人、音乐
家和画家等在纪念册上留下文字和笔墨。科尔涅伊·楚科夫斯
基（1882—1969）是儿童诗人、批评家，他的儿子尼古拉·楚科
夫斯基（1904—1965）和女儿利季娅·楚科夫斯卡娅（1907—
1996）都是著名作家，他们家因此高朋满座，《楚科卡拉》纪念
册中留下大批名人手迹，弥足珍贵，1979 年由莫斯科艺术出版
社影印出版。

科尔涅伊·伊万内奇 [1]。

赞美铿锵有力的话语，
赞美纯洁清新的热情，
向科里亚 [2] 和惠特曼，
发出我熊一般的赞美。

1932 年 2 月 25 日夜 12 点

1　即科尔涅伊·楚科夫斯基，"伊万内奇"是他的父称"伊万诺维奇"的简称。
2　尼古拉·楚科夫斯基名字的爱称。

悼波隆斯基[1]

你没躲过。你的责怪
富有深意，让我震惊。
我看到，却未能保护。
我知道，却凶手般躲避。

你战斗过，我在偷生，
你在岗位上大声呼唤，
我却未出手相助。
但我会成为骨灰罐！

我的话语向前冲去，
不是为了在子孙间回响，
而是在催促队列，
别在送行队伍中哀伤。

存在未来。在未来，
我要向你说一声谢谢。

---

1 波隆斯基（1886—1932），苏联批评家、出版家，曾主编《出版与革命》《新世界》等杂志。

未来比城市更多记忆，
未来比国家更懂感激。

向着心灵敞开的区域，
我要送上往事的蛀虫，
我的歉意，勇敢的战士，
还有这粗心大意的孩童。

1932 年 3 月 17 日

致托尔斯泰娅[1]

（《空中之路》一书上的题词）

名誉越是受之有愧，

我就感觉越是神圣。

这一切存在于扉页，

存在于您赞美的献词。

多谢。得到您的庇护，

我既自豪又高兴。

1933 年 6 月 6 日

1　塔吉亚娜·托尔斯泰娅（1892—1965），诗人，后写有关于
帕斯捷尔纳克的回忆文章。

题妮塔·塔比泽[1]的纪念册

但愿给妮塔的热烈祝愿，

像一根红线穿越

黑暗尘封的岁月：

祝福她和她的父母。

1933 年 11 月 24 日于第比利斯

1　妮塔·塔比泽是帕斯捷尔纳克的朋友、格鲁吉亚诗人吉茨安·塔比泽的女儿。

"我知道生活处处"

我知道生活处处，
永远不会消除，
没有暴利的生活，
是令人羡慕的局部。

感谢，感谢，
感谢三千个年头，
始终弯腰劳作，
它们把光留住。

感谢先驱，
感谢向导。
否则我们
就无以回报。

我们提着灯笼，
在住处行走，
我们也将寻觅，
我们也将死去。

崭新的岁月，
离开飞机库，
它迅速挣脱
一月号角的拱门。

它总是像塌方，
自外向内硬闯，
渺小中的伟大，
在我心中回响。

土台旁的笑声，
犁铧的思绪，
列宁，斯大林，
还有这些诗句。

钢铁和火药
面向未来，
还有星星，
星星尚未磨损。

1935 年

922

"动词的时和态"[1]

动词的时和态[2]，

全都被嚼得稀烂。

喝下烧胃的苏打吧！

技艺，这就是你的总结？

近日我在布拉格出了书。

书把我带回往日，

当我返回家中，

带着身边晚霞的余晖，

我信赖纸上的话语，

纸张洒满手艺的灯火。

雪花一个劲儿飘，

只想飘进大脑。

我用雪花的昏暗做底色，

描绘房子、画布和嗜好。

1　此诗因帕斯捷尔纳克诗集的捷克语译本在布拉格出版而作。

2　俄语动词有时和态的变化，如过去时、现在时、将来时、三动
态、被动态等。

他一冬都在画速写，

我当着路人的面，

把速写搬过来，

我消融，临摹，偷窃。

像字母表的头尾，

我和生活一个模样；

一年四季，有雪无雪，

生活就像第二自我[1]，

我称她为我的姐妹。

我的视线被大地充盈，

开出花朵，像毛茛

与细密的油菜纠缠，

用根系吸吮草地上

焦黑的菊花汁，

这才是形式，

这才是命运的雕塑。

突然，布拉格的出版物。

1　"第二自我"在原文中用的是拉丁文"alter ego"。

河流和峡谷
似乎沉思半小时，
自己从前的地址，
希腊到北欧的商路[1]。

一切从此彻底改变。
世界变得辽阔无比。
莫非是革命的恶习，
我一年比一年更温顺，
我不知这是谁的教训。

来自何处？什么寓言？
崩塌行星的灰烬
生出小提琴随想曲，
天才很多，没有魂。

————

诗人，你别相信
但丁和塔索[2]的榜样。

---

1 即"瓦兰吉亚人和希腊人间的商路"，俄国古代编年史中记载的一条由斯堪的纳维亚至拜占庭的商路。
2 塔索（1544—1595），意大利诗人。

艺术，是目测的大胆，
是爱好、把握和力量。

人们锯你像锯木柴，
当人民像核心融化，
在苦难的烈火，
在人口的灰烬。

人民是你的水和空气，
是草场从前的毛茛，
像一簇腾飞的白稠李，
头颅直抵白云。

你别标记他们。
感动一钱不值。
请像暴雨投入树枝的环抱，
请用雨水把他们浇透。

你别心软，我们不紧拉。
你悄悄消失，轻松回归，
依据牛蒡，依据行踪，
我们知道你拜访过谁。

你的创造不是勋章：

奖赏由官方认定。

你是控制飞翔的缆索，

你是悲伤拧成的麻绳。

1936 年

致维尤尔科夫[1]

我来取一摞债券，
你却把纪念册递来。
就让几个韵脚撒欢，
脑门抵着纸页。

1936 年 6 月 5 日

---

1 维尤尔科夫（1885—1956），作家，曾在苏联作家出版社工作。

宣誓

民众清早就围满院墙，
耳中是整齐的脚步声，
喇叭在固执地叫喊，
阅兵的螺旋桨在嘶鸣。

一连三天的狂欢，
做客、看戏和购物，
去看展览，去游园，
三天汇成一个节日。

第四天全都安静。
没有一个人再开口。
在飞机场的周边，
是疲倦、歇息和耳聋。

清晨像休假的军校生，
占据了半个房间。
衬衫上别着五一节彩带，
它在窗户上闪现。

逐渐迫近的新意，
控制了它的全部，
所有情感全都改变，
由于火焰和幸福的短梦。

摘去瞌睡心灵的眼罩。
它一夜长大两倍。
它的岁月添加上节日。
它在捍卫自己的权利。

在屋外天井的底部，
积雪正在消融。
它马上将返回房间，
去见它托付终身的人。

它俯视这些残雪。
天亮了。路灯熄灭。
一切都像它慵懒地蜷缩，
从内部放射出光彩。

1941 年

致一位俄国天才[1]

别去听关于他人的传言。

你要躲避年老的老鸹。

千万不要与敌人较量，

他的榜样不足仿效。

关于你的喧哗越响，

你就越高傲地沉默。

你别用辩解的耻辱，

去成就他人的谎言。

别与任何人比拼。

我们不是在决斗。

漫卷的沙尘暴，

把半个世界遮住。

即便乌云飘上天空，

---

1 此诗曾刊于 1941 年 10 月 8 日《文学报》，当时题为《真理》，帕斯捷尔纳克在手稿中曾将此诗题名为《致祖国的精灵》和《俄罗斯力量》。

你依然高于尘土。
你的全部实质就是，
抵御那些褐色制服。

把永恒储藏心间，
你把偶像推翻，
自那伟大的时刻，
你胜过各种傲慢。

给敌人留下他的螺钉，
还有破铜烂铁。
你的伟大真理，
无人会去缅怀。

1941 年

致瓦·阿夫杰耶夫[1]

当我沉浸于回忆，

来到奇斯托波尔[2]，

我会忆起鲜花中的小镇，

花园里有码头的小屋。

我会忆起渡口的浅滩，

忆起灯火和瞭望台，

我想去到你们身边，

在秋天，在封冻之前。

到那时我已老态龙钟！

你们家我如今觉得遥远，

它曾像点燃的壁炉，

让我们沐浴温暖。

---

1 瓦列里·阿夫杰耶夫（1908—1981）是帕斯捷尔纳克二战期间在疏散地奇斯托波尔结交的朋友，他是画家、作家，后创办了奇斯托波尔的帕斯捷尔纳克博物馆。其父德米特里·阿夫杰耶夫（1879—1952）是一位医生，当年疏散至奇斯托波尔的一些苏联作家，包括帕斯捷尔纳克在内，就借住在阿夫杰耶夫家中。后来帕斯捷尔纳克在写作《日瓦戈医生》时，德米特里·阿夫杰耶夫据称是日瓦戈的原型之一。
2 现位于俄罗斯联邦主体之一鞑靼斯坦共和国。

我会忆起餐厅的长桌，

在桌端柔软的圈椅，

智慧父亲的笑容，

终结兄弟们的把戏。

在阿夫杰耶夫家的沙龙，

杰出的费定和列昂诺夫，

特列尼奥夫和阿谢耶夫，[1]

彼得罗维赫[2]，都有过朗读。

请忘记我们的冒失，

为了更好地改错，

我献上最真诚的谢意，

为那一年，为我们全体。

1941 年 7 月 1 日

---

1 这四位苏联作家当时均疏散至奇斯托波尔。
2 彼得罗维赫（1908—1979），苏联女诗人、翻译家。

"我们用红色茶杯喝茶"

我们用红色茶杯喝茶，

我用粗话骂众人，

可我备用的铅笔，

却慵懒地书写短句。

我忆起故人，科里亚[1]

夫妇。夜灯闪耀。

吃饱的谢尔文斯基[2]，

在角落轻声发笑。

1942 年 8 月 27 日

1　即阿谢耶夫。
2　谢尔文斯基（1899—1968），苏联诗人。

"未来将改变其所有观点" [1]

未来将改变其所有观点，

当我们自远处回望，

我们很难相信这些怪事，

怪事就像杜撰一样。

当装模作样再无必要，

就连真理也被遗弃，

我会高声为真理辩护，

走向山坡的墓地。

我会忆起恐怖的战争，

它让全民拿起武器，

我会翻检陈年旧事，

发现卡马河畔的小镇 [2]。

我在甲板会看到灯火，

积雪的远方，渡口的浅滩，

1　此诗写在瓦列里·阿夫杰耶夫的纪念册上。

2　指奇斯托波尔。

还有河岸上的小屋，

在封冻之前沉思。

我会在当晚找到家，

瞭望台下的石窖，

我论证自己越冬的劳作，

在您后来常去的房间。

当院子里一片死寂，

白昼最短也最忧郁，

在十一月的报告会，

奥沙宁[1]在阅览室让我俩相遇……

1942 年 9 月 24 日

---

1 奥沙宁（1912—1996），苏联诗人。

1917—1942

一个有魔力的数字！
千变万化，你我相随。
你转了一圈又到来。
我不相信你的回归。

在二十五年之前，
在青春理想的早晨，
你用伟大开端的光芒，
为我过早的暮年镀金。

你在装扮你的节日，
又是二十五年庆典，
为了你，我不惜一切，
像在难忘的第一个黎明。

我不惋惜不成熟的作品，[1]
再次置身这秋天的早晨，

1　指当时在佩列捷尔金诺被焚毁的帕斯捷尔纳克的部分手稿，
一同被焚毁的还有帕斯捷尔纳克父亲的一些画作。

938

我在品味你的来临，
打算接受新的受损。

我正面对你的真理。
你在我面前毫无过错，
战争伴着黑暗的精灵，
为你的纪念日蒙上阴影。

1942 年 11 月 6 日

匆忙的诗句

我记得列车的麻烦，
大车的拥挤，
秋天把四一年
向东方引去。

感到前线的临近。
喀秋莎火箭炮声
在天边响起，
打破后方的宁静。

当对峙的战线
已逼近奥廖尔城 [1]，
在都城和后方，
一切都在移动。

我喜欢空袭的考验，
嘶哑的警报声，
街道、屋顶和墙壁，
像竖起刺的刺猬。

1　位于俄罗斯西部欧洲部分的城市。

我想象中的场景，
高楼下的人行道，
落入可怕的深渊，
就像棺木外的死岛。

当炸弹在空中爆炸，
抛出一簇弹屑，
我和格列波夫[1]，
正在楼顶警戒。

我今天为何腾空，
飞到九霄云层，
像再次逃出地府，
我又来到屋顶？

我要回到防空洞。
我宣布警报解除。
我像盲人醉汉，
抚摸民众的脸部。

我要说：打倒冷漠！
快摆上美酒！

1　格列波夫（1890—1964），剧作家、记者。

普天同庆的消息：
奥廖尔已经夺回。

奥廖尔沦陷那日，
我还历历在目。
天气热得像火炉，
清晨弥漫浓雾。

清晨就有传言，
消息越传越远：
雄鹰和武士之城，
不幸已经沦陷。

但惊慌已经过去，
奥廖尔已被解放。
你们请走出防空洞，
走向明媚的阳光。

光荣属于牺牲者。
光荣属于增援部队。
永远的光荣
属于获胜的英雄！

                                    1943 年 8 月 7 日

致克鲁乔内赫

与阿廖沙 [1] 一起，
与缪斯相处，
比这更好的生活，
我实在想不出。

牵着莫罗佐夫的手，
他像地狱的维吉尔， [2]
我在玫瑰世界看到一切，
我在等待复活。

1943 年 8 月 8 日

1　克鲁乔内赫的名字阿列克谢的爱称。
2　莫罗佐夫（1897—1952）当时是帕斯捷尔纳克所译莎士比亚作品的编辑；在但丁的《神曲》中，维吉尔是但丁去往地狱的引导者。

敖德萨[1]

大地像过生日的女孩，
一直在把这个星期等待，
在傍晚，或在黎明，
她等待救星向她冲来。

在石头的悬崖旁，
海浪喊着含混不清的话，
消息突然从天而降：
"敖德萨拿下，敖德萨。"

在久无车马的街道，
滚动俄罗斯人的欢笑。
工兵开始清除危险，
取走楼房和门旁的炸药。

步兵走来，骑兵入城，
大车小车嘎嘎作响。

---

1 此诗因苏军于 1944 年 4 月 10 日收复敖德萨城而作。

时间在交谈中走向黑夜，
长夜无眠，继续谈笑。

头骨在身旁的坑里咧嘴，
无边的旷野匍匐。
野蛮人的武器在此逞凶，
一位穴居人走过。

野菊花的花朵在张望，
像头骨上空空的眼洞，
它们把气息注入
在四月被枪杀的面孔。

恶终将获得恶报，
面对死者的亲属和寡妇，
我们必须用新的话语
去减轻他们的痛苦。

我们用俄国人的天赋发誓，
我们将为受难者和英雄，
用胜利激起的灵感，
建起一座永恒的丰碑。

1944 年

致克鲁乔内赫

（代贺词）[1]

我在渐渐变成老人，

你却一天比一天漂亮。

天啊，你们这强作的神气，

与我相距多么遥远！

我在各个方面都有错。

对你的责备没根据：

像我，你被厄运宽恕，

代价就是命运的舍弃。

你知道我的规矩，

一切都一如既往，

为黑色躯体的真实生命，

让我们设立一枚勋章！

让我衷心地祝贺你，

愿你受奖，前程似锦。

1　写于克鲁乔内赫 60 岁生日之际。

请你想象吧，写作吧，

用你的榜样让我们开心。

1946 年 2 月 21 日

温情

七点的傍晚，
仍然有些耀眼。
黑暗悄悄走近，
从街道漫向窗帘。

街区里的生活，
已渐渐安静。
不知在哪里，
有一双手在潜行。

人们是人体模型。
但盲目的激情
摸索着延伸，
想依偎宇宙，

在手掌的抚摸下
倾听万物歌唱，
逃亡和追逐在歌，
颤抖和飞翔在唱。

自由的感觉，

就是戴嚼子的马，

它撕扯着缰绳，

把重负卸下。

1949 年

失眠

几点了？黑暗。大约两点多。
看来我又一次难以合眼。
村里的牧人在黎明抽响皮鞭。
寒意涌向窗户，
窗户开向院子。
我孤身一人，
不，还有你，
你像洁白透明的波浪，
与我在一起。

1953 年

开阔的天空下

挺直你的身体，
完全地伸展，
在旷野的营地，
与星辰交谈。

星辰的秩序难以撼动。
时间的行程亘古。
愿你的梦也同样甜蜜，
也同样坚固。

怜悯支配世界，
生命的新奇，
宇宙的独特
全都是爱的赐予。

开端和道路，
诞生和死亡
在女人的掌心，
在姑娘的手上。

1953 年

致恰金伉俪

（在《浮士德》一书上的题词）[1]

《浮士德》的译本，

有过多少停顿，

此书终于出版，

世间的一切在发展。

效果良好的举措，

排着队地出场。

书籍越出越多，

人也开始被释放。

1954 年 1 月 6 日

1　恰金（1898—1967），社会活动家、出版家，时任苏联国家文学出版社总编。

"个人崇拜被溅满污泥" [1]

个人崇拜被溅满污泥，

但是在一九四零年，

恶的崇拜，单调的崇拜，

仍像从前一样流行。

每一天都会刊载

一组死气沉沉的照片，

的确让人难以忍受，

全都像是猪的嘴脸。

毒舌崇拜，市民气崇拜，

仍像从前一样荣光，

人们无法承受这一切，

因此才向自己开枪。

1956 年

1　此诗的写作与法捷耶夫于 1956 年 5 月 13 日的自杀有关。

"亲朋好友，亲爱的窝囊废！"

亲朋好友，亲爱的窝囊废！
你们合乎时代的口味。
骗子、小人和胆小鬼，
哦，我也会出卖你们！

这或许是神的旨意，
卑鄙没有通行证，
恭敬地踏破部委的大门，
依然是卑鄙的身份。

1957 年

致祖耶娃[1]

面对真诚的巨星，

我要深深地鞠躬，

在这电话簿里，

在这笔记本中。

别墅门前有绿荫，

家里却无电话，

像阿索斯山[2]的修士，

我家电话在莫斯科，

我们很少在家住。

写下号码，以防万一：

字母 B ，1–7–7–4–5。

1957 年

1　祖耶娃（1898—1986），苏联女演员。

2　阿索斯山位于希腊恰尔基迪半岛东部，被东正教尊为"圣山"，山间修道院多修士和隐士居住。

致祖耶娃

对不起。我很遗憾。
没办法。我无法前来。
但我在想象中祝贺，
坐在预留的第七排。

我站着，我高兴，我哭泣，
我寻找合适的词句，
我胡乱喊出一切，
我没完没了地鼓掌。

时代的严峻有所缓和。
词语丧失了新意。
天才是唯一的新闻，
这新闻永远新奇。

演出的剧目不断更新，
生活的混乱会老去。
如您这般伟大的天赋，
人们永远也看不够。

这天赋颠覆一切预估，

一天比一天更年轻，

它蕴含超自然的能量，

它似有魔法藏身。

奥斯特洛夫斯基当年写戏，

冥冥之中就是为您，

他为您打造出莫斯科的世界，

告密者、食客和媒婆。

借助您手臂的动作，

您的形体和拖长的台词，

莫斯科南岸的生活复活了，

圣人、罪人和老处女。

您就是真实，你就是魅力，

您就是灵感本身。

就让我这远方的书信，

把这一切说给您听。

1957 年 2 月 22 日

"树木啊，就是为了你们"

树木啊，就是为了你们，
为了你们漂亮的眼睛，
我第一次活在世上，
打量你们和你们的美丽。

常常在想，上帝
用画笔描出鲜艳的色彩，
再把这色彩从我心底
带往你们的树叶。

如若世间有一个人，
他像你们一样让我亲近，
他一定也有草的纯真，
也有树叶和高空的清新。

1957 年

生命的感觉

存在并不艰难。
活着，是简单的事情。
通红的太阳升起，
把温暖撒满周身。

永恒今天与我同在。
岁月的远方一览无余。
大千世界刚刚开始。
它从来不用别人提起。

生命和不朽是一回事。
请感激崇高的力量，
为了迷惑的美酒，
酒的烈焰在血管荡漾。

1957 年

"收获如火如荼"

收获如火如荼，
前所未有的丰收。
俗话说得有理：
心齐能把山移走。

像在虚幻的海洋，
晒黑的面孔满是尘土，
女农机手沿着陡坡，
驶向数里外的麦地。

早在豌豆王时代，
在连枷统治的时候，
无论何时何地，
成熟的粮食把人催促。

人们聚集在麦田，
沉入喧闹的叫喊。
收割机的引擎，
把烟雾吐向空中。

没有言谈、玩笑和傻笑，

农机女工不甘落后，

男人们把一捆捆麦子，

塞进脱粒机的开口。

所有人都忙得乱转，

但在热闹的打谷场，

男人依然是走卒，

女人是命运的女仆。

此刻依然这样忙碌，

但回报却不相同，

过去是女雇工，

如今自己当家做主。

女农机手的心灵，

难以把秘密隐藏。

河对岸康拜因[1]的脚步，

泄露了她的幻想。

1　英语"combine"的音译，一种谷物联合收割机。

问题并非好看的数字，
关键在于人的强壮。
如此依赖过粮食的人，
就是自己命运的沙皇。

在布良斯克，在坎斯克，[1]
在草原和矿山，楼房和心底，
到处都是巨人般的辽阔！
多么广袤！多么有力！

1957 年

1　布良斯克和坎斯克都是俄国地名。

"当我荣耀地承担"

当我荣耀地承担
种种不幸的重负，
像森林中的光，
另一个时代显露。

我记起，在往昔，
道路始于此地，
道路的终点在远方，
如今那儿有路灯闪亮。

我会认出自己的家，
根据许多特征。
通往楼上我的书房，
靠边的第二扇门。

坡道和门前踏板，
台阶和扶梯，
我在此隐藏许多思想，
在这平庸的世纪。

1958 年 3 月

"面对四月大地的美丽"

面对四月大地的美丽，
我再一次呆呆伫立。
可是北方把你，我的爱人，
揣入它黑色的躯体。

为何要肤浅地测量
我们的胆量和幻想？
内心的充实和力量，
使我们不善扩张。

我了解世界，为世界所知。
我为何要白白消失，
要为公共的聚餐
送上面包做成的丸子？

为何要胆怯地闭嘴，
把自己的秘密深藏？
为何要大口吞下
不是我煮的浓汤？

最好把餐桌掀翻，

哪怕挥起拳头，

却不能同流合污，

与小人和伪君子为伍。

陪伴面具和玩偶，

我没演砸喜剧，

在马屁精的阵容里，

我不附和领导的旨意。

1958 年